台灣の讀者の皆さんへのコメント

海を越えて旅したことのない私の書いた小説が、
海を越えて多くの讀者の皆様のもとに屆いていることを、
心から嬉しく思っています。
この作品も、どうぞお樂しみいただけますように！

致親愛的台灣讀者

從未出國旅行的我，
這次很高興自己寫的小說能跨海與許多讀者見面，
希望這部作品能帶給您無上的閱讀樂趣。

宮部みゆき

沒有昨日，就沒有明天

昨日がなければ明日もない

宮部美幸
Miyabe Miyuki
王華懋 譯

宮部美幸 作品集／64
MIYABE MIYUKI

沒有昨日，就沒有明天

Contents

004 總導讀 宮部美幸的推理文學世界「增補版」 傅博
017 導讀 進入「宮部美幸館」，就是進入最具原創力與當下性的新新羅浮宮 張亦絢
025 絕對零度
173 華燭
247 沒有昨日，就沒有明天
345 解說 在隱藏的過去，與未至的明日之間 路那

宮部美幸的推理文學世界「增補版」

總導讀　傅博

日本當代國民作家宮部美幸

近年來在日本的雜誌上，偶爾會看到尊稱宮部美幸爲國民作家。怎樣才能榮獲這個名譽呢？好像沒有確切的答案，然而綜觀過去被尊稱爲國民作家的作家生涯便不難看出國民作家的共同特徵。

明治維新（一八六八年）一百多年以來，被尊稱爲國民作家的爲數不多，夏目漱石和吉川英治是最早期的國民作家。夏目漱石是純文學大師，其作品具大眾性，一九一六年逝世至今，已歷九十年，其作品在書店仍然可見，代表作有《我是貓》、《少爺》等等。吉川英治是大眾文學大師，其作品有濃厚的思想性，對二次大戰戰敗的日本國民發揮了鼓舞的作用，其著作等身，代表作有《宮本武藏》、《新・平家物語》等等。

屬於戰後世代的國民作家有松本清張和司馬遼太郎。松本清張是社會派推理文學大師，其寫作範圍十分廣泛，除了推理小說之外，對日本古代史研究、挖掘昭和史等，留下不可磨滅的貢獻。司馬遼太郎是歷史文學大師，早期創作時代小說，之後撰寫歷史小說和文化論。這兩位作家的共同特徵是，著作豐富、作品領域廣泛、質與量兼俱。他們的思想對一九六〇年代後的日本文化發揮了影響力。

上述四位之外，日本推理小說之父江戶川亂步、時代小說大師山本周五郎，以及文學史上創作量最多、男女老少人人喜愛的赤川次郎也榮獲國民作家的尊稱。

綜觀以上的國民作家，其必備條件似乎是著作豐富、多傑作；作品具藝術性、思想性、社會性、娛樂性、普遍性；讀者不分男女，長期受到廣泛的老、中、青、少、勞動者以及知識分子的閱讀。

宮部美幸出道至今未滿二十年，共出版了四十三部作品，包括四十萬字以上的巨篇八部、長篇二十四部、中篇集四部、短篇集十三部，非小說類有繪本兩冊、隨筆一冊、對談集一冊。以平均每年出版兩冊的數量來說，在日本並非多產作家，但是令人佩服的是，其寫作題材廣泛、多樣，品質又高，幾乎沒有失敗之作。所獲得的文學獎與同世代作家相較，名列第一，該得的獎都拿光了。質的成功與量成比例，是宮部美幸文學的最大武器，也是獲得國民作家之稱的最大因素。

宮部美幸，本名矢部美幸，一九六〇年十二月二十三日生於東京都江東區深川。東京都立墨田川高中畢業之後，到速記學校學習速記，並在法律事務所上班，負責速記，吸收了很多法律知識。一九八四年四月起在講談社主辦的娛樂小說教室學習創作。

一九八七年，〈吾家鄰人的犯罪〉獲第二十六屆《ALL讀物》推理小說新人獎，〈鎌鼬〉獲第十二屆歷史文學獎佳作。一位新人，同年以不同領域的作品獲得兩種徵文比賽獎項實爲罕見。

前者是透過一名少年的觀點，以幽默輕鬆的筆調記述和舅舅、妹妹三人綁架小狗的計畫所引發的意外事件，是一篇以意外收場取勝的青春推理佳作，文風具有赤川次郎的味道。後者是以德川幕府時代的江戶（今東京）爲時空背景的時代推理小說。故事記述一名少女追查試刀殺人的凶手之經過，全篇洋溢懸疑、冒險的氣氛。

要認識一位作家的本質，最好的方法就是閱讀其全部的作品。當其著作豐厚，無暇全部閱讀時，則是先閱讀其處女作，因爲作家的原點就在處女作。以宮部美幸爲例，其作品裡的偵探，不管是系列偵探或個案偵探，很少是職業偵探，大多是基於好奇心，欲知發生在自己周遭的事件眞相，而做起偵探的業餘偵探，這些主角在推理小說是少年，在時代小說則是少女。其文體幽默輕鬆，故事收場不陰冷而十分溫馨，這些特徵在其雙線處女作之中已明顯呈現。

繼處女作之後的作品路線，即須視該作家的思惟了；有的一生堅持一條主線，不改作風，只追求同一主題，日本的推理小說家大多屬於這種單線作家——解謎、冷硬、懸疑、冒險、犯罪等各有專職作家。

另一種作家就不單純了，嘗試各種領域的小說，屬於這種複線型的推理作家不多，宮部美幸即是罕見的複線型全方位推理作家。她發表不同領域的處女作——推理小說和時代小說——同時獲得肯定，登龍推理文壇之後，此雙線成爲宮部美幸的創作主軸。

一九八九年，宮部美幸以《魔術的耳語》獲得第二屆日本推理懸疑小說大獎，拓寬了創作路線，由此確立推理作家的地位，並成爲暢銷作家。

宮部美幸作品的三大系統

這次宮部美幸授權獨步文化出版社，發行台灣版《宮部美幸作品集》二十七部（二十三部中有四部分爲上下兩冊），筆者以這二十三部爲主，按其類型分別簡介如下。

要完整歸類全方位作家宮部美幸的作品實非易事，然其作品主題是推理則毋庸置疑。筆者綜合故事的時空背景以及現實與非現實的題材，將它分爲三大系統。第一類爲推理小說，第二類時代小說，第三類奇幻小說，而每系統可再依其內容細分爲幾種系列。

一、推理小說系統的作品

宮部美幸的出道與新本格派崛起（一九八七年）是同一時期，早期作品除可能受此影響之外，文體、人物設定、作品架構等，可就是受到赤川次郎的影響了。所以她早期的推理小說大多屬於青春解謎的推理小說；許多短篇沒有陰險的殺人事件登場，大多是以日常生活中的家庭糾紛爲主題，屬於日常之謎系列的推理小說不少。屬於本系列的有：

1.《吾家鄰人的犯罪》（短篇集，一九九〇年一月出版）收錄處女作以及之後發表的青春推理短篇四篇。早期推理短篇的代表作。

2.《完美的藍——阿正事件簿之一》（長篇，一九八九年二月出版／獨步文化版・宮部美幸作品集01——以下只記集號）「元警犬系列」第一集。透過一隻退休警犬「阿正」的觀點，描述牠與現在的主人——蓮見偵探事務所調查員加代子——的辦案過程。故事是阿正和加代子找到離家出走的少年，在將少年帶回家的途中，目睹高中棒球明星球員（少年的哥哥）被潑汽油燒死的過程。在搜查過程中浮現的製藥公司的陰謀是什麼？「完美的藍」是藥品名。具社會派氣氛。

3.《阿正當家——阿正事件簿之二》（連作短篇集，一九九七年十一月出版／16）「元警犬系列」第二集。收錄〈動人心弦〉等五個短篇，在第五篇〈阿正的辯白〉裡，宮部美幸以事件委託人登場。

4.《這一夜，誰能安睡？》（長篇，一九九二年二月出版／06）「島崎俊彥系列」第一集。透過中學一年級生緒方雅男的觀點，記述與同學島崎俊彥一同調查一名股市投機商贈與雅男的母親五億圓後，接獲恐嚇電話、父親離家出走等事件的眞相，事件意外展開、溫馨收場。

5.《少年島崎不思議事件簿》（長篇，一九九五年五月出版／13）「島崎俊彥系列」第二集。在秋天的某個晚上，雅男和俊男兩人參加白河公園的蟲鳴會，主要是因爲雅男想看所喜歡的工藤小姐一眼，但是到了公園門口，卻碰到殺人事件，被害人是工藤的表姊，於是兩人開始調查眞相，發現事件背後的賣春組織。具社會派氣氛。

6.《無止境的殺人》（長篇，一九九二年九月出版／08）將錢包擬人化，由十個錢包輪流講自己所見的主人行爲而構成一部解謎的推理小說。人的最大欲望是金錢，作者功力非凡，藉由放錢的錢包揭開十個不同的人格，而構成解謎之作，是一部由連作構成的異色作品。

7.《繼父》（連作短篇集，一九九三年三月出版／09）「繼父系列」第一集。一個行竊失風的小偷，摔落至一對十三歲雙胞胎兄弟家裡，這對兄弟的父母失和，留下孩子各自離家出走，於是兄弟倆要求小偷當他們的爸爸，否則就報警，將他送進監獄，小偷不得已，承諾兄弟倆當繼父。不久，在這奇妙的家庭裡，發生七件奇妙的事件，他們全力以赴解決這七件案件。典型的幽默推理小說集。

8.《寂寞獵人》（連作短篇集，一九九三年十月出版／11）「田邊書店系列」第一集。以第三人稱多觀點記述在田邊舊書店周遭所發生的與書有關的謎團六篇。各篇主題迥異，有命案、有日常之謎、有異常心理、有懸疑。解謎者是田邊舊書店店主岩永幸吉和孫子稔。文體幽默輕鬆，但是收場不一定明朗，有的很嚴肅。

9.《誰？》（長篇，二〇〇三年十一月出版／30）「杉村三郎系列」第一集。今多企業集團會長今多嘉親之司機梶田信夫被自行車撞死，信夫有兩個未出嫁的女兒，聰美與梨子。梨子向今多會長提議，要出版父親的傳記，以找出嫌犯。於是，今多要求在集團廣報室上班的女婿杉村三郎協助姊妹倆出書事務。聰美卻反對出書，杉村認爲兩姊妹不睦，藏有玄機，他深入調查，果然……

10.《無名毒》（長篇，二〇〇六年八月出版／31）「杉村三郎系列」第二集。今多企業集團廣報室臨時僱用的女職員原田泉與總編吵架，寄出一封黑函後，即告失蹤。原田的性格原來就稍有異常，今多會長要求杉村三郎調查眞相。杉村到處尋找原田的過程中，認識曾經調查過原田的私家偵探北見一郎，之後杉村在北見家裡遇到「隨機連環毒殺案」第四名犧牲者的孫女古屋美知香，於是捲入毒殺事件的漩渦中。杉村探案的特徵是，在今多會長叫他處理公務上的糾紛過程中，因其正義感使他去解決另外的事件。

以上十部可歸類爲解謎推理小說，而從文體和重要登場人物等來歸類則是屬於幽默推理、青春推理爲多。屬於這個系列的另有以下兩部。

11.《地下街之雨》（短篇集，一九九四年四月出版）。

12.《人質卡濃》（短篇集，一九九六年一月出版）。

以下九部的題材、內容比較嚴肅，犯罪規模大，呈現作者的社會意識。有懸疑推理、有社會派推理、有報導文體的犯罪小說。

13.《魔術的耳語》（長篇，一九八九年十二月出版／02）獲第二屆日本推理懸疑小說大獎的社會派推理傑作。三起看似互不相干的年輕女性的死亡案件，和正在進行的第四起案件如何演變成連續殺人案。十六歲的少年日下守，爲了證實被逮捕的叔叔無罪，挑戰事件背後的魔術師的陰謀。宮部美幸早期代表作。

14.《Level 7》（長篇，一九九〇年九月出版／03）一對年輕男女在醒來之後失去記憶，手臂上被印上「Level 7」；一名高中女生在日記留下「到了 Level 7 會不會回不來」之後離奇失蹤。尋找自我的男女，和尋找失蹤女高中生的眞行寺悅子醫師相遇，一起追查 Level 7 的陰謀。兩個事件錯綜複雜，發展爲殺人事件。宮部後期的奇幻推理小說的先驅之作、早期代表作。

15.《獵捕史奈克》（長篇，一九九二年六月出版／07）持散彈槍闖入大飯店婚宴的年輕女子關沼惠子、欲利用惠子所持的槍犯案的中年男子織口邦雄、欲阻止邦雄陰謀的青年佐倉修治、欲去探望臥病妻子的優柔寡斷的神谷尙之、承辦本案的黑澤洋次刑警，這群各有不同目的的人相互交錯，故事向金澤之地收束。是一部上乘的懸疑推理小說。

16.《火車》（長篇，一九九二年七月出版）榮獲第六屆山本周五郎獎。停職中的刑警本間俊介受親戚栗坂和也之託，尋找失蹤的未婚妻關根彰子，在尋人的過程中，發現信用卡破產猶如地獄般的現實社會，是一部揭發社會黑暗的社會派推理傑作，宮部第二期的代表作。

17.《理由》（長篇，一九九八年六月出版）二〇〇一年榮獲第一百二十屆直木獎和第十七屆日本冒險小說協會大獎。東京荒川區的超高大樓的四十樓發生全家四人被殺害的事件。然而這被殺的四人並非此宅的住戶，而這四人也不是同一家族，沒有任何血緣關係。他們爲何僞裝成家人一起生活？他們到底是什麼人？又想做什麼？重重的謎團讓事件複雜化，事件的眞相是什麼？一部報導文學形式的社會派推理傑作。宮部第二期的代表作。

18.《模仿犯》（百萬字長篇，二〇〇一年四月出版）同時榮獲第五十五屆每日出版文化獎特別獎，二〇〇二年同時榮獲第五屆司馬遼太郎獎和二〇〇一年度藝術選獎文部科學大臣獎文學部門獎。在公園的垃圾堆裡，同時發現女性的右手腕與一名失蹤女性的皮包，不久凶手打電話到電視公司和失主家中，果然在凶手所指示的地點發現已經化爲白骨的女性屍體，是利用電視新聞的劇場型犯罪。不久，表面上連續殺人案一起終結，之後卻意外展開新局面。是一部揭發現代社會問題的犯罪小說，宮部文學截至目前爲止的最高傑作，推理文學史上的不朽名著。

19.《R．P．G》（長篇，二〇〇一年八月出版／22）在食品公司上班的所田良介於杉並區的建築工地被刺死，在他的屍體上找到三天前在澀谷區被絞殺的大學女生今井直子身上所發現的同樣纖維，於是兩個轄區的警察組成共同搜查總部，而曾經在《模仿犯》登場的武上悅郎則與在《十字火焰》登場的石津知佳子連袂登場。是一部現今在網路上流行的虛擬家族遊戲爲主題的社會派推理小說。

宮部美幸的社會派推理作品尚有：

20.《東京下町殺人暮色》（原題《東京殺人暮色》，長篇，一九九〇年四月出版）。

21.《不需要回答》（短篇集，一九九一年十月出版／37）。

二、時代小說系統的作品

時代小說是與現代小說和推理小說鼎足而立的三大大眾文學。凡是以明治維新之前爲時代背景的小說，總稱爲時代小說或歷史．時代小說。

時代小說視其題材、登場人物、主題等再細分爲市井、人情、股旅（以浪子的流浪爲主題）、劍豪、歷史（以歷史上的實際人物爲主題）、忍法（以特殊工夫的武鬥爲主題）、捕物等小說。

捕物小說又稱捕物帳、捕物帖、捕者帳等，近年推理小說的範疇不斷擴大，將捕物小說稱爲時代推理小說，歸爲推理小說的子領域之一。捕物小說的創作形式是日本獨有，其起源比日本推理小說早六年。一九一七年，岡本綺堂（劇作家、劇評家、小說家）發表《半七捕物帳》的首篇作（阿文的魂魄〉，是公認的捕物小說原點。

據作者回憶，執筆《半七捕物帳》的動機是要塑造日本的福爾摩斯——半七，同時欲將故事背景的江戶的人情和風物以小說形式留給後世。之後，很多作家模仿《半七捕物帳》的形式，創作了很多捕物小說。

由此可知，捕物小說與推理小說的不同之處是以江戶的人情、風物爲經，謎團、推理爲緯而構成的小說。因此，捕物小說分爲以人情、風物爲主，與謎團、推理取勝的兩個系統。前者的代表作是野村胡堂的《錢形平次捕物帳》，後者即以《半七捕物帳》爲代表。

宮部美幸的時代小說有十一部，大多屬於以人情、風物取勝的捕物小說。

22.《本所深川詭怪傳說》（連作短篇集，一九九一年四月出版／05）「茂七系列」第一集。榮獲第十三屆吉川英治文學新人獎。江戶的平民住宅區本所深川，有七件不可思議的事象，作者以此七事象爲題材，結合犯罪，構成七篇捕物小說。破案的是回向院捕吏茂七，但是他不是主角，每篇另有主角，大多是未滿二十歲的少女。以人情、風物取勝的時代推理佳作。

23.《幻色江戶曆》（連作短篇集，一九九四年八月出版／12）以江戶十二個月的風物詩爲題，結合犯罪、怪異構成十二篇故事。以人情、風物取勝的時代推理小說。

24.《最初物語》（連作短篇集，一九九五年七月出版，二〇〇一年六月出版珍藏版，增補一篇作品／21）「茂七系列」第二集。以茂七爲主角，記述七篇茂七與部下系吉和權三辦案的經過，作者在每篇另有記述與故事沒有直接關係的季節食物掌故，介紹江戶風物詩。人情、風物、謎團、推理並重的時代推理小說。

25.《顫動岩——通靈阿初捕物帳1》（長篇，一九九三年九月出版／10）「阿初系列」第一集。破案的主角是一名具有通靈能力的十六歲少女阿初，她看得見普通人看不見的東西，而且一般人聽不到的聲音也聽得到。某日，深川發生死人附身事件，幾乎與此同時，武士住宅裡的岩石開始顫動。這兩件靈異事件是否有關聯？背後有什麼陰謀？一部以怪異取勝的時代推理小說。

26.《天狗風——通靈阿初捕物帳2》（長篇，一九九七年十一月出版／15）「阿初系列」第二集。天亮颳起大風時，少女一個一個地消失，十七歲的阿初在追查少女連續失蹤案的過程中遇到邪惡的天狗。天狗的眞相是什麼？其陰謀是什麼？也是以怪異取勝的時代推理小說。

27.《糊塗蟲》（長篇，二〇〇〇年四月出版／19・20）「糊塗蟲系列」第一集。深川北町的鐵瓶大雜院發生殺人事件後，住民相繼失蹤，是連續殺人案？抑或另有陰謀？負責辦案的是怕麻煩的小官井筒平四郎，協助他破案的是聰明的美少年弓之助。本故事架構很特別，作者先在冒頭分別記述五則故事，然後以一篇長篇與之結合，構成完整的長篇小說。以人情、推理並重的時代推理傑作。

28.《終日》（長篇，二〇〇五年一月出版／26・27）「糊塗蟲系列」第二集。故事架構與第一集一樣，在冒頭先記述四則故事，然後與長篇結合。負責辦案的是糊塗蟲井筒平四郎，協助破案的除了弓之助之外，回向院茂七的部下政五郎也登場，作者企圖把本系列複雜化，或許將來作者會將幾個系列納爲一大系列。也是人情、推理並重的時代推理小說。

以上三系列都是屬於時代推理小說。案發地點都在深川，但是每系列各具特色，有以風情詩取勝，也有以人際關係取勝，也有怪異現象取勝，作者實爲用心良苦。宮部美幸另有四部不同風格的時代小說。

29.《扮鬼臉》（長篇，二〇〇二年三月出版／23）深川的料理店「舟屋」主人的獨生女阿鈴發燒病倒，某日一個小女孩來到其病榻旁，對她扮鬼臉，之後在阿鈴的病榻旁連續發生可怕又可笑的不可思議的事，於是阿鈴與他人看不見的靈異交流。一部令人感動的時代奇幻小說佳作。

30.《怪》（奇幻短篇集，二〇〇〇年七月出版）。

31.《鎌鼬》（人情短篇集，一九九二年一月出版）。

32.《忍耐箱》（人情短篇集，一九九六年十一月出版／41）。

33.《孤宿之人》（長篇，二〇〇五年出版／28・29）。

三、奇幻小說系統的作品

史蒂芬・金的恐怖小說和奇幻小說《哈利波特》成爲世界暢銷書後，原處於日本大眾文學邊緣的奇幻小說獲得成長發展的機會，漸漸確立其獨立地位，而宮部美幸的奇幻小說就在這欣欣向榮的機運中誕生。她的奇幻作品特徵是超越領域與推理小說結合。

34.《龍眠》（長篇，一九九一年二月出版／04）榮獲第四十五屆日本推理作家協會獎的長篇獎。週刊記者高坂昭吾在颱風夜駕車回東京的途中遇到十五歲的少年稻村愼司，少年告訴記者：「我具有超能力。」他能夠透視他人心理，愼司爲了證明自己的超能力，談起幾個鐘頭前發生的事件眞相，從此兩人被捲入陰謀。是一部以超能力爲題材的奇幻推理傑作，宮部早期代表作。

35.《十字火焰》（長篇，一九九八年十一月出版／17・18）青木淳子具有「念力放火」的超能力。有一天她撞見了四名年輕人欲殺害人，淳子手腕交叉從掌中噴出火焰殺害了其中的三個人，另一個逃走了。勘查現場的石津知佳子刑警，發現焚燒屍體的情況與去年的燒殺案十分類似。也是一部以超能力爲題材的奇幻推理大作。

36.《蒲生邸事件》（長篇，一九九六年十月出版／14）榮獲第十八屆日本ＳＦ大獎。尾崎孝史爲了應考升學補習班上京，其投宿的飯店發生火災，因而被一名具有「時間旅行」的超能力者平田次郎搭救到一九三六年二月二十六日的二·二六事件（近衛軍叛亂事件）現場，兩名來自未來的訪客能否阻止起義而改變歷史?也是一部以超能力爲題材的奇幻推理大作。

37.《勇者物語——Brave Story》（八十萬字長篇，二〇〇三年三月出版／24·25）念小學五年級的三谷亘的父母不和，正在鬧離婚，有一天他幻聽到少女的聲音，決心改變不幸的雙親命運，打開幽靈大廈的門，進入「幻界」到「命運之塔」。全書是記述三谷亘的冒險歷程。一部異界冒險小說大作。

除了以上四部大作之外，屬於奇幻小說的作品尚有以下四部：

38.《鴿笛草》（中篇集，一九九五年九月出版）。

39.《僞夢１》（中篇集，二〇〇一年十一月出版）。

40.《僞夢２》（中篇集，二〇〇三年三月出版）。

41.《ＩＣＯ——霧之城》（長篇，二〇〇四年六月出版）。

以上三十九部是小說。另有四部非小說類從略。

如此將宮部美幸自一九八六年出道以來，一直到二〇〇五年底所出版的作品，歸類爲三系統後，再按時序排列，便很容易看出作者二十年來的創作軌跡，也可預見今後的創作方向。請讀者欣賞現代，期待未來。

二〇〇七·十二·十二

本文作者簡介

傅博

文藝評論家。另有筆名島崎博、黃淮。一九三三年出生，台南市人。於早稻田大學研究所專攻金融經濟。在日二十五年以島崎博之名撰寫作家書誌、文化時評等。曾任推理雜誌《幻影城》總編輯。一九七九年底回台定居。主編「日本十大推理名著全集」、「日本推理名著大展」、「日本名探推理系列」以及「日本文學選集」（合計四十冊，希代出版）。二〇〇九年出版《謎詭．偵探．推理——日本推理作家與作品》（獨步文化），是台灣最具權威的日本推理小說評論文集。

導讀——張亦絢

進入「宮部美幸館」，就是進入最具原創力與當下性的新新羅浮宮

宮部美幸並不是不容錯過的推理作家——她是不容錯過的作家。她不只值得我們在休閒時光中，一飽推理之福，也爲眾人締造了具有共同語言的交流平台，讓我們得以探討當代的倫理與社會課題。

在這篇導讀中，我派給自己的任務，是在高達六十餘部作品中，挑出若干作品，介紹給兩類讀者，一是還未開始閱讀宮部美幸者；二是面對她龐大的創作體系，雖曾閱讀一二，但對進一步涉獵，感到難有頭緒的讀者。

入門：名不虛傳的基本款

在入門作品上，我推薦《無止境的殺人》、《魔術的耳語》與《理由》。

《無止境的殺人》：對於必須在課業或工作忙碌時間中，抽空閱讀的讀者，短篇集使我們可以自行調配閱讀的節奏——小說其實具備我們在小學時代都曾拿到過的作文題目旨趣：假如我是×××——本作可看成「假如我是某某的錢包」的十種變奏。擬人化的錢包是敘述者。如何在看似同一主題下，變化出不同的內容，本作也有「趣味作文與閱讀」的色彩，是青春期讀者就適讀的想像力之作。短篇進階則推《希望莊》。從短篇銜接至較易讀的長篇，《逝去的王國之城》則是特

別溫馨的誠摯之作。

《魔術的耳語》：這雖不是作者的首作，但卻是作者在初試啼聲階段，一鳴驚人的代表作。北上次郎以〈閱讀小說的最高幸福〉讚譽，我隔了二十年後重讀，依然認爲如此盛讚，並非過譽。媚工、心智控制、影像——分別代表了古老非正式的「兩性常識」、傳統學科心理學或醫學、以至商業新科技三大面向的操縱現象及後遺症——這三個基本關懷，會在宮部往後的作品，比如《聖彼得的送葬隊伍》中，不斷深入。雖是作者的原點之作，也已大破大立。

《理由》：與《火車》同享大量愛好者的名作；雖然沒有明顯資料顯示，是枝裕和的《小偷家族》受到《理由》一書的影響，但兩者除了有所相通，寫於一九九九年的《理由》更是充分顯露宮部美幸高度預見性天才的作品。住宅、金融與土地——社會派有興趣的主題，偶爾會得到若干作家略嫌枯燥的處理——《理由》則以「無論如何都猜不到」的懸疑與驚悚，令人連一分鐘也不乏味地，就看完了批判經濟體系的上乘戲劇。說它是「推理大師爲你／妳解說經濟學」，還是稍微窄化了這部小說。除了推理經典的地位之外，也建議讀者在過癮的解謎外，注意本作中，無論本格或社會派中，都較少使用的荒謬諷刺手法。

冷門？尺度特別的奇特收穫

接著我想推三部有可能「被猶豫」的作品，分別是：《所羅門的僞證》、《落櫻繽紛》、與《蒲生邸事件》。

《所羅門的僞證》：傳統的宮部美幸迷，都未必排斥她的大長篇，比如若干《模仿犯》的讀者非但不抱怨長度，反而倍受感動。分成三部、九十萬字的《所羅門僞證》可能令人遲疑，節奏太慢？眞有必要？事實上，後兩部完全不是拖拉前作的兩度作續，三部都是堅實縝密的推理。最後一部的模擬法庭，更是將推理擴充至校園成長小說與法庭小說的漂亮出擊：宮部美幸最厲害的「對腦也對心說話」，更是發揮得淋漓盡致。此作還可視爲新世紀的「青春冒險小說」。說到冒險，過去的未成年人會漂到荒島或異鄉，然而現代社會的面貌已大爲改變：最危險的地方，就在「哪都不能去」的學校家庭中。誰會比宮部美幸更適合寫青春版的「環遊人性八十天」？少年少女之於宮部美幸，恰如黑猩猩之於珍古德，或工人之於馬克斯，三部曲可說是「最長也最社會派的宮部美幸」。

《落櫻繽紛》：「療癒的時代劇」，本作的若干讀者會說。但我有另個大力推薦的理由，我認爲，這是通往，小說家從何而來的祕境之書。除了書前引言與偶一爲之的書名，宮部美幸鮮少吊書袋。然而，若非讀過本書，不會知道，她對被遺忘的古書與其中知識的領悟與珍視。如果想知道，小說家讀什麼書與怎麼讀，本書絕對會使你／你驚豔之餘，深受啓發。

《蒲生邸事件》：儘管「蒲生邸」三字略令人感到有距離，然而，融合奇幻、科幻、歷史、愛情元素的本作，卻可說是一舉得到推理圈內外矚目，極可能是擁護者背景最爲多元的名盤。如果對「二二六事件」等歷史名詞卻步，可以完全放下不必要的擔憂。跳脫了「你非關心不可」與「你知道也沒用」兩大陣營的簡化教條，這本小說才會那麼引人入勝。我會形容本書是「最特殊也最親民的宮部美幸」。

以上三部，代表了宮部美幸最恢宏、最不畏冷門與最勇於嘗試的三種特質，它們有那麼一點點專門的味道，但絕對值得挑戰。

中間門：看似一般的重量級

最後，不是只想入門、也還不想太過專門——介於兩者之間的讀者，我想推薦《誰？》、《獵捕史奈克》與《三鬼》三本。

《誰？》：小編輯與大企業的千金成婚，隨時被叫「小白臉」的杉村三郎成爲系列作中，業餘到專業的偵探。看似完全沒有犯罪氣氛的日常中，案中案、案外案——至少有三案會互相交織連鎖——其中還包括一向被認爲不易處理的陳年舊案。喜歡生活況味與懸疑犯罪的兩種讀者，都容易進入；宮部美幸還同時展現了在《樂園》中，她非常擅長的親子或手足家庭悲劇。動機遠比行爲更値得了解——這不但是推理小說的法則，也是討論道德發展的基本認識：不是故意的犯罪、不得已的犯罪與不爲人知的犯罪，爲何發生？又如何影響周邊的人？除了層次井然，小說還帶出了「少女勞動者會被誰剝削？」等記憶死角。儘管案案相連，殘酷中卻非無情，是典型「不犯罪外，也要學會自我保護與生活」的「宮部伴你成長」書。

《獵捕史奈克》：主線包括了《悲嘆之門》或《龍眠》都著墨過的「復仇可不可？」問題。節奏快、結局奇，曾在《魔術的耳語》中出現的「媚工經濟」，會以相反性別的結構出現。本作是在各種宮部之長上，再加上槍隻知識的亮眼佳構。光是讀宮部美幸揭露的「槍有什麼」，就已値回票價——何況還有離奇又合理的布局，使得有如公路電影般的追逐，兼有動作片與心理劇的力道。雖然不同年齡層的男人互助，也還是宮部美幸筆下的風景，但此作中宮部美幸對女性的關愛，已非零星或一閃而過，而有更加溢於言表的顯現。

《三鬼》：《本所不可思議草紙》的細緻已非常可觀，《三鬼》驚世駭俗的好，並不只是深刻運用恐怖與妖怪的元素。它牽涉到透過各式各樣的細節，探討舊日本的社會組織與內部殖民。以兼作書名的〈三鬼〉一篇爲例，從窮蕃栗山蕃到窮村洞森村，令人戰慄的不只是「悲慘世界」，而是形成如此局面背後「不知不動也不思」的權力系統。這是在森鷗外〈高瀨舟〉與〈山椒大夫〉譜系上，更冷峻、更尖銳也可說更投入的揭露——看似「過去事」，但弱勢者被放逐、遺棄、隔離並產生互殘自噬的課題，可一點都不「過去式」。雖然此作最令我想出聲驚呼「萬萬不可錯過」，不代表其他宮部的時代推理，未有其他不及詳述的優點。

透過這種爆發力與續航性，宮部美幸一方面示範了文學的敬業；在另方面，由於她的思考結構具有高度的獨立性與社會批判力，也令人發覺，她已大大改寫了向來只強調「服從與辦事」的「敬業」二字的涵意。在不知不覺中，宮部美幸已將「敬業」轉化爲一系列包含自發、游擊、守望相助精神的傳世好故事。

進入「宮部美幸館」，就是進入最具原創力與當下性的新新羅浮宮。

本文作者簡介

張亦絢

巴黎第三大學電影及視聽研究所碩士。早期作品，曾入選同志文學選與台灣文學選。另著有《我們沿河冒險》(國片優良劇本佳作)、《晚間娛樂：推理不必入門書》、《小道消息》、《看電影的慾望》，長篇小說《愛的不久時：南特／巴黎回憶錄》(台北國際書展大賞入圍)、《永別書：在我不在的時代》(台北國際書展大賞入圍)。二〇一九起，在BIOS Monthly撰寫影評專欄「麻煩電影一下」。

絕對零度

1

粗呢外套搭配窄管褲。從室外走進來的時候，肩上披著楓葉圖案的鮮艷大披肩。雙方隔著會客區桌子坐下來後，我掏出名片，對方從硬挺的黑色皮革包中取出眼鏡，戴在鼻頭上端詳。淡酒紅色的鏡片與上了淡妝的面容十分相襯。不管從任何角度來看，這都是一位氣質高雅的婦人。年紀約五十後半。修剪得宜的指甲抹著橙紅與米黃的撞色指彩。

這位婦人是杉村偵探事務所值得記念的第十號委託人。我在昨天下午接到她的來電，說希望能盡快與我談談。除了「蠣殼辦公室」轉包的案子以外，我的行事曆一片空白，因此是求之不得。

二〇一一年十一月三日，文化節。上午十點約過了五分。

「謝謝你立刻抽空見我。」

婦人摘下眼鏡，微微頷首行禮。

「是朋友介紹我這裡的。那位朋友也是聽朋友說他幾個月前委託杉村先生解決了一些問題——因此我這是第二手介紹了。」

對我的事務所來說，這樣的小口碑形同生命線。雖然不知道這位朋友是過去九位委託人當中的哪一位，但如果我的服務令他滿意，就太令人欣慰了。

「請別在意，如妳所見，我這裡是個小地方，即使沒有介紹人，一樣接受委託的。」

我沒有祕書或員工，因此是親自端咖啡給客人。說事務所是好聽，但這裡不是辦公大樓，甚至不是住商大樓，只是租用房東住處的一隅辦公。不過，這個「住處」是歷經無數次增建與改建，形成宛如複雜怪奇迷宮般的大宅第，這一點算是頗爲稀罕。

「我也是第一次拜訪徵信社或偵探事務所。」

「我的顧客幾乎都是這樣的。」

「一開始朋友要陪我一起來，但他身體不舒服……他本來血壓就高。」

也許是因爲緊張，對方頻頻眨眼，說個不停。

「老實說，該怎麼說才好呢？我也覺得這好像只是一場家庭糾紛，或許是我一個人在大驚小怪。所以想要先說明一下情況，請你給我一點意見，看是不是眞的需要調查，還是怎麼處理比較好。」

我緩慢而深沉地點頭：

「好的。那麼我會邊聽邊做筆記，方便嗎？」

瞬間，婦人露出警覺的樣子。

「是我個人的備忘錄，不會留下記錄。如果最後委託不成立，我會將寫下來的東西當場撕毀，或是交給妳處理。」

婦人眼中仍有著遲疑。

「既然如此，好的，請便。」

回答的聲音也很僵硬。

「首先我想再次確認一下大名。」

電話中，對方自稱「筥崎」。

「我叫筥崎靜子。漢字是不太一般的竹呂『筥』。」

我請她寫下來，得知了是哪個字。

「我夫家也不是什麼世家望族，如果是一般通行的『箱』（註）字，說明起來就方便多了。」

住址在埼玉縣埼玉市浦和區，住透天厝，家中成員──

「現在只有我和外子兩個人。女兒結婚了，住在相模原市，兒子調派到外縣市，四月起搬去北九州市了。」

她一口氣說完，舔了舔嘴唇。

「這次出問題的是我女兒。」

佐佐優美，二十七歲，家庭主婦。丈夫佐佐知貴，二十六歲，在廣告公司上班。兩人前年六月登記宴客。

「我女兒婚前也在上班，是結婚離職。」

「有孩子嗎？」

「還沒有。他們本來也想快點生，但這也只能順其自然。」

「本來」。過去式。

「現在實在不是管什麼生小孩的時候。」

註：「筥」和「箱」在日文中發音皆為hako，同樣意為「箱子」。

筥崎夫人的眉頭擠出皺紋來。

「我女兒住院了。已經一個月以上了。」

「生了什麼重病嗎？」

筥崎夫人用力咬了一下嘴唇，視線落向自己的手，說：

「——是自殺未遂。」

筥崎夫人的女兒在十月二日深夜，在自家浴室割腕自殺。

「幸好沒有大礙，但因爲精神狀況不穩定，從急診醫院轉到精神科診所，一直住院到現在。」

這種狀況當然令人憂心忡忡。

「妳一定很難過。」

筥崎夫人仍然低垂著頭。頸脖僵硬，就好像頭上壓了什麼重物。

「恕我冒昧，不過我自己也有女兒，可以體會妳的心情。」

夫人垮下肩膀，嘴唇開始顫抖：

「我眞的不知道，我女兒怎麼會想要自殺？」

「她自己怎麼說？」

筥崎夫人抬頭看我，淡妝底下鮮明地浮現懊惱與不安：

「就是不知道。自從我女兒住院以後，我連一次都沒有見過她。他們完全不讓我見她，打電話、傳訊息都不行，我完全不知道優美現在到底怎麼了。」

「醫療法人清田會　幸福身心精神診所」。

醫療法人清田會以大田區內的綜合醫院為中心，醫療服務擴及復健醫院、老人照護機構及病童托兒所等等。綜合醫院是在一九六二年創業的，因此也算是歷史悠久。

在這當中，設址於山手線惠比壽站附近的幸福身心精神診所也算是最新的醫院，二〇〇八年開業，是一幢三樓的小巧樓房。官網上的影片比起診所，給人的印象更是精緻得有如美體沙龍。診療項目有「身心科」與「精神科」。採完全預約制，但「接受急診」、「附設住院中心」。

我將筆電螢幕轉向筥崎夫人。

「是這家診所嗎？」

「對。」

她按著老花眼鏡框，點了點頭。

「我去過好幾次，但就算我說我是她母親，診所也說沒有知貴的同意，不能讓我見女兒。」

「丈夫佐佐先生拒絕讓岳母探望女兒？」

「沒錯。他說只有他可以見優美。」

「所以並不是醫生禁止優美女士會客？」

「我沒有見過主治醫生。我連是哪一個醫生都不知道。」

筥崎夫人說她總是在診所櫃台吃閉門羹，只能從女婿那裡得知情況。

「一開始他甚至不告訴我優美在哪裡住院。我哭著說，我再怎麼說都是她媽，你這樣太殘忍了，他才勉為其難地告訴我。」

——優美說她不想見媽。

「但這也是丈夫佐佐先生的說詞，不是醫生的囑咐吧？」

筥崎夫人沒有立刻回話，直盯著螢幕。

「他說優美會自殺，原因出在我身上，優美會做出那種事，是因爲我們母女的關係有問題，因此在考慮要跟我斷絕關係，要我別去驚擾優美，讓她安靜休養。」

夫人的眼眶都紅了。

「這些話，有醫生的診斷佐證嗎？」

「我不知道。可是知貴說優美哭著這樣說，還說優美再也不想見到我，叫我不要靠近她。」

聲音哽住，她嚥了嚥口水。

「不管我怎麼問，知貴就是堅持這套說法，根本無法溝通。他說對優美過意不去，甚至不肯見我，只是在電話裡自顧自講他的。」

夫人從皮包掏出手帕。眼中浮現淚光。

「我無論如何都想當面跟知貴談，因爲知道他在哪裡上班，直接去那裡找他，但公司不肯幫我叫人。就算星期天去他們家——雖然或許只是假裝不在，但沒有人應門。」

淚水湧上眼眶，聲音開始走調。

「我去拿水。」

我離席從冰箱取出礦泉水和杯子，放在桌上。筥崎夫人按著眼睛，吸著鼻涕行禮。

我將筆電轉回來，搜尋這家診所的評價。

大致瀏覽，都是好評。應對迅速、心理諮商效果佳、也對病患家屬提供支援，專精恐慌症、對人恐懼症、強迫症等病症的治療。此外，這家診所的住院中心，主要似乎是提供進食障礙的病患進行飲食療法。上面標榜的「接受急診」，似乎也是指緊急收容、保護自殺未遂或反覆自殘的病患。

有病患本人的評論，也有家長或家屬的評論。評論的文章大體上都很正常。

「抱歉，我失態了。」

「哪裡，請別在意。從現狀來看，妳擔心女兒而驚慌失措，是理所當然的事。妳還好嗎？」

「我沒事。」

我再次將筆電轉向夫人。

「就網路上看到的，這似乎是一家正派經營的診所。」

筥崎夫人將手帕按在鼻子上，點了點頭。「建築物光鮮亮麗，打掃得也很乾淨，環境明亮，櫃台小姐也都很有禮貌，可是……」

「不讓妳見女兒。」

「對。」

「其他的家人呢？優美女士的父親，還有令公子——」

「是優美的弟弟，小她三歲，叫毅。」

「毅先生連絡得到優美女士嗎？」

「沒辦法，跟我的狀況完全一樣。」

夫人說她有加入女兒臉書好友，平常都會看，但自從女兒自殺未遂以後，也沒有再更新了。

「她之前都發文發得很勤的。」

「這樣的話，優美女士的朋友應該也都很擔心吧？」

「所以我也對知貴說，是不是應該公告說明一下比較好。」

佐佐知貴說臉書他會處理，叫岳母不要再看了。

「然後上個月七號還是八號，我因爲擔心，隔了兩三天後上去一看，發現臉書已經關掉了，不能看了。」

「有沒有優美女士的朋友因爲這樣，來問妳出了什麼事？」

「沒有，我不清楚女兒有哪些朋友。」

「那麼優美女士的朋友裡面，也沒有這種時候妳可以詢問的人嗎？」

夫人慚愧萬分地點點頭：「對不起。」

「請別在意，畢竟她都已經成年而且結婚了。」

我小心不讓夫人看到，記下要點：「確認：佐佐知貴如何向妻子朋友說明」。

「毅先生那裡，是妳去通知的嗎？」

「對，我兒子也嚇一跳，立刻連絡知貴，但沒能問到比我更多的詳情，知貴還說——」

——這件事跟你無關，你不要管。

簡直太過分了。

「我兒子人在遠地，剛在那邊職場穩定，沒辦法說回來就回來。當然，他很擔心姊姊。」

筥崎夫人疲倦地嘆氣。

「還有外子……他不知道這件事。我們沒有告訴他。」

「這有什麼理由嗎？」

「外子是東京電力的集團公司的幹部。」

我心中一陣恍然。

「自從核電廠事故以後，他完全沒有休假，不停地工作。從五月底就一直待在現場，連我都只能偶爾跟他通電話。」

我只能點點頭，表示理解。

「我們的寶貝女兒都自殺未遂了，我實在很想第一個向外子求救，可是現在——」

夫人的聲音又哽住了。

「總之，我好想見優美。」

她扭絞著雙手傾訴說。

「就算她眞的是因爲我而自殺，連一句話也沒說上，就這樣斷絕關係的話，豈不是什麼問題都沒有解決嗎？知貴說我幫不上優美，只會害她，我才不信這種鬼話。因爲我們一直是很普通的、感情很好的母女。」

這番話入情入理。

「在過去，妳曾經和優美女士有過任何嚴重的爭吵嗎？」

「沒有。」

「這部分妳有問過毅先生的意見嗎？」

夫人再次用手帕摀住鼻子，緩慢複誦：「我兒子說：我也覺得媽跟姊感情有點好過頭了，媽對姊有點過度干涉，姊也老是依賴媽，不過，我不覺得妳們的關係有病態到會逼得姊姊自殺。」

夫人說毅很冷靜。

「毅就是這種個性，很難有什麼事情可以嚇到他。或許可以說是大而化之吧。」

雖然得實際跟本人談過才知道，但弟弟不是個情緒化的人，這一點幫助很大。

「優美女士感覺有什麼煩惱嗎？像是夫妻關係，或是與公婆的關係……」

夫人搖頭。「他們夫妻感情不錯，就像一直沉浸在新婚蜜月，有時候都忍不住有點擔心。」兩人都才二十幾歲，婚後也才兩年半左右，這也不算太奇怪。

「知貴的老家是新潟的大農戶，家裡是大哥大嫂繼承。我們跟親家只在訂婚和婚禮上見過，感覺都是很正常的人，也沒聽優美提過跟他們有什麼嫌隙。」

「經濟方面呢？」

夫人想了一下：

「優美會辭掉工作當家庭主婦，就像我剛才說的，是因為本來以為馬上就會有孩子。知貴也是這麼打算，說想要生上三個，希望優美在家裡帶小孩，直到小孩全部上小學。我也聽他親口說過這件事。不過——」

夫人再次擰緊了眉頭，欲言又止。

「實際上兩個人一起生活，光靠知貴的收入，過起來似乎還是相當拮据。因為就算是知名公司，資歷還不夠的時候，薪水也好不到哪裡去。」

如果以大農戶的夫家及電力公司幹部的父親收入爲基準，絕大部分的工作應該都會覺得是「低薪」。而且佐佐知貴任職的廣告公司雖然名氣響亮，但算不上大公司，頂多就是中堅企業而已。

「因此有時候我也會資助女兒一些。我女兒本來就不追求職涯，所以當家庭主婦應該是她的理想，但實際過著這種生活，卻會覺得很不自由。」

——零用錢太少，沒辦法常跟單身的朋友一起出去玩。早知道會這樣，我就不辭職了。

「她像這樣埋怨……」

夫人說完，緊接著又說：

「我也不打算永遠寵溺都已經結婚搬出家裡的女兒，每次給她錢，都會訓她幾句。我也一直都是家庭主婦，但這輩子過得絕對不算輕鬆。年輕的時候，我隨著丈夫工作調動，在全日本搬來搬去，都住在公司宿舍裡。我告訴優美這些，她也都乖乖地聽訓。」

我什麼都沒說，她卻搶先這麼辯解。

「那麼，不太可能是爲了經濟問題而煩惱到自殺呢。即使突然遇上這類問題，比起一個人苦惱，令嫒應該會先去找母親商量，對嗎？」

夫人看著我，用力點點頭：「對，我這麼覺得。」

我在備忘本上記下重點。百圓商店買來的原子筆在紙上刮出沙沙聲響。

「我請教這個問題是爲了慎重起見，」這回換我注視著夫人的眼睛說。「妳先生是東電集團公司的幹部，正在處理福島第一核電廠事故的善後問題。身爲幹部，他應該是在現場進行指揮。」

「應該是……」

「目前對於東電及旗下公司的職員，社會上有部分批判的聲浪。令嫒有沒有可能是因爲父親遭受這類批判而煩惱？」

笘崎夫人似乎相當意外，接著對自己的意外一臉尷尬。

「呃……是的，我是聽說過外子的下屬，小孩在學校遭到冷嘲熱諷。」

「我只在新聞上看過，好像也有發展成霸凌的例子。」

「是啊，但我家孩子都已經是大人了，而且毅說他職場的上司反而很關心他，問他父親還好嗎？家裡沒事嗎？」

「他有個好上司呢。」

「謝謝。優美也是，如果她有孩子，上托兒所還是小學，參加家長會或是和其他媽媽打交道，或許也有可能在那類圈子裡受到批評，但她現在還沒有這樣的人際關係。」

夫人說「眞是幸好」，彷彿現在才深深地體認到這一點。

「而且萬一眞的有朋友還是親近的人挖苦，她應該也不會一個人悶著頭煩惱。」

「一樣會立刻向母親傾吐是嗎？」

「是的，應該是會注意別讓外子知道，但會告訴我才對。」

「這樣啊。抱歉，是我過於穿鑿了。」

我將這段對話大略記下，在該行前面打了個叉。

「在演變成現在這種狀況以前，妳和佐佐知貴先生之間有沒有發生過任何問題？像是爭吵，或是意見相左，互不相讓。」

「……應該沒有。」

夫人以截至目前最爲謹愼的口吻回答。

「我這麼希望。雖然也有可能其實知貴對我很不滿，只是我沒注意到而已。」

「毅先生與知貴先生感情好嗎？」

「他們都很忙，應該沒機會好好相處交朋友。」

「那麼目前呢？毅先生對知貴先生武斷的做法，是否感到氣憤？即使他個性溫和，遇到這種狀況，應該也會生氣才對。」

夫人暫時不作聲，又陷入思考。

「我和毅只是通過電話，不過從他的聲音聽不出生氣還是不舒服，似乎只是很困惑。」

——姊夫是不是做了什麼怪夢啊？

「毅說他覺得不敢相信。對，他確實是這麼說的。」

怪夢這樣的形容相當寫實。

「優美女士和毅先生的姊弟關係怎麼樣？」

夫人為難地微微歪頭：「唔，我覺得就是很一般的姊弟。」

「有沒有他們兩個都很熟的朋友？」

「不清楚耶……」

「毅先生知道妳要找這一行的人諮詢嗎？」

「不，我還沒有告訴他。」

「再三追問眞是抱歉，不過妳無論如何都不願意把這件事告訴妳先生嗎？」

夫人磨擦著上了指彩的指甲，沉思了片刻：

「如果可能，我不想讓他知道。他現在焦頭爛額，我不希望他還要為家裡的事操心。」

眞抱歉——她小聲說。

隔了幾秒後，我闔起便條本的封面。

「好的，我這裡可以提出的建議有兩項。」

夫人又開始躁動不安地眨眼睛，手指在膝上扭絞著。

「第一是委託律師，不是找私家偵探或徵信社，正面與知貴先生談判，要求和優美女士會面。」

筥崎夫人縮起下巴：

「請律師，不會太誇張了嗎？」

她說這是家務事。

「妳說的沒錯。但我這樣的職業，在這個案例上能夠提供的幫助實在有限。」

佐佐優美的病情、她現在接受的治療或服用的藥物詳情、往後的處置等等，這些全是她的個人醫療資訊，主治醫生及幸福身心精神診所身爲醫療從業人士，對此也有保密義務。這道保密義務的高牆，是私家偵探無論如何都無法打破的，只能對著它乾瞪眼。

但如果是優美的母親的委任律師，就可以用最小的勞力，將對方（包括佐佐知貴在內）拖到高牆前面的談判桌上。只要律師現身，即使佐佐知貴想要拒絕，診所也不可能置之不理。

「如果優美女士單身，筥崎女士是她的母親，就有更強的發言權了。」

「但她已經結婚了。現在優美比起我們的女兒這個身分，在社會上更是知貴的太太。」

「住院治療需要的各種文件和醫療費用，應該都是佐佐先生以配偶身分處理了吧？」

「應該是，他完全沒有來麻煩我。」

「所以他的意見被視爲第一優先。不過，」

我豎起指頭。

「即使如此，也不能保證佐佐知貴先生說的就都是事實。也許其實優美女士很想見母親，知貴先生卻從中作梗。說得極端點，也有可能自殺的原因就是他，而他爲了隱瞞這件事而撒謊。」

筥崎夫人掩住嘴巴，瞪大了眼睛。

「妳沒有考慮過這樣的可能性嗎？」

「……沒有。不過就像你說的呢，我也實在太傻了。」

「妳滿腦子都在擔心女兒，沒有想到也是很自然的事。」

我和當事人不同，我的職責是懷疑一切的可能性。

「不論原因是什麼，女兒住院，卻不讓擔心的母親探望，長達一個月，也完全不讓本人連絡，甚至不告知家屬病情。而且這些事情不是當面說明，全部都只用電話告知，實在太離譜了呢。如果知貴先生沒有多想，只是感情用事，才以這種態度處理，那也有必要好好地告訴他這種行爲實在太荒唐了，在一般情形，是應當要受指責的。這部分比起社會地位模糊的私家偵探，律師這張王牌更爲管用。也算是給他一點教訓。」

佐佐知貴是個涉世未深的社會新鮮人，但應該還知道私家偵探和律師哪邊比較不好惹。

「第二個建議則是——」

我豎起兩根指頭。

「拜託家族中的長輩，或是知貴先生的上司這類可以訓誡他的人，扮演與前面說的律師相同的角色。他們兩個結婚的時候有請媒人嗎？」

「沒有，婚禮儀式都是採用現代方式，沒有請媒人。賓客的話，有請知貴的上司夫婦出席。」

可是——夫人再次躊躇。

「如果請公司的人調解，會讓知貴沒面子，可能會把事情鬧得更僵。」

「確實。那家族裡的長輩呢？可以拜託跟優美女士比較親的叔叔或嬸嬸出面嗎？」

筥崎夫人尷尬地垂下頭：「外子有哥哥，我有妹妹，兩邊都還算親，但現在……完全就是因爲杉村先生剛才說的理由，有些疏遠了。」

原來如此。

「大伯和我妹夫，做的是跟外子完全不同的職業。尤其是我妹夫，公司因爲核電廠事故遭到相當大的損失。」

夫人的脖子又因爲壓在上面的隱形重物僵硬起來。

「我才是，明明自己才剛提過，眞是思慮不周。那麼……知貴先生的父母怎麼樣呢？」

夫人懦弱地搖頭：「我們往來太少，我實在開不了這個口。萬一惹得對方不高興，反而會讓狀況更棘手。」

夫人說，佐佐知貴是親家引以爲傲的兒子。

「親家很以他們的兒子爲榮，知貴本人也多次這麼提到。」

——我從小就比哥哥會念書，爸媽都特別疼我。

「妳不願意委託律師，理由也在這裡嗎？」

筥崎夫人疲累地點點頭：「我不想把事情鬧大。」

看來只能立下決心了。

「好的。」我說。「我可以接受委託，釐清優美女士現在是什麼狀況、正在接受什麼樣的治療、有沒有辦法和母親談談、能不能起碼連絡一下母親。」

雖然我不覺得這話聽起來有多可靠，但夫人的表情總算放鬆下來。

「謝謝。」

「要道謝還太早。我無法保證能有讓妳滿意的結果，而且若是由妳委託，我無法採取行動。」

「咦？」

「事實如何先姑且不論，但佐佐知貴先生聲稱優美女士自殺的原因在母親身上。如果一個毫無職權的私家偵探以那名母親的代理人身分找上門，知貴先生根本不會理睬吧。他有太多藉口可以下逐客令了。」

私家偵探？誰理你啊？

「雇用我的，最好是其他理所當然會擔心優美女士的病情、想要瞭解情況，並且目前並非知貴先生指責對象的人。」

夫人發出類似「喔……」的聲音，說：「毅是嗎？」

「是的。如果先生不行，弟弟是最好的。母親和姊姊、姊夫間似乎有什麼爭執，我很擔心，但我人在遠地，不方便行動，所以雇用偵探——這樣說既合情合理，知貴先生也無法閉門不見。」

「說的沒錯，對，沒錯。」

「當然，簽約由妳來就可以了。」

「讓毅當名義上的委託人就是了呢。」

「不過，我希望請毅先生也寫一份委任狀，而且有些問題想請教。方便我連絡他嗎？」

「當然沒問題。我會立刻打電話給他，好好跟他說明白。」

接下來我們花了三十分鐘處理簽約手續，並追加詢問了幾項必要的資訊。附帶一提，笘崎夫人用「女婿」的名稱在手機輸入了佐佐知貴的手機號碼和電郵信箱。優美是「小優」，毅是「阿毅」，丈夫是「丈夫」。她設定成家人來電時，螢幕會顯示各人的照片，因此我也要了佐佐夫妻和阿毅的照片。

「請等一下，應該有婚宴的照片。」

夫人操作手機，可能是不太熟練，花了點工夫，找到了新郎新娘一起到賓客桌上點蠟燭的照片。新郎穿白色燕尾服，新娘則是一身亮眼的血橙色禮服。

「真是俊男美女。」我說。「天作之合。」

筥崎夫人一笑也不笑：

「這禮服很招搖對吧？」

「很適合她。」

「我不喜歡，又不是藝人。優美好像也不太中意，但知貴說非這件不可。」

「知貴先生有在玩什麼運動嗎？他皮膚晒得滿黑的。」

「我聽說他有時候會去跟大學社團的朋友聚會。記得是曲棍球隊吧。」

問優美就知道了——話才說出口，夫人立刻表情扭曲，輕笑了一下。

「抱歉說了傻話。要是可以問優美，我根本不用來打擾了。」

「妳太擔心了，一定是累了。」

事實上光是這場談話，似乎就讓夫人疲倦極了。

「只要有任何收穫，不管再小的事，我都會立刻通知。請妳寬心休息到下星期吧。」

夫人再三行禮，離開了這家（說好聽是）另類的事務所，我清洗咖啡杯收拾後，在筆電開了個新檔案，並取出新的紙本檔案，夾入記下重點的便條紙。

接著我搜尋佐佐優美的臉書，確定已經關閉。我用佐佐知貴的姓名加上公司名稱或「曲棍球」等關鍵字搜尋，沒有找他的個人社群網站，但發現了「昭榮大學曲棍球愛好會校友俱樂部　三位一體隊」的首頁。這裡的代表幹事的名字後面，接著幹事「佐佐知貴」的名字。

看來筥崎夫人沒錯，知貴現在也以畢業校友的身分繼續打曲棍球。往後如果有需要瀏覽網站內容，就拜託「蠣殼辦公室」的網路偵探小木吧。

2

當天晚上，我就和住在北九州市的筥崎毅連絡上了。

電話另一頭的男中音，與他的年齡及秀氣的照片格格不入，說話方式也給人老成的印象。

「我聽家母說了，不過很抱歉，請先讓我確定一下，定金五千圓是眞的嗎？」

「是眞的。我向來的方針是一開始不收太大的金額。」

他停頓片刻後說：「我明白了。家母說杉村先生就像個親切的銀行員，很容易聊。確實，我認爲名義上由我當委託人，跟我姊夫談判起來比較容易，那就麻煩你了。」

好，第一關通過了。

「家母爲了家姊的事，整個人六神無主，會不會難以理解她說的狀況？」

「不，令堂的說明，讓我充分瞭解情形了。而且優美女士目前的狀況相當詭異，令堂會驚慌失措也是理所當然的。」

「站在第三者的角度來看，果然也是這樣呢。」

阿毅的語氣也顯得鬆了一口氣。

「聽起來是佐佐知貴先生單方面地責怪令堂，將她和優美女士隔離開來，而且也不清楚這是否眞的是優美女士的意思。」

「就是說啊。」阿毅語氣陰沉地說。「我也很擔心家姊，很想設法抽空回去……可是我調派到這裡才半年多，也沒有親近到可以商量家中問題的上司和前輩，所以也不好請假。」

他說週末都得加班或出差，無法脫身。這個週末也因爲研習會，被綁在公司。

「眞辛苦，請別太勉強了，即使你設法挪出時間回來，如果和令堂一樣被拒絕會面，也只是白跑一趟。」

阿毅說他有時間可以長談，因此我取出便條本和原子筆，準備好好請教一番。

「你是什麼時候知道令姊自殺未遂並住院的？」

「十月三日，那天應該是星期一。」

他說那天星期一就加班，快深夜十一點的時候看了一下手機，發現有一大串母親打來的未接來電和訊息，嚇了一大跳。

「我打回去，家母整個人不知所措，說家姊昨天晚上自殺未遂送醫了，然後她不知道爲什麼，可是姊夫很生氣。說到一半家母就哭了出來，我好不容易才問出這些。我說我先連絡姊夫看看，可是打他的手機也沒人接。」

阿毅一直打到三更半夜，但全部轉進語音信箱，也沒有回電。

「隔天，我想家姊住院的話，姊夫應該會請假沒上班，但還是不抱希望地打到他的公司，結果他本人接聽了。」

知貴聽到阿毅的聲音，似乎著了慌。

「他尖著嗓子問我幹麼打到公司，我便說我媽很擔心，問我姊住院是怎麼一回事？」

結果佐佐知貴嘖了一聲。

「那聲音大到連電話這一頭都聽得一清二楚。」

——就怕你擔心，才叫媽不要告訴你的，你媽怎麼這麼沒用？

——優美前天半夜在浴室割腕自殺，幸好沒什麼大礙，爲了預防萬一，還是讓她住院，但很快就可以回家了，所以才不想讓你知道，害你擔心。

「那種口氣……怎麼說，實在很沒禮貌，我整個人都傻了，一時說不出話來。」

感覺對方就要掛電話，阿毅急忙攔住：

「我說，總之我媽嚇壞了，而且擔心得要命，不管怎麼樣，先讓她見見我姊再說，結果姊夫應著知道了知道了，卡嚓一聲掛了電話。」

後來再次失聯，近傍晚的時候，筥崎夫人打電話給兒子。

「家母又哭了。她說姊夫一樣單方面跟她說，家姊會自殺，是因爲和母親的關係，家姊很害怕家母，總之現在不要來吵她，以後的事，他會等家姊平靜下來再討論。」

這個時候，筥崎夫人和阿毅甚至不知道佐佐優美人在哪一家醫院，也無從查起。

「我叫家母通知家父，但家母打回票說絕對不可以。」

——優美不可能是因爲我才自殺，可是萬一眞的是這樣，我必須負起責任解決這件事才行，不能給你爸添麻煩。

「然後家母說如果知道什麼，會立刻通知我，叫我先不要插手。」

這部分的經緯，與筥崎夫人告訴我的一樣。

幾天後，阿毅從母親的電話得知姊姊從緊急送醫的醫院轉院到幸福身心精神診所。

「但這也是姊夫這樣說而已，他依然不接我的電話——」

阿毅就像我今天一樣，立刻上網搜尋，直接連絡診所。

「診所不回應關於病患的問題對吧？」

「沒錯，我說我是她弟弟也沒用。」

看到這家診所評價不錯，阿毅放下心來，但另一方面也大受震驚：姊姊的精神狀況居然糟到必須住院？

「家姊不是那種會為什麼事情糾結煩惱的人。基本上她個性開朗，也有些好強。腦袋轉得很快，每次吵架，我都吵不過她。」

「過去家人之間發生過什麼嚴重的衝突或爭吵嗎？」

「沒有。至少我認為沒有。」

阿毅冷靜地思考回應。

「家父和家母都很寵家姊，我小時候的朋友甚至都叫她『公主』，我也覺得她真的就是個公主。家母和家姊成天膩在一起，姊夫看了應該也不是很舒服，但她們兩個從以前就像一對姊妹淘，實在不可能某天家姊突然厭惡起家母的干涉，痛苦到甚至自殺。」

說著說著，阿毅的語氣漸漸浮現些許怒意。

「確實，家母對家姊有時候是過度干涉了，我也提醒過家母，但家姊也很依賴家母，從以前開始，就對家母無話不說，出社會上班以後，甚至連結婚以後，也動不動就向家母討零用錢。不過不只是對家母，她對家父也是一樣的。」

看來阿毅對自己的家人觀察得很仔細。

「說這樣的家姊受不了家母的壓迫、害怕家母……我覺得根本是在瞎說。」

說完後，阿毅重重地嘆了一口氣，連電話這一頭都能聽見。

「後來家母多次到診所去，但都吃了閉門羹，見不到家姊，也連絡不上她。這實在太誇張了。

在變成這樣以前，她們好像每星期都會互傳訊息好幾次。」

宮崎夫人告訴我，在演變成這種情況以前，她與女兒最後一次連絡也是透過簡訊，時間是九月三十日中午過後。

「那天是星期五，所以令堂問優美女士週末有什麼計畫，要不要回娘家。」

「家姊她們好像常常回娘家。」

結果佐佐優美回覆說「今天晚上我要和阿知出門，週末還沒有安排，明天再連絡」。接下來，週末沒有任何訊息或電話，宮崎夫人自己也和朋友出門等等，沒怎麼放在心上，但一直到星期天傍晚，女兒都毫無音訊。因爲很難得，她便傳訊息問：

「妳是感冒了嗎？回我一下。」

但一直到星期一，優美依然沒有回覆，打她的手機也轉到語音信箱。夫人逐漸擔心起來，打了女婿的手機，卻也一直打不通，直到晚上十點多才總算連絡上他，得知優美自殺未遂的消息。

「這部分我第一次聽說。那麼在家母打電話以前，姊夫都一直瞞著這件事了。」

「就是這樣。不是佐佐先生主動通知令堂，而是令堂連絡他，才發現這件事的。」

當時宮崎夫人痛罵佐佐知貴。

——這麼嚴重的事，你怎麼不立刻通知我！

知貴說他是不想傷害岳母和優美，才默不作聲，他可不想指責岳母是「毒親（註）」。然後說

註：毒親（toxic parents）指會對孩子造成不良影響的父母，其行爲包括肉體及精神虐待、過度干涉、控制欲、忽略、情緒勒索等等。

這樣下去只能斷絕關係，但想要避免不幸的結局，所以希望岳母配合，聽他安排。

「啊，『毒親』，他也跟我說了。」

「最近常聽到這個詞呢。」

「可是那跟我姊沒關係啊。」

稱呼從「家姊」變成了「我姊」。

「怎麼說才好？我姊不是會去思考或討論那種事的人。連我這個弟弟都覺得她是公主，不管長到幾歲，永遠都是個小女生。」

我大概也能理解阿毅想要表達的意思。

「如果我姊眞的說了那種字眼，一定是有人灌輸給她的。或者是姊夫明知道不合理，卻硬要扯謊，只有這兩種可能。」

我用原子筆的筆尖指著便條紙人物表上的「佐佐知貴」，問道：

「聽到令堂描述時，我第一個想到的是，會不會是優美女士和知貴先生吵架，才導致她自殺未遂。而優美女士爲了包庇丈夫，或是知貴先生覺得難堪，所以才想了別的情節設法掩飾。」

阿毅毫不遲疑地當場回答：

「對，我也這麼想。如果是這樣，就是一般可以想像得到的問題，也是最有可能的情況，雖然對家母不好啓齒，但我從一開始就在懷疑這種可能性。」

我點點頭，在佐佐知貴的名字畫了條底線。

「你說不好向令堂啓齒，是因爲這等於是在說姊夫的壞話嗎？」

這次的回答隔了幾秒：「是啊。不過我和我姊夫本來就有些不對盤……」

笘崎夫人的說法是，兩人都很忙，沒有時間交流做朋友。
「你是指，沒辦法跟他交朋友嗎？」
「是的。如果他是我同學，我絕對不會跟他變成朋友。」
遺憾的是，世上多得是這種「不對盤」的人成爲親戚的例子。
「我一直小心不要表現在臉上或態度上，所以姊夫本人和家母、家姊應該都沒有發現。因爲不論我的觀感如何，我姊的眼裡就只有姊夫，我也無法多說什麼。」
但現在是緊急狀況。
「這次的事，不管是對姊夫還是家母，我都明確地指出姊夫不讓我們見我姊、連聲音都不讓我們聽，單方面指責家母的行爲是不對的，我對此很生氣。」
「對於受到佐佐先生指責，痛苦萬分的令堂來說，這話一定是很大的鼓勵。」
「要是這樣就好了……」
「雖然冒昧，但請讓我做爲參考請教一下，佐佐知貴先生的什麼地方讓你覺得不對盤？」
阿毅尋思了片刻。我拿著原子筆等待。
「——一言以蔽之，他那個人就是個『大爺』。」
說完後，他急忙又說：
「也有可能因爲我是他小舅子，所以他把我看得比他小，對其他人或許就不是這種態度。這完全是我個人的感受，所以……」
「嗯，我懂。」
阿毅完全想要秉公評論。

「我在求職的時候，他好幾次批評我的想法和意見太天真、想得太簡單，讓我很受傷。」

——人生前輩的建議要洗耳恭聽。做弟弟的不尊重我做哥哥的意見，到時候再後悔，我也不會幫你囉。

「沒人拜託，他卻說要介紹在金融機關還是貿易公司上班的前輩給我，擅自安排見面，叫我去見人家，讓我相當困擾。」

阿毅說他從一開始就打算要進製造廠商工作。

「現在的職場是我的第一志願，是製造工具機和重機械的廠商。拿到內定時，父母和家姊都爲我開心，姊夫卻沒有好臉色。」

——有夠傻的，跟我和我那些朋友學長相比，生涯總薪資相差了將近一億呢。

「他眞會貶人呢。」我忍不住苦笑。

「不管是金融機關、貿易公司還是廣告公司，都有好有壞，並不是每個人都一樣高薪。只看年薪挑工作，也不能說是聰明的做法。」

「杉村先生做過上班族嗎？」

「是的，不過並不是銀行員。」

「家母有些怕生，卻能馬上對杉村先生敞開心房，我覺得好像明白爲什麼了。」

這應該算是正面評價吧。我向他道謝。

「抱歉，都還沒見過你本人，卻這樣妄下評論。」

「哪裡，是我請教你的。」

「我這些說法也很單方面呢，並不公平。」

「從現狀來看，不公平的是佐佐知貴先生，算是扯平了。」

在這一個月之間，由於憂心與憤怒，筥崎夫人和阿毅應該累積了極大的心理壓力。因爲我打開了蓋子，蒸氣一口氣噴發出來，母親哭泣，兒子憤慨。

但這對母子的精神壓力鍋性能極佳，並且耐用。否則蓋子應該早就被噴飛，鬧得雞飛狗跳。加上還有不願讓父親筥崎先生知道的重石壓在上頭，我覺得筥崎家這一個月以來，實在過於隱忍。

「我委託杉村先生的事，需要我來通知我姊夫嗎？」

「不用，一開始我會空手去跟他握個手看看。與其直接去找本人，先調查一下周圍……算是堅壁清野吧，然後再去見他，應該更有效果。」

再根據他的反應，請阿毅爲我掩護射擊。

「我想麻煩你寫份委任狀給我。我會郵寄過去，請你簽名蓋章寄回來就行了。」

「好的。」

我說不管有沒有進展，每天都會寄電郵向他和筥崎夫人報告，若他們那邊有任何動靜，二十四小時無論什麼時間都可以連絡我，結束了這場談話。

3

第二天，四日星期五，早上七點多我便打了第一通電話給佐佐知貴。

電話轉進答錄機，我留下訊息，等了十五分鐘。沒有回電，我再打了一次，留下與剛才幾乎一樣的訊息，再等了十五分鐘。依然沒有回電。我拿起手機，離開事務所，前往新宿車站。

佐佐知貴任職的廣告公司位在緊鄰新宿站南口的高樓大廈中。我久違地在擠成沙丁魚罐頭的電車車廂裡搖晃，搶先在南口驗票閘門附近守株待兔，看見推擠的人潮當中，筥崎夫人提供的照片中的人物現身了。

身高約一八〇公分上下，肩膀寬闊，是結實的運動員體型。頭髮偏短，五官端正，西裝、皮鞋和公事包看起來都不便宜。是會受女人青睞的「型男」。難怪佐佐優美會愛得死心塌地。不過儘管本人比照片更帥氣，我卻更爲別的事情驚訝。

佐佐知貴整個人憔悴不堪。雖然混在上班人潮中快步行走，但他的腳步難說敏捷。臉色很差，姿勢也頗邋遢。看起來一早就精疲力盡。

對於妻子自殺未遂，會覺得「已經」過了一個月，或是「才」過了一個月，應該會受到丈夫的性格所左右。如果佐佐知貴因爲擔心妻子而憔悴（而且還爲了這件事與岳家起爭執），這便一點都不足爲奇。

然而這時我卻感到一股難以言喻的不安。我做爲私家偵探還是個菜鳥，但從當上班族的時候便多次被捲入犯罪事件。在這些經歷中，我看過許多人消瘦憔悴、失去生氣的模樣。這些經驗打造出來的天線，讓我在佐佐知貴身上感應到了「什麼」。

但現在的工作，先入爲主是大忌。我目送他的背影。

我下載了必要的應用程式，接受小木的指點，因此只是探查個人手機定位的話，我的手機也遊刃有餘。我轉身回到車站，前往西新橋的「蠣殼辦公室」。

在網路世界幾乎無所不能、技術高超到在我眼中簡直就像魔法師的小木——木田光彥（二十七歲），一年三百六十五天都黏在辦公室自己的座位。休息睡覺的時候，就直接鑽進地上的睡袋。他是辦公室附近桑拿的常客，三餐不是請別人買，就是叫外送。今早他正啃著一個大漢堡。
「早，不好意思，你在吃早餐？」
「這不是早餐，是昨天沒吃到的宵夜。」
小木聲音尖高，因此認識他的人常叫他「阿key」，同時影射鍵盤，一語雙關。
「我得先聲明，總是忙得像陀螺的我，月底月初更是忙翻天了。如果是急件，我的收費可能會讓你破產。」
「我不想破產，所以不急。不過請貼上標籤，註明或許有可能變急件。」
小木吸吮著沾了漢堡醬汁的手指，瞥了我遞過去的便條一眼。
「臉書嗎？你想看內容？」
「對。你對曲棍球有興趣嗎？」
「我知道女子曲棍球代表隊的『櫻花日本隊』。」
「這邊的是粗獷強壯的男子曲棍球。」
「那我沒興趣。」
我離開吃完飯繼續工作的小木，尋找小鹿小姐。這位能幹的職員負責連繫我這種外包調查員和辦公室。她正在位置上講電話。
這家辦公室的老闆蠣殼昂先生是個年紀與小木相當的年輕人。他人不一定在辦公室，即使在，也不知道在忙些什麼。今天早上沒看到他人影，所長室的椅子推進辦公桌裡。
小鹿小姐講完電話了。「早，杉村先生。」
我也向她道早，問所長呢？

「去參加婚宴。」

我想了兩秒，接著問：「所長的婚宴？」

所長大學一畢業就從精力充沛的事業家父親手中接下了這家辦公事；他那位風流多情的父親不斷離婚又再婚，所長現在的後母年紀跟他一樣大；他由於小時候受傷，左腳行走有些不便，必須靠拐杖輔助；他是個打輪椅網球的高手，並且燒得一手好菜——關於所長，我只知道這些，但我自認爲瞭解他是個在各方面都不在乎慣例、世俗眼光和想法的人，因此只要有了心儀的對象，即使閃電結婚也不值得驚訝。

小鹿小姐笑了出來：「朋友的啦。明天要在夏威夷舉行婚禮，所長下星期才會回來。」

「這樣啊。他的桌上一片空蕩蕩，所以我猜他是不是出遠門了。」

「被你猜中了呢。有什麼事嗎？」

「要取得醫療資訊，應該很困難吧？」

「和調查未成年人的前案紀錄差不多困難。小木應該辦得到，但如果被抓到違反禁止未授權存取法，會立刻遭到逮捕，最好別拜託他這種事。」

「我想確定一個人是不是眞的住進了某家醫院，妳有沒有什麼好主意？」

這回小鹿小姐想了大概三秒。素顏的鼻周散布著雀斑，眞的就像隻小鹿。

「假扮成花店送花怎麼樣？」

「說來送探病的花？」

「對。說是小花店直接送來的話，穿平常的衣服就行了。杉村先生自己去買花的話，還可以一併拿到出貨單。」

我佩服地拍了一下手：「謝謝，就這麼辦。我可以借辦公室的休旅車嗎？」
我正在辦理借車手續，小鹿小姐拿了條牛仔布圍裙過來。
「送花的時候穿這個去吧。原子筆插在口袋裡，出貨單夾在夾板上帶著，就完美無缺了。」
我開著休旅車前往銀座，在時髦的花店買了一束探病用的花。
「家母託我買的，要送去舍妹的病房。我要明亮華麗的花束。」
離開店裡時，年輕女店員說「請令妹多保重」。我心想把花送到櫃台時，一定也要這麼說。
幸福身心精神診所的門診時間是上午十點到下午三點，病房會客時間是下午一點到晚上七點。
我將載著花束的休旅車停在附近的投幣式停車場，一身無領帶西裝打扮，在附近閒晃觀察，直到十一點多。診所大樓沒什麼人進出。有兩對貌似母女的候診人士，應該是病患和陪同的家屬。
時間差不多了吧——我回到休旅車，穿上圍裙，抱著花束走向診所，與其中一對似乎是看診結束離開的母女擦身而過。青少女年紀的女兒在哭，母親神色陰沉。
自動門開啟，我踏進已經在網路上看過的大廳。室內色調以米黃色和棕色統一，候診區的沙發桌子旁有觀葉植物大盆栽。櫃台上擺了一只圓花瓶，插滿了不合季節的油菜花。
櫃台坐著一個小姐，一襲套裝，妝容清淡，頭髮梳成低髮髻。比起診所，還是更像美體沙龍。
「不好意思，我來送——」
我話還沒說完，櫃台小姐便起身走過來：
「不好意思，我們診所不收探病的鮮花。」
我誇張地裝出驚訝的樣子：「咦！不行嗎？」
「有些病患對花過敏，因此全面禁止。」

「這樣啊……是我們客人不清楚有這種規定嗎？」

櫃台小姐是個年輕的美女，聲音也很悅耳。我望向櫃台的油菜花，她便說：

「那是人造花，有清淨空氣的效果。」

「這樣啊，那我再連絡一下客人。眞是抱歉。」

我彎身行禮，華麗花束外的透明塑膠包裝紙被壓出沙沙聲響。

「我還是請教一下，這是哪位送給哪個病患的花？」

櫃台小姐問道。我假裝查看圍裙口袋裡的出貨單，答道：

「筥崎靜子女士送給佐佐優美女士的。」

櫃台小姐的目光游移起來。雖然只有一下子，但她的眼神確實搖擺不定。不過她立刻堆起笑容，以悅耳的聲音說：

「我會轉達病患。我們診所沒有確實說明規定，給您添麻煩了。也請代爲轉達客戶。」

辛苦了——小姐行禮送我出去。我也哈腰鞠躬地離開診所。

查看手機，佐佐知貴沒離開職場大樓。既然他去上班，上班時間即使外出，應該也是要工作。辦公室的休旅車我借到週末，因此開回家了。我繞到屋子玄關去，把這束花送給房東竹中家，結果竹中夫人和兩位媳婦（竹中家媳婦一號與二號）都開心極了。

「我們中午做了炒飯，杉村先生一起來吃吧。」

我感激地享用了炒飯和中華蛋花湯，回到事務所，筆電裡收到了郵件。是阿毅寄來的。

「從今早到午休，我接到姊夫五次來電，我把內容整理如下。」

我讀了內容，有一半如同預料，有一半比預料中還要糟糕。佐佐知貴聽到我今早的留言，不是回電給我，而是打電話給小舅子。

——什麼代理人？你在搞什麼？

——你到底想怎樣？別鬧了你！

即使一早就接到怒氣沖沖的電話，阿毅仍謹守我們事前說好的說法：

——請連絡杉村先生，和他見面。如果辦不到，就現在立刻好好向我說明狀況。

對此，佐佐知貴又搬出跟之前一樣的說詞：

——除非醫生同意，否則不能讓優美見到我以外的人。岳母不用說了，岳父和你也不能見她。

——如果你們看到她現在的樣子，一定會很震驚。看到你們家人難受的樣子，優美也會受到不好的影響。

——既然這樣，至少讓我跟主治醫生談。告訴我主治醫生的名字和連絡方法，我打電話給他。

這個要求很明快，而且也向對方的說詞讓步了。然而佐佐知貴也拒絕了這個要求。他情緒性地咒罵阿毅：

——你是我小舅子，居然跟你做長輩的姊夫頂嘴？

——你根本就不關心優美的死活吧？她也跟我說過你很無情。

——你們一家根本就是失能家庭，優美就是你們家的犧牲者！

阿毅沒有想到要把電話錄下來，但相當詳盡地寫下了內容。後來阿毅去上班，不再接電話，佐佐知貴就打電話到他公司去了。他是忘了之前阿毅打電話去他公司時，他還對人家冷言冷語，還是實在是急壞了？

——根本不用找什麼代理人攪局，你幹麼做那種事？

——這個杉村是誰啊？

我在電話留言裡可是好好地報上「偵探事務所」的名號了。

——岳母動不動就哭鬧，眞的讓人很頭大。我只是希望你們別來打擾，直到優美好起來爲止。

阿毅沒有改變主張，佐佐知貴的說詞和藉口也一如先前。對話就像平行線，後來佐佐知貴又繼續打來，阿毅覺得有些困擾，接到第三通電話的時候，他下了通牒：

——請你不要再打來了。我會叫公司不要轉接你的電話，我也不會回電給你。如果你願意同意我的要求——身爲我姊的親人天經地義的要求，就連絡杉村先生，而不是找我。

我回信告訴阿毅說收到他的信了，關好事務所，前往佐佐夫妻在相模原的公寓。我想先去當地勘查一下，而且趁著佐佐知貴人在公司，正好向管理員或附近鄰居打聽打聽。

那棟位於相模原市中央區的出租公寓「格蘭捷特相模原」，標榜由知名建築師設計。屋齡五年，共三樓，有半地下平面停車場，共十五戶，有三種房型：二房一廳一廚、一房二廳一廚、樓中樓小套房，大小從十坪到十五坪。每月的租金從網路上大略查到的來看，比這一區的行情高上許多。至於爲什麼我只是站在建築物前面就知道這麼多，是因爲現在還有空房，經手的「市野不動產公司」在正面玄關旁豎起了介紹這些內容的廣告看板。

位在安靜的住宅區，屋齡又新，高級感十足，是符合其昂貴租金的公寓。石牆外觀與陽台的鍛鐵扶手顯得調和美麗。入口的對講機兼自動鎖操作面盤是大理石面板，可同時對應鑰匙及卡片鎖。裡面的大廳擺設了皮革沙發組與沉穩的咖啡桌，並可看見百花盛開的中庭一隅。

從格局來看，目標租客應該是單身人士與年輕情侶。雖然嚮往建築師設計公寓，但又負擔不起山手線周邊的高級地段。如果有了孩子，再搬到適合家庭的物件，是之前的過渡時期的住處——感覺會受到這類租客的歡迎。但距離都心這麼遠，又算不上寬敞，願意支付這麼高租金的單身人士和情侶，實在不可能多到哪裡去。

未能活用地段優勢，半吊子的豪華高級住宅。而且掛著「管理室」牌子的小窗內側拉上了百葉窗，外面寫著物業管理公司的連絡方式，並標明管理員巡視及駐守的時間只有一三五的上午十點到下午三點。管理室並非隨時有人，也大大地減損了物件的價值。

我感到訝異。根據笘崎夫人和阿毅的說明所想像出來的佐佐夫妻，與這個住處並不吻合。佐佐知貴和優美都生長在富裕的家庭，應該深知奢侈之道，貫徹自己的喜好。而且優美還有「向爸媽討錢」這個外掛，完全不需要委屈自己。她應該會選擇管理體制完善的都心高級公寓——倒不如說，她怎麼不在娘家附近挑選新居，而要住在離娘家交通不便的地方？

時間是下午三點十五分。管理員似乎準時下班了，不見人影。

信箱上只有四戶掛出名牌。佐佐夫妻住的二〇二號室也沒有名牌，而且有些人即使搬進來也不放名牌，因此無法斷定，但三種房型都還在招租，顯示至少有三戶是空的。這幢豪華的建築師設計公寓散發著欠缺生活感的寂寥感，就有如不受歡迎的出售建案樣品屋。

我搜尋看板上的「市野不動產」，雖然在首都圈各地都有營業所，但總公司位在新宿三丁目，負責「格蘭捷特相模原」的也是總公司的營業部門。回程再順路過去看看吧。

附近有沒有什麼人可以打聽？我在四處逛了逛。精美的籬笆圍繞的日本傳統屋舍、有寬敞車庫的摩登房屋。屋頂上的太陽能板反射著晚秋的豔陽。我同時也看到防盜監視器和保全公司的貼紙。和公寓不同，這類透天厝難以隨意上前按門鈴。

我沿著這個街區繞了一圈，回到公寓前，發現隔著一車線馬路的對面人家，疑似住戶的老人正把自行車停在門前。車籃裡裝著超市塑膠袋。對面人家占地寬廣，是一棟平房，精心維護的庭院深處還有一間老舊的凸菱紋牆倉庫。

「不好意思，請問一下。」

我出聲攀談，老人向我點點頭。光禿的寬額上有三條清楚的皺紋。馬球衫上套著羊毛背心，外罩夾克，底下是一雙鮮豔的運動鞋。

「午安。」老人說。

「不好意思，我是那棟公寓住戶佐佐的親戚，我親戚突然生病住院，聽說最近總算出院了，所以我過來拜訪。」

老人睜圓了眼睛：「眞的嗎？眞是不得了。」

「託你的福，病似乎已經好了，但我一直連絡不上他們……我很擔心，所以過來看看，但親戚好像不在家，又沒有管理員，我不知道該怎麼辦。我在想，佐佐家有沒有參加町內會之類的，和街坊有來往？」

老人仰望「格蘭捷特相模原」，搔了搔鼻頭說：

「這棟公寓的住戶沒有加入我們町內會，因爲都是租客。」

「啊，這樣啊。」

「你說你要找——」

「佐佐，佐佐知貴和優美夫婦。」

聽到名字似乎也不知道是誰，老人搖了搖頭：

「不好意思啊，我不認識。」

「這樣啊，抱歉打擾了。公寓房東是住在這一帶的人嗎？」
「以前是。直到上一代都住在這前面的地方。」
老人以指甲剪短的指頭指著公寓南方。
「跟我們家一樣，以前是農家。今井家那裡上一代過世以後，繼承的孩子們都住在遠方，所以好像把土地分一分賣了。」
「哦，常有的事呢。」我表現出理解的樣子。「那大概是一個月前的事吧，聽說他們叫了救護車，因爲正值三更半夜，一定驚動到鄰居了，給你添麻煩了。」
老人聞言，額頭上的三條皺紋擠成了一團：「救護車？」
「是的，上個月二號，星期天的深夜。」
「哦，那件事啊。」老人頻頻點頭。「我記得。送醫的是個年輕女人吧，那是先生嗎？一個男的上了救護車陪同，我太太有出來看，我們還在討論是怎麼一回事呢。」
是第一號目擊者。看來佐佐優美被救護車送走是事實。
「她已經好了嗎？」
「是的，沒有大礙。」
「那太好了。」
那我進去了——老人開門，推著自行車進入庭院。我沒有挽留，離開原地，物色好停車也不會顯得突兀，又能監看「格蘭捷特相模原」人員進出的地點後，回到車站。
抵達新宿站，我拜訪負責租賃事務的市野不動產總公司。那是一棟鉛筆狀的老大樓，一樓是一般客戶的營業門市。我假冒住在同一個市內、考慮搬進更高級的「格蘭捷特相模原」的租客，在窗口的圓椅子坐下。接待我的職員是個髮線後退的中年男子。
「這麼說來，今井家的人都好嗎？」
我像這樣探口風，負責人面露笑容：
「您是房東的朋友？」
「我認識他兒子。」
「這樣啊。今井先生是敝公司的客戶，很關照我們。『格蘭捷特相模原』在今井先生的物件當中，也是相當值得推薦的地方。」
這名職員很稱職，沒有透露更多的事。我要了物件資料之後撤退了。
佐佐知貴的手機依然在公司。我回到事務所，在附近的咖啡廳「侘助」用過簡單的晚飯，正喝著咖啡，佐佐知貴的手機總算從新宿移動到代代木了。這時晚上八點多，接下來手機一直停留在代代木附近直到十點半，然後移動到相模原，回到了自家。他沒有去探望妻子。
我用電郵簡單向筥崎夫人和阿毅報告後，趕在公共澡堂打烊前去洗澡。

一晚過去，隔天一早我便開著辦公室的休旅車，首先前往「侘助」，領取向老闆預定的午餐盒和水壺，再次前往相模原。今天是星期六，佐佐知貴在家。
如果只是確定他的位置，追蹤他前往的地方，只要透過手機就夠了，但是他有可能留在家裡，請人或是把人叫去家裡。要確定這一點，只能在現場監視。
佐佐知貴和阿毅談過以後，似乎相當焦急，我認爲他可能找人商量目前面臨的困境。我想知道他商量的對象是誰。那個人也許是妻子的主治醫生，或是朋友。搞不好是過從甚密的女人。

沒錯，女人。身爲私家偵探，應該要懷疑這個可能性。佐佐知貴在外頭花心（也許仍是現在進行式），東窗事發，夫妻爆發激烈口角，優美一氣之下自殺。幸好自殺未遂，但她的精神狀況依然極不穩定，佐佐知貴無比狼狽（所以才會憔悴成那樣），爲了不讓岳父母發現這件醜事，因此將妻子隔離起來，是這樣的情節。

不過爲了隱瞞外遇風波，將妻子隔離超過一個月，不會有些過頭了嗎？是可以進一步把條件縮小爲「只爲了隱瞞外遇風波」。但總覺得還有其他隱情。

開上中央快速道路前，我打了佐佐知貴的手機，被轉進語音信箱。看來他還是不願意跟我談。如果今天他準備找人商量，尋求建議，或要求協助，再來與我周旋，那還算是好的。

我把休旅車停在「格蘭捷特相模原」西邊約一百公尺外的十字路口，從副駕駛座的郵差包取出附望遠鏡頭的數位單眼相機。這是事務所開張時，「蠣殼辦公室」便宜賣給我的二手貨，過去一直沒有機會派上用場，今天我準備讓它大顯身手，相機應該也會很開心。

透過鏡頭，可以看到昨天聊了幾句的對面人家老人正在庭院晾衣服。因爲是望遠鏡頭，連老人額頭上的皺紋都看得一清二楚。鏡頭轉向「格蘭捷特相模原」，三樓邊間的住戶在陽台爲盆栽澆水。是個綁馬尾的長髮年輕小姐。

我的女兒桃子現在就讀小學四年級。她本來一直都是孩子氣的娃娃頭，但進入二學期後，開始留起長髮來。她說因爲她想要綁馬尾。上個月探視的時候，她把留到一半的頭髮在兩耳後方緊緊地紮成了兩根，髮根都被扯直了，看起來很痛，她卻說「這樣可以長快一點」，所以要忍耐。還要多久，才能留到可以綁成三樓小姐那樣漂亮的馬尾呢？

第一個拍到的外人是宅配送貨員，接著是穿著印有報社名稱外套的年輕人。從公寓出來的居民，有貌似出門慢跑的男子（一個小時後回來了）、年約三十五的夫妻（兩人一起走下半地下停車場，開著粗獷的荒原路華休旅車出門）、剛才看到的三樓馬尾小姐（十五分鐘後提著超商袋子回來）、五十開外的短髮婦人（穿圍裙配牛仔褲）、銀髮老夫妻（太太撐拐杖）——

佐佐知貴沒有移動。手機一直在公寓裡。

用午飯前，我先開動休旅車，繞了該街區一周後，這次改停在東邊八十公尺遠的電線杆後方，然後打電話給笘崎夫人。

夫人立刻接了電話。我寒暄後切入正題：

「佐佐知貴先生和優美女士從剛結婚就住在相模原市中央區的公寓嗎？」

「是的，怎麼了嗎？」

「很棒的公寓呢。不過如果能負擔這麼高的租金，應該也可以在更靠近都心的地方或娘家附近租房子吧？他們兩位有什麼特別中意相模原的理由嗎？」

「這……是的，當時起了一點爭執。杉村先生去過那裡了嗎？」

「我就在附近。」

「咦！」聲音揚了起來。「你要去找知貴是嗎？」

「看情況。他還是一樣不接我的電話，因此即使去找他，或許也只是反效果。我是想確定一下即使優美女士不在，知貴先生是不是也安安分分地待在家裡，所以過來看看。」

「——那，知貴在家裡吧？」

「我還沒看到他本人，但他確定在家裡。」

夫人說「請等一下」。

我將單眼相機放在膝上，拿著手機坐在駕駛座，剛才看到的老夫妻經過我的休旅車，走向「格蘭捷特相模原」。兩人聊得很熱絡。

手機另一頭傳來翻東西的聲音，筥崎夫人的聲音回來了：

「久等了，我去拿家計簿過來。」

夫人說她沒有寫日記的習慣，但如果有什麼特別的事，她會在家計簿的備忘欄裡簡單記下來。

「我一直有在記帳，而且優美的婚禮前後花費特別多，所以也留下了不少記錄。」

「關於兩人的新居，也有什麼記錄嗎？」

「是的，我自己也還記得——」

翻家計簿的聲音。

「四月中旬，這是婚禮兩個月前的事，我寫著『爲新居吵架』。」

決定要結婚後，年輕的兩人在挑選婚宴會場的同時，也開始尋覓新居。婚宴會場順利決定，找新居卻是困難重重。

「就像你說的，優美想要住在娘家附近，所以她說因爲離都心遠，要找高級一點的地方。但知貴卻說就算其他條件可以讓步，他也要住在離公司近的地方。」

——房租是從我的薪水出，所以沒辦法滿足全部的要求。

「所以看了好幾個地方，卻遲遲決定不了。我女兒可能也是急了——」

——媽，妳拜託爸出錢，讓我們住在想住的地方啦！

「她還拿了超高樓大廈公寓的廣告手冊回來給我看。」

夫人微弱地笑了笑。

「都已經結婚要建立自己的家庭，優美還這樣無理取鬧，因爲我們夫妻把她慣壞了。」

阿毅也說姊姊是公主。

「不過雖然丟臉，但她是我們的寶貝女兒，而且這年頭治安又不好，我不希望她住在治安差或保全不好的公寓，所以我和外子商量，說是不是要替他們出個頭期款，當做結婚賀禮。」

「妳先生那時候也一直待在福島嗎？」

「對，每個月大概回家兩次。如果優美他們要買房子，也需要親家那邊的同意，所以外子說會回來一趟，好好商量這件事。」

等於是事情朝優美期望的方向發展了。看來我的猜想大致上都沒錯。

「然而那天知貴卻突然——」

——我找到房子了。我會先搬過去住。

「知貴這樣說，在我家跟優美大吵一架。」

佐佐知貴找到的地方就是「格蘭捷特相模原」。

「一開始優美看到照片和平面圖，也覺得是很時髦的建築師設計公寓，很開心，但一聽到地點，嚇了一跳，生氣起來。」

——我跟那地方根本不熟，回娘家也不方便，跟你的公司也一點都不近啊！

雖然有直達的通勤快速車，但確實不算近。

「優美說那麼遠，才十五坪大，這租金太貴了。」

「確實很貴。廣告說二房一廳一廚的房型要十八萬五千圓，那一帶的話，應該可以在屋齡很新的公寓租到二十四坪左右的住處，或是屋況不錯的透天厝。」

「但知貴說實際上只需要一半的租金。」

「什麼？」

「他說那是他大學學長上班的不動產公司物件，一直住不滿，房東和負責人鬧得很不愉快。」

——他拜託我說他想要業績，所以房租算我們一半，住上兩年就行了，之後搬走也沒關係，叫我無論如何就住個兩年。他都這樣向我低頭了，我沒辦法說不。

新情報。原來佐佐知貴的學長在「市野不動產」上班？

我本來就覺得「格蘭捷特相模原」這個租案從構想上就失敗了，看來猜得沒錯。不過這並不是我的直覺特別敏銳，大部分的人看到那棟公寓，應該都會這麼想。

「他說他已經簽了約，也找搬家公司估好價了，這件事就這麼定了。」

「優美女士直到婚前都住在家裡對吧？那知貴先生呢？」

「應該住在早稻田的老公寓套房。他說他會先從那裡搬過去，新居需要的家具、家電，還有優美的東西，晚一點再搬進去就行了。」

我低聲呻吟：「難怪會吵起來。」

「優美又氣又哭，那天還大喊她不要結婚了。」

筥崎夫人驚慌失措地看著鬧翻的兩人。兩人吵了一星期，優美不停地生氣、哭泣，不過——

「她的態度漸漸軟化了。因爲公寓本身眞的很不錯，最後她還是妥協了，說如果眞的只要一半的房租，只住兩年，那就這樣吧。喜帖都已經寄出去了，她應該也沒辦法眞的不結婚吧。」

但事情決定以後，優美還是向筥崎夫人抱怨：

——阿知對我總是很好，最疼我了，可是每次只要扯上他的大學學長，他就會立刻變了個人，就只有這點討厭死了。

「實際上他們已經住了快兩年半呢。有搬家的計畫嗎？」

「他們好像到處找房子。大概暑假的時候吧，他們一起回娘家的時候，也提到說想要跟外子討論買房子的資金問題，問外子什麼時候比較有空。」

「我瞭解了。」

「杉村先生，我想請問，你開始調查了，如果我去優美住院的診所探病，會妨礙到你嗎？」

「不，沒關係。如果能夠見到面是最好。不過妳的心情一定很複雜，請小心避免引發問題。」

「好的，我會注意。」

前面的「格蘭捷特相模原」有人出來了。我向夫人告罪，掛斷電話，換上相機，但那個人並不是佐佐知貴，而是穿著成套運動服的中年男子，叼著菸往另一頭走去。

我打開籃子吃著三明治，尋思起來。原來如此，佐佐知貴是這種型的人啊。如果學長拜託，就拒絕不了，連女朋友的意見都可以毫不猶豫地否決，非給學長面子不可。這表示他重視、講究上下輩分。這也可以解釋他高高在上地批評小舅子阿毅的行爲。

他是個運動員，說難聽點，有那種體育社團式的思維吧。我不喜歡這種人，也不擅長跟這類人打交道，但這一點值得期待。如果佐佐知貴敬重的學長是個懂禮儀常識的人，或許可以幫忙罵罵他。若是可以就此破解僵局，就能圓滿地開拓出解決之道。

接下來我繼續無聊的監視活動，也拍了許多照片。下午三點多，我再次移動車子（順便去找到的超商借廁所），回到一開始的十字路口。

差點就錯過了。我才剛熄火，佐佐知貴就從「格蘭捷特相模原」的正面玄關走了出來。他穿著成套運動服，趿著樹脂拖鞋，頭髮亂糟糟的，很像才剛睡醒。手機插在口袋裡，但兩手空空，應該不是要去太遠的地方。

我下車徒步尾隨，他進入我剛才去借廁所的超商。三樓的馬尾小姐也是提這家店的塑膠袋，應該是離這裡最近的超商。

我從店外隔著玻璃觀察，昨天看到通勤途中的佐佐知貴時感覺到的不安又重回心頭。他的目光空洞，動作也有氣無力。他在店裡閒晃了十分鐘以上，買了罐裝啤酒和便當。

他離開時，我假裝進入店內，與他擦身而過。在近處一看，那張臉暗沉浮腫，鬍子也沒刮。

我爲了拉開距離而停留原地，但考慮是不是該叫住他。如果他煩惱成那樣，發動突擊，或許意外地可以輕易攻陷。

結果我打消了這個念頭，因爲不管是去程還是回程，還有在店裡的時候，他都不停地看手機。看起來像在等人連絡，而且是非常急切地。

我想要鞏固事實——今天佐佐知貴也沒有去幸福身心精神診所探望妻子的事實。

回到「格蘭捷特相模原」後，手機的移動又停止了。感覺好像可以看見他打開啤酒，味如嚼蠟地吃便當的模樣。我決定繼續監視，直到診所會面時間結束的晚上七點。進出公寓的，全都是已經看過、拍到照片的住戶。原本戶數就少，而且還有空房，這也是當然的。

晚秋的太陽完全西下，接近七點的時候，出現了一個新的外人。是個嬌小的年輕女子，長袖洋裝上穿著薄大衣，及肩的頭髮燙得很漂亮，好像也有化妝。女子是從車站走來的。即使不用望遠鏡看，特徵也很醒目。她肩上揹著以所謂「女孩風」設計走紅的品牌托特包，雙手寶貝地抱著一個包袱。從大小和形狀推測，應該是多層日式飯盒，或是這種類型的大便當盒。

我先拍了照片，基於直覺下車前往公寓。年輕女子站在對講機前。我假裝住戶，走到信箱旁。她將包袱移到左手，用右手操作面板。食指按下「二」、「〇」、「二」。是佐佐夫妻的住處。

輸入房號後，她暫時縮回了手。她收起下巴，注視著面板，又伸出手來，就要按下門鈴鍵——罷手了。她重新用雙手抱好包袱，蜷著背，靜靜地站著不動。接著後退兩三步，離開面板，一轉身便離開大廳了。

她在馬路上停步，仰望著「格蘭捷特相模原」，表情緊張而僵硬。由於她可以一清二楚地看到玻璃牆內的我，因此我側著身子，避免與她對望，假裝在玩手機。她會回來嗎？——預測落空了。女子抱著包袱，往車站走去了。頭垂得低低的，腳步愈來愈快，變成了小跑步。

我走出大廳追上去。因爲不想嚇到她，沒有用跑的。這裡沒有岔路，而且嬌小的她步伐很小，只要加快腳步，輕鬆就能縮短距離，不一會兒就追上了。

「不好意思，請問一下。」

我從背後出聲，她整個人跳了起來，猛地回頭，托特包從肩上滑落，卡在手肘處。

「抱歉嚇到妳了，妳剛才是要找住在那裡的佐佐嗎？」

短短幾秒內，各種表情掠過她的臉：驚訝、放心、羞恥、喜悅、客氣、警覺。

我微笑著點點頭：「抱歉這麼沒禮貌，我是知貴的表哥。我聽說他這陣子身體不舒服，過來看看。我有事到這附近，順道來，但打給他都轉到信箱，不知道他到底怎麼了，有點擔心。」

年輕女子瞪大了眼睛。嘴唇顫抖，耳垂逐漸潮紅。

「我在大廳猶豫是要再留言給他，還是寫張字條丟進他的信箱，發現妳過來……二〇二號室是知貴和優美的住處吧？」

女子緊抿著嘴唇，僵硬地連點了幾下頭。接著她突然立正向我行禮：

「對、對不起！」

我假裝慌張地搖著手：「哪裡，我才是，突然把妳叫住，眞對不起。不好意思，妳是優美的朋友嗎？」

「對，呃，我是——」

「我聽說優美也住院了一陣子，他們夫妻倆是怎麼了呢？」

年輕女子緊抱著包袱，聲音顫抖、劈哩啪啦地說：「太、太太現在還在住院。」

我知道這瞬間她心想「糟了」。也許是「啊、講錯了」、「死了！」不管怎麼樣，既然她都說了「太太」，就再也不能假裝是優美的朋友了。

我裝作沒發現，誇張地驚訝說：

「這樣嗎？那，知貴身體不舒服是因爲——」

「一定是因爲擔心太太。佐佐先生在公司裡也都無精打采的……」

「這樣啊。妳是知貴的同事呢。謝謝妳對知貴的關照。」

我想從她身上問出什麼，但不想嚇到她，故作傻氣地禮貌寒暄著。

「哪裡！我、我才是受到佐佐先生關照。」

女子已經是滿臉通紅了。她激動得冒汗。

「那，知貴是去醫院看優美，所以不在嗎？優美是生了什麼病呢？不曉得嚴不嚴重。妳知道她在哪家醫院嗎？」

我窩囊地搔搔頭，露出苦笑。

「我從小就跟知貴很熟，可是他出社會以後，因爲彼此都忙，從他的婚禮以後就沒碰面了。」

「啊、喔，這樣啊。」

「妳不知道是哪家醫院嗎？」

女子鼻頭冒著汗，搖了搖頭：「——這是個人隱私。」

「啊，說的也是呢，眞抱歉。既然都來了，我就再等一下好了。我可以替妳轉達妳來探望過他，妳——」

女子臉色乍變，整個蒼白。我還沒問完整句「妳叫什麼名字」，她已經準備撤退了。

「請、請不用管我。我就住在這、這條線附近，眞的只是順便，對，我也只是順便來看看而已。因爲佐佐先生看起來太憔悴——」

「嗯，我聽阿姨說，他這個月一下子掉了五公斤呢。他在職場也讓同事擔心了呢。」

她用力點了幾下頭：「好像也沒有好好吃飯。對，眞的就是這一個月的事。最近臉色稍微好了一點，可是上週末又突然惡化，變得比之前更瘦了，大家都很擔心。」

我擺出嚴厲的說教嘴臉，以年長親戚的姿態說：

「眞是太抱歉了。我會好好說說他。多謝妳的關心。」

我行了個禮，她也非常用力地行了個禮。

「對不起，眞的不好意思。」

然後這回再也不加掩飾地落荒而逃了。我沒有追上去。即使佐佐知貴眞的有外遇，對象也不是她。世上才沒有這麼膽小的小三。不過，明知道男同事的妻子住院不在家，卻帶著親手做的料理（包袱裡面裝的不可能是別的東西）拜訪住家——而且不是午餐時間，而是刻意挑選晚餐時間過來，這女的膽子也眞不小。如果換個狀況，難保不會升級爲正牌小三。

總而言之，她帶來了寶貴的線索。

一　佐佐知貴憔悴到在職場也引起關心（或訝異）。

二　優美住院的事，他毫不隱瞞地告訴身邊的人，但沒有做出具體說明。

三　果然很受女人歡迎。

四　他從一個月前便開始驚慌狼狽、憔悴消瘦，也就是優美自殺未遂那時候，後來漸漸恢復平靜，卻從上週末又變嚴重了。這是因爲阿毅雇了私家偵探的緣故吧。

我回到「格蘭捷特相模原」的大廳。萬一佐佐知貴從窗戶看到我們剛才那一幕，也許會急忙衝下樓來——但事情並未如此發展。我回到休旅車，結果一直待到晚上八點，但佐佐知貴的手機沒有從公寓離開。回程的時候，我邊開車邊想像女子的豪華便當裡裝了些什麼，空蕩蕩的胃咕嚕嚕叫個不停。

進入星期天後，狀況有了新發展。

我拜託「侘助」的老闆準備比總匯三明治更能墊胃的東西，結果他在午餐盒裡裝了飯糰、炸雞、白煮蛋和削成兔子形狀的蘋果，簡直像小孩子運動會帶的便當。

中午十二點五十分，我正準備大快朵頤時，十字路口開來一輛午夜藍的艾克艾爾，停在「格蘭捷特相模原」前面。艾克艾爾是人氣環保車款，也是高級車。而且午夜藍是相當罕見的顏色。

從車上下來的男子人高馬大，遠遠地也看得出肌肉魁梧。從望遠鏡頭望過去，頭髮以男性而言偏長，是重度自然捲。體格太好了，有些判斷不出年紀，不過應該比佐佐知貴大，比我還小。他穿著手肘有補丁的外套、棉褲，配尖頭皮鞋，打扮時髦。

男子拿著車鑰匙，匆匆走進公寓裡面了。只有一個人。我拍下他的車牌。

不到十分鐘，男子回來了。佐佐知貴也一起。他今天不是穿成套運動服，而是白襯衫配牛仔褲，外套拿在手上。他垂著頭、拱著肩，也許是因為這樣，顯得莫名鬼祟地鑽進了副駕駛座。車子立刻發車，往我的休旅車開來。

我拿著白煮蛋，斜眼觀察擦身而過的艾克艾爾車內，看見佐佐知貴神情空洞的臉。駕駛座的男子面朝前方，嘴唇緊閉。出門後直到開車離去，兩人都沒有交談。

我等到艾克艾爾的車影變小，將休旅車掉頭，追了上去。幸好暫時沒有岔路，路上也沒什麼行車。我追蹤著朝西北方開去的艾克艾爾，中間偶爾穿插出現的卡車或家用轎車。是要上國道二〇號線嗎？車站周圍交通量增加，看不到艾克艾爾了。我設法跟上，但沒多久便不巧被紅燈攔下，追丟了車子。

無論對象是徒步還是開車，要一個人成功地尾隨到最後，都是件難事。但我還可以追蹤手機。我立刻取出來確認，不出所料，手機位置在國道二〇號線上——沒想到這時顯示佐佐知貴位置的紅點消失了。他關掉手機電源了。我考慮是否要追上去，但還是打消了念頭。那裡不是高速公路，如果他們開出國道，根本無從找起。

應該不是跟蹤被發現了。但我從一開始就表明我是私家偵探，即使對方提高警覺，也是很合理的事。就算憔悴萬分的佐佐知貴沒想到這麼多，顯然要把他帶去某處（或是陪伴他去某處）的那個鬈毛男或許也提出忠告，要他關掉手機。

我前往惠比壽的幸福身心精神診所。路上打電話給筥崎夫人，沒想到她也在惠比壽站。

「我正想去診所探望。」

「我也正從相模原開車過去，不好意思，不管妳有沒有見到女兒，可以在那裡等我到嗎？」

「好的。」

「如果知貴先生出現在那裡，請立刻通知我。」

我不再多想，專心開車。近一個小時後，我把車停在診所前，看見夫人一個人悄然站著。

「怎麼樣？」

聽到我的問題，夫人默默搖頭。除了皮革手提包外，她提了個百貨公司紙袋。

「老樣子，吃了閉門羹。我沒看到知貴，但不知道他是不是在優美的病房。」

我先讓夫人上車，開到診所旁邊的巷子停下來。

「知貴先生不在病房。他從相模原的自家，和疑似學長或朋友的男人開車出去了。」

我爲尾隨失敗的事道歉，但夫人不在意，只想看照片。

我將相機接上筆電，顯示照片檔，爲了愼重起見，我從第一張逐一讓夫人確認。夫人戴上她那副老花眼鏡，上身前屈，專注地看著，但一直到佐佐知貴準備坐上午夜藍的艾克艾爾的照片，我捲動畫面的手指都沒有停下來過。

「這是知貴吧？」

「是的，妳認得跟他在一起的男子嗎？」

夫人注視螢幕。公寓前的兩人、上車後的兩人、開過我旁邊的駕駛座和副駕駛座上的兩人。

「唔……我不認識。是知貴的同事嗎？」

不是堂兄表兄之類的親戚嗎？

「我把這些照片傳送到妳的手機，如果妳想到什麼，請通知我。」

夫人說好，身子微微哆嗦。「不過這是怎麼回事？知貴看起來才像是病了。」

事發過一個多月，筥崎夫人一直沒有見到佐佐知貴。她會被他憔悴的模樣嚇到也是難怪。

「我不知道他是不是生病，但他的身體狀況似乎不太好。感覺似乎也在煩惱些什麼。」

「這還用說嗎？他都把我和優美害成這樣了。」

夫人第一次疾言厲色。

「如果我身為母親有責任，知貴身為丈夫，應該也有責任。優美那麼痛苦，他卻一副沒事人的樣子的話——」

夫人發洩似地說到這裡，突然咬住嘴唇。

「對不起。我沒資格埋怨這些。」

「不，我認為妳完全有資格說這些話。」

雖說女兒被當成人質，無可奈何，但夫人可以說是過分低聲下氣了。她完全有資格更生氣。

「目前並沒有任何證據，因此這個問題完全只是問來參考，妳曾經因為這件事，懷疑過知貴先生有外遇嗎？」

夫人看我，露出從來沒有過的強烈眼神。

「這種時候，一般應該都會第一個懷疑這種可能性呢。但我們家不一樣。如果知貴外遇，優美在搞什麼自殺之前，應該會第一個跑來向我哭訴才對。」

然後就這樣直接離婚——她斬釘截鐵地說。

「我女兒和知貴從大學一年級開始交往。知貴那樣一個男人，一定很受女人歡迎，也鬧過幾次花心風波，所以我也很擔心這一點，在他們正式登記前就問過優美。」

——知貴那麼受女人歡迎，做的又是那麼風光的行業，往後一定會遇到許多女人，或許有可能外遇。如果他眞的外遇了，妳要怎麼辦？

「優美說，既然結了婚，她絕對不會原諒丈夫外遇，會跟他離婚。」

——背叛沒有藉口。

「我女兒自尊心很高，我也覺得她這樣的決心是對的。」

我說我明白了。

「今天請妳先回去吧。妳最好在家好好休息。」

「杉村先生呢？」

「我在這裡等到會客時間結束，看知貴先生會不會來。」

「這樣。拜託你了。」

夫人正要下車，忽然想到，回過身來，遞出手上的紙袋。

「如果不嫌棄，這個請你吃。是我做給優美的。雖然不知道合不合你的胃口。」

我不客氣地收下。「謝謝。」

筥崎夫人離開後，我打電話給「蠣殼辦公室」的小木。

「怎麼，杉村先生啊？」

「之前拜託你的臉書，還是想要請你優先處理。明天上午有辦法嗎？」

「嗯，瞭解。」

「還有一件事，有個已經關閉的臉書，我想請你打開。」

如果能看到佐佐優美的臉書，就能知道她有哪些朋友。我說出帳號，小木心不在焉地應著「瞭。」沒提到收費。

從年齡來看，開艾克艾爾的男子應該不是佐佐知貴的「朋友」，而是學長，那麼很有可能是三位一體隊的隊員。我想要早點確定這件事。我一直在診所附近待到九點多。離去之前仰望建築物，上面的樓層有幾道窗戶是亮的，應該是住院病房。

但佐佐優美不在這家診所。也許她曾經在這裡住院，但至少現在不在這裡。我幾乎可以篤定她在別的地方，佐佐知貴和艾克艾爾男就是去找她的。

佐佐優美在那裡受到保護，或是遭到隔離。也許是她主動疏遠了身邊的人，就連對情同姊妹的母親，也沒有寄出任何報平安的簡訊。

這是爲什麼？

會不會自殺未遂根本是謊言，其實佐佐優美不是自殘，而是被丈夫毆打或刺傷——差點遇害？不，她被救護車緊急送醫，如果有傷害或殺人未遂的嫌疑，治療她的醫護人員應該會報警。近年來不管被害人說法如何，醫療機關對疑似家暴的案件都從嚴處理。就算優美爲了包庇丈夫，懇求院方不要報警，醫院應該也會通知（或是要她通知）母親筥崎夫人才對。

優美自殺未遂這件事本身應該是事實。這樣想比較自然。問題是動機。因此佐佐知貴雖然坦白地說出發生了什麼事，卻捏造了「原因」。

事實上，「毒親」這樣的指控非常有效。筥崎夫人一頭霧水，因爲罪惡感而亂了章法，被女婿給唬過去了。佐佐知貴一直到三日的晚上十點多都不接夫人的電話，應該也是想要時間，好把這樣的指控編造得更煞有其事。

他不理會我三番兩次打去的電話，也是在故技重施吧。爲了擊退我這個優美的弟弟的代理人，他向阿毅抗議、找「學長」求救，拖延時間。

儘管如此推論，我卻在惠比壽流連不去，是因爲我依然抱有一絲祈求，希望佐佐知貴會過來探病、希望一切都只是我在杞人憂天，其實一切就如同佐佐知貴所聲稱的那樣。

將優美逼到自殺、讓知貴憔悴得不成人形的眞正「原因」是什麼？那是必須搬出這麼多不自然的謊言，也非要隱瞞不可嗎？一想到佐佐知貴宛如行屍走肉的臉，不祥的預感愈來愈強烈。

但佐佐知貴這一個月消瘦到身邊的人都感到訝異，也是件好事。因爲這證明了他對於非隱瞞不可的事感到自責或有罪惡感，爲此痛苦。

回到租借竹中家一隅的事務所兼住處後，我打開筥崎夫人送我的紙袋。袋子裡裝了兩個保鮮盒，裡面是盛裝得整整齊齊的便當。應該都是優美愛吃的菜：全是熟料的散壽司（註）、燉菜及涼拌蔬菜、一口大小的炸牡蠣、味噌煎白身魚、肉丸子、加入罐頭桃子與蜜柑的優格沙拉。

我細心品嚐。味道清淡高雅。我因爲種種原因，形同被家裡斷絕了關係，因此許久不曾嚐到母親親手燒的菜了。我想起母親做的菜味道更濃，炸物也更油膩。

4

七日星期一，我一早就前往汽車檢查登記事務所，塡寫「登記事項等證明文件申請書」，在窗

註：散壽司是在醋飯放上各種壽司料，或是料與飯拌勻的壽司，一般都有生魚肉。

口提交身分證明文件。是爲了申請從車牌號碼查詢車主身分。申請理由是必塡項目，我塡上「遭損壞屋門後逃逸」，對窗口人員說昨天傍晚這輛車在我家門口迴轉時撞壞了屋門。

「有監視器畫面可以證明肇事嗎？」

「我們家沒有監視器。我聽到聲音急忙跑出來看，只看到車牌號碼而已。」

由於牽涉到個人資訊，這類申請的審核特別嚴格，很多時候會遭到拒絕，但這次也許是運氣好，我的申請通過，查到了那台午夜藍的艾克艾爾的車主身分。高根澤輝征，登記的住址在目黑區。雖然這個人還不一定就是昨天的駕駛，但我對這個名字有印象。

「蠣殼辦公室」裡，小木又在吃漢堡。

「這是早餐。」他說，催促我在並排的螢幕前坐下。

「打開臉書很簡單，但要我親自出馬，就得排隊了。只要你同意，我可以轉包給我的下游。」

小木的「下游」，是他自掏腰包雇用（或是請求協助）的網友，當然不在這間辦公室裡，搞不好小木自己也沒見過對方。

「如果是你信任的下游，當然沒問題。」

「我敢掛保證。」

「好，那以後就請你這樣處理。」

小木繼續工作，我先從解鎖的三位一體隊的官網開始看起。

不過我想知道的資料，早就寫在首頁上了。難怪我認得「高根澤輝征」這個名字，他就是三位一體隊的代表幹事。

將畫面往下捲動，出現首頁上只列出名字的各名幹事的照片。猜中了。特色十足的鬈髮和五官分明的臉孔，就是昨天艾克艾爾的駕駛沒錯。果然是學長嗎？

臉書內容就像常見的運動同好會，也有練習和比賽的影片。在國內，雖然女子曲棍球日本代表隊很有名，但這是我第一次認眞看比賽影片，發現原來曲棍球是如此劇烈的運動，驚訝不已。

曲棍球的正式名稱是草地曲棍球，和足球一樣，一隊有十名球員，再加上一名守門員。我稍微查了一下，發現可以登記出場比賽的選手有十八名，三位一體隊目前的隊員有十三名。臉書的隊員名單上列出了名字和畢業年次，高根澤輝征是最年長的一個，三十三歲。

如果休閒嗜好是需要廣大球場的運動，光是要找到練習場地就是個頭痛的問題。三位一體隊也是一樣，臉書管理員不停地呼籲隊員提供計時出租球場的資訊，還發牢騷說自己籤運太差，叫手氣好的隊員代爲抽籤。這是因爲公共運動場地非常搶手，多半都採用抽籤決定吧。若是天然草皮或人工草皮的球場，原本數量就少，競爭更是激烈。

我回溯隊員以前的發言，話題幾乎都是找練習場地。今年應該也是受到震災影響，好像還沒有辦過任何比賽，練習也是時有時無，從討論內容來看，一月練習過兩次、二月一次，三、四、五月完全沒有，六月和七月各一次，八月又沒有了，九月兩次，十月也沒有，直到現在。往後的預定，目前似乎也還沒有決定。

對照名單和留言內容，我發現經常發言的隊員就是那幾個。有四、五個隊員難得才會浮出來，一有練習公告，他們便會有志一同地回覆不能參加：「我要出差」、「那天不方便」。這樣豈不是湊不滿隊伍需要的十一個人了嗎？

不出所料，九月底的時候，高根澤輝征以代表幹事身分寫下訓斥隊員的留言，特別嚴厲指責（就我看到的）似乎最常缺席的「田卷」。

「偷懶不練習，會破壞隊伍團結，也是在扯優秀隊員的後腿，是最不可原諒的行爲。如果不立刻反省自己的生活習慣，洗心革面，積極參加練習，那就做好心理準備，等著接受制裁吧！」

在我看來，這不是告誡，完全就是恫嚇。

這是畢業校友的活動，隊員應該都出社會並成家了。即使因爲個人因素而疏遠了休閒嗜好，也是情有可緣的事。然而卻叫人家做好接受制裁的心理準備？

看看名單，姓田卷的只有一個，「田卷康司　二〇一〇年畢業」。應該是最年輕的隊員。

——如果學長拜託，就拒絕不了。

——只要扯上他的大學學長，他就會立刻變了個人。

把佐佐知貴和優美各別說過的話放進來一看，我又有了不祥的預感。最年長的代表幹事說這種話，卻沒有人抗議，這支三位一體隊，我實在無法欣賞。

我用「昭榮大學曲棍球同好會」、「高根澤輝征」這兩個關鍵字搜尋，沒找到他的臉書或部落格，但發現了昭榮大學曲棍球同好會的官網。這邊的網站可以自由瀏覽，我抄下現任代表的名字，拉動網頁查看，目光停留在依時間排序的「活動報告・大事紀」。日期是十月七日星期五。

「本會校友，二〇一〇年度畢業生田卷康司學長不幸喪妻，本會已致悼電表達哀悼之意。在此祈禱田卷郁惠女士在天之靈安息。」

我在螢幕前怔了一下。

田卷康司的妻子過世，十月七日舉辦喪禮。

佐佐優美是在十月二日深夜自殺未遂。田卷郁惠是幾日過世的？死因又是什麼？

我搜尋了一下新聞網站，但九月底到十月初，命案或意外事故的死者當中都沒有「田卷郁惠」

的名字。那麼是病死還是自殺嗎？

我寫了封電郵給官網管理員。

「冒昧去信打擾，我叫木田三郎，是田卷康司的好友，自七月起長期海外出差，昨天才剛回到國內。我本身不打曲棍球，但因爲田卷的關係，很喜歡看曲棍球賽，偶爾會來貴網站瀏覽，卻看到田卷妻子過世的噩耗，大吃一驚。即使想去弔唁，因爲時間上已經晚了許多，我想在連絡他之前，多少先瞭解一下狀況，但又沒有別人可以請教，因此寫信打擾，懇請告訴我您所知道的相關消息，萬分感謝。」

小木盯著我打鍵盤，推起鏡框說：

「加點錢就幫你查了。」

「我知道，但我想知道對方回信的口氣。」

就算曾經重考或留級，田卷康司應該也才二十五歲左右，他的妻子年紀應該也差不多。太令人難過了。他們有小孩嗎？

我去事務所內的自動販賣機買咖啡，也替小木買了一杯，放在桌上。

「請我的？」

「訂金。我想請你給我一點建議。往後可能會需要你幫忙，有些照片檔想先放在你那裡。」

我從皮包取出筆電，小木則是從抽屜深處挖出茶點。

小木大略看過我在「格蘭捷特相模原」拍的照片後，鼻頭擠出皺紋來：

「這個艾克艾爾男是誰啊？」

「你討厭他？」

「我就討厭這種嘴臉的人。」

「我也不喜歡，不過跟長相無關。這傢伙眞的很討厭，八成就是他作梗，才害我跟蹤失敗。」

昨天佐佐知貴和高根澤輝征去哪裡了？這問題也意味著：佐佐優美人在哪裡？

我隱去專有名詞，僅挑出問題核心，向小木說明概略。

「原來。只要調查這台艾克艾爾的導航系統，才昨天的事而已，目的地應該還沒被洗掉。」

「這得小木大師親自出馬，我可沒辦法。」

「才沒這回事，解除門鎖，直接操作就行了。不過——」

小木「卡吱卡吱」地咬著奶油餅乾。

「這傢伙跟這個僵屍似的傢伙，聯手把僵屍太太關在某處，或是軟禁在哪裡是吧？」

軟禁這個字眼下得很重。

「不過也無法完全否認僵屍太太是自己躲起來的可能性。」

「不管怎麼樣，比起僵屍，感覺主導權在艾克艾爾男身上？」

「拍到這張照片那時候，我是這麼感覺。」

高根澤輝征來接佐佐知貴，把他帶走了。

「不管那個地方是哪裡，都沒辦法隨意移動呢。這兩個人平日還得上班吧？」

「沒錯。」

「飯店、醫院、療養院——」

「不可能是醫療機關。如果是醫院之類的地方，根本沒必要從本來住院的地方離開。」

若是正式從幸福診所轉院，那另當別論，但我認爲可以刪去這個可能性。因爲如果轉院了，只要照實告訴要求會面的筥崎夫人就行了，診所卻只是一成不變地拒絕。

「搞不好診所也是串通的喔？」

「我覺得串通有點微妙。因爲對醫療機關來說，這等於是參與風險極大的造假行爲。」

小木喝光咖啡：「就是說呢。」

「這部分必須另外調查，但暫時不用考慮醫療機關。果然是飯店嗎？不過這等於是連續住上一個月呢。」

「別墅呢？」

昨天艾克艾爾前往的方向，是東京都內或山梨縣東部的別墅地區。

「——有可能。出租別墅嗎？」

「搞不好是自己的。」

我盯著小木，眨了眨眼，立刻打電話給筥崎夫人。夫人聽到我的問題，聲音顯得困惑：

「我們家沒有別墅或渡假公寓，而且知貴的老家本來就在鄉下。」

她說沒聽說過親家有別墅。

小木說：「那會不會是艾克艾爾男提供的？這傢伙很有錢嘛，車子不用說，看看他的表。」

高根澤輝征從車上下來時，表從外套袖口驚鴻一瞥。

「是瑞士製造的超高級名牌貨，隨便就要八位數喔。」

這回我盯著小木看：

「別墅的話，是要向法務局查詢登記資料嗎？」

「名義不一定是這傢伙的。艾克艾爾男有臉書嗎？」

「沒有。」

「這傢伙沒結婚嗎？搞不好太太有臉書。」

我按了一下額頭，用同一隻手向小木膜拜：

「你開價多少我都付，請幫我查查看。」

「瞭解。那午餐先叫個『長江』的擔擔麵、水晶餃和杏仁豆腐過來吧。」是附近高級中餐館的招牌菜色。

我就這樣賴在小木旁邊，先來重新研究一下自己的筆記，然後爲時已晚地注意到一件事。九月三十日中午過後，筥崎夫人和優美傳訊息的時候，夫人問：「周末要回娘家嗎？」優美回覆：「今天晚上我要和阿知出門，週末還沒有安排，明天再連絡。」

她去哪裡？夫妻一起外出嗎？見了誰嗎？從時間點來看，這次外出是不是與後來的事有關？

我和小木坐在一起用過午飯，再次重讀「昭榮大學曲棍球同好會」的網站。這個同好會的成員全是目前就讀昭榮大學的學生，因此比他們大許多屆的高根澤輝征姑且不論，去年才剛畢業的田卷康司，他們應該都還記得。雖然很想快點知道情形，但對方還沒有回覆。

無奈之下，我改爲查看佐佐優美的臉書。她會在臉書寫日記。日常瑣事、旅行、外食、購物的感想等等，也貼了許多照片。

好友絕大多數似乎都是高中大學朋友。其中一個六月結婚，感謝優美介紹婚宴會場和婚禮規劃師給她，讓婚禮得以圓滿成功。偶爾會有人寫下對工作的抱怨，或優美對朋友「還是決定開始做不孕治療」的留言做出鼓勵，或是眾人一起對懷疑另一半花心的朋友提供意見——儘管有些變化，但整體上就像個粉紅泡泡世界。

九月二十九日晚上七點多的「今天的晚餐」照片吸引了我的目光。擺盤精緻得就像餐廳大餐。優美發文寫下：「今天也爲晚歸的老公大顯身手，準備了法國料理。工作固然重要，可是跟我在一起的時光也要珍惜喔，達令！」

最後一次更新，是隔天三十日下午兩點三十二分，和朋友去喜歡的咖啡廳用午餐，熱烈討論兩對夫妻要一起去夏威夷跨年的計畫。優美就是這天晚上和丈夫出門去了某處。從過去的發文來看，她應該會在出門前發個文說「等下要跟達令去○○」才對——

這時一旁的小木簡短地說：「找到了。」

應該是這個——他說，將螢幕轉向我。

「艾克艾爾男太太的日記。她用的是『樂園』，不是臉書。」

這是某個全名爲「臨時樂園」的社群網站。

「已經解鎖了，全部都可以看。」

我緊盯著螢幕。比起文章，琳瑯滿目的照片更是吸睛。飯店和餐廳的外觀、桌上的料理、手織布料、應該是旅行地點的自然風景。也有許多外國的景色。接著又換了風格，鏡面牆上有扶手的芭蕾舞練習室、純白色芭蕾裙、小巧的芭蕾舞鞋。

每一張照片都沒有人物入鏡。如果拿掉芭蕾舞相關的照片，印象和佐佐優美的臉書非常像。

「太太都叫老公『泰利』。因爲她老公名叫輝征（TERUYUKI），所以才叫泰利吧。自己叫『瑪莉』，本名好像是『MARIE』，不過不知道漢字怎麼寫。他們有兩個孩子，叫『安』和『肯』。」

小木每一次都讓我覺得他有如神奇魔法師。

「你怎麼找到的？」

小木拉動螢幕畫面，指著一點：「這個。」

是午夜藍的艾克艾爾。

「這是交車時的日記。七月二十一日。上面說全家在車子前面拍了紀念照，但沒有PO上去，只放了車子單獨的照片。」

上面寫著「泰利朝思暮想的新車」，還說好萊塢名流的誰誰誰，也是開這種顏色的艾克艾爾。

「泰利和瑪莉果然是一對有錢夫妻呢。日記全是旅行和外食。瑪莉的興趣是看芭蕾舞表演，還特地去了巴黎、紐約和莫斯科好幾趟，然後讓安學芭蕾舞。」

說到這裡，小木露出怪笑：

「直到幾年前，杉村先生也過著這種生活對吧？」

我還沒來得及開口，他又捲動螢幕畫面。

「我想這就是你要找的東西。」

高聳的三角屋頂。圓木扶手陽台上擺了一把長凳型搖椅。照片上的椅座放了個花籃。

「上面說去年九月的連假，瑪莉全家一起去了別墅。」

我讀了這段期間的日記。那是泰利父親的別墅，位在寧靜的山區。夏季涼爽，冬季連自來水都會結冰。新婚的時候兩人偶爾會來，但因爲交通不便，孩子出生後便很少來了。這次時隔多年再來，是因爲泰利想要讓安還有肯欣賞這一帶的秋季美景。泰利單身的時候常來這裡，也會找朋友來，但他喜歡一個人在這裡安靜獨處——

「這是喜歡熱鬧的泰利令人意外的一面。我也喜歡泰利的這種地方。」

瑪莉應該是個滿足的妻子、也是兩個孩子的母親。字裡行間透露出她的幸福。

小木指著一張照片：「庭院有烤肉架。」

照片中，網架上放滿食材的烤爐前，站著一名繫紅白格紋圍裙、手持鍋鏟的男子。雖然是背影，但個頭高大，體格健壯，加上那特徵十足的自然捲頭髮，一看就知道是高根澤輝征。

「日記從三年前開始寫，但只有這部分提到別墅。」

小木說，伸了個懶腰，把旋轉椅壓得吱呀作響。

「因爲交通不便，泰利的父母也幾乎不會來。上面說這次來有事先請業者來打掃，暖爐煙囪還有鳥築巢的痕跡。別墅維護管理起來可眞累人呢。」

如果是這棟別墅，即使高根澤泰利瞞著家人占用一個月之久，應該也不會有人發現。

我問了：「小木，你可以從上傳到網路的照片查到拍照的地點對吧？」

「只要照片附有EXIF資訊，你也辦得到。」

小木揉著疲勞的眼睛向我解釋，「EXIF」是用來管理照片的資訊檔，裡面包含了攝影者姓名、攝影地點的GPS等資料。不過臉書和「樂園」等社群網站爲了避免用戶的個人資料遭到盜用及濫用，在上傳照片的時候，都會自動刪除EXIF資訊。

但這個貼心的功能對我現在的職業來說，實在是多此一舉。小木的話，就有辦法查出來。

「不過一時半刻沒辦法。明天中午前怎麼樣？還是分秒必爭，僵屍太太命在旦夕？」

老實說，我也說不準。不過——

「應該沒有迫切的危險。」

我如此希望。

「會不會太太已經死了？」

我擠出難看到家的表情來。小木哈哈大笑：

「我看這兩個人也還沒那麼無腦，如果真的把太太給殺了，應該不會用太太住院這種兩三下就會露餡的藉口。」

「總之拜託你了。」

「瞭。」

為了避免打擾小木，我借了張遠離他地盤的桌子。我從優美的臉書挑選出主要幾個朋友的用戶名稱、能夠從上面看出來的個人資訊，列成清單，用電郵寄給筥崎夫人和阿毅。

「線索並不多，真是抱歉，這幾位是優美女士的朋友，如果有兩位認識的人，請通知我。」

接著是幸福診所。我請小鹿小姐搜尋了一下辦公室自己的資料庫。醫療法人清田會是個相當大的組織，也許「蠣殼辦公室」以前經手的案子裡，與旗下的某些醫療機關有關聯。

「嗯嗯嗯……」

不知道為什麼，小鹿小姐在用電腦時，會發出用鼻子低吟般的聲音。

「好像沒有。」

「世上沒這麼剛好的事呢。」

「醫療機構的調查內容多半都必須特別謹慎處理，也許紙本檔案那裡有資料。如果要查的話，必須寫切結書，要嗎？」

「麻煩了。」

我辦好手續，來到檔案山前，這時昭榮大學曲棍球同好會的代表城島翔回信了。

「木田三郎先生　我收到您的來信了。田卷學長的太太走得很不幸，因此葬禮只有親近的人參加。田卷太太生前也很關照我，因此我也參加了葬禮，眞的很令人難過。詳細情形，我不方便任意向外人透露，請直接連絡學長的老家。」

這名青年很懂人情世故。我立刻回信：

「多謝回覆。想到田卷現在是什麼心情，我眞是不知道該說什麼好。我不認識田卷的父母，所以不方便突然連絡他老家。如果可以，方便占用一點時間見個面嗎？我會前往您方便的地點赴約，麻煩了。」

我做好被拒絕的心理準備，但十分鐘就接到回信了：

「今天晚上我打工結束以後可以嗎？」

和城島翔同學碰面時，都已經過了午夜時分。他推著自行車現身，說距離他一個人住的公寓騎車約二十分鐘。池袋車站一帶是巨型鬧區，不愁找不到地方坐下來聊。我們找到一家客人約三分滿的家庭餐廳，在附近沒有其他客人的角落雅座坐下來後，我首先道歉，然後掏出名片。

「很抱歉，其實我並不是田卷康司的朋友，而是私家偵探。」

城島同學是個輪廓分明的小帥哥，染了頭很適合他的淡褐色頭髮，穿著感覺可以在古著店賣到好價錢的牛仔褲和T恤，外面則是連帽外套，乍看之下像個玩音樂的，感覺有在組樂團。

「咦！」他驚呼。「我被騙了嗎？」

他打量地看著我。

「對耶，你年紀比田卷學長大多了。」

反應很直接。

「可是，你幹麼做這種事？」

幸好他不是突然動怒，而是想要瞭解原因。

「請讓我再次道歉。其實我現在手上的調查案件，關係到一位身分和田卷郁惠女士相同的女子，因此我認爲有必要瞭解一下郁惠女士過世前後的狀況。」

「咦？」

城島同學吃了一驚，接著很快地瞇起眼睛，顯得不安：

「身分相同，意思是她是我們校友的太太？」

就像刑警那樣，私家偵探也會以問題來回答問題：

「你知道三位一體隊嗎？」

如果不是我誤會，城島同學略略屏住了呼吸。

「是田卷先生加入的球隊。目前似乎沒怎麼在活動，但隊員都是你們同好會的校友。」

「——我知道。」

城島同學謹慎地小聲回答。

「我已經三年級了，年底就會退出同好會。我說畢業以後也想要繼續打曲棍球，打算加入校友的球隊，結果田卷學長勸我千萬不要考慮三位一體隊。」

——我也後悔莫及。眞不該加入的。

居然一下子就挖到金礦了。這種時候更不能焦急。

「總之先點些什麼吧。算是爲我撒謊賠罪。」

城島同學猶豫不決，我叫來店員，點了兩客牛肉咖哩。
「其他還有幾支同好會的校友組成的球隊吧？」
「對，不過隊員清一色都是我們校友的，應該只有三位一體隊。曲棍球目前在國內不算太興盛的運動，所以如果組隊，一般都會有在其他大學或企業打過球的人加入。」
「是這樣啊。」
「三位一體隊——」
城島同學說到一半打住，皺起了眉頭。
「聽說那裡的代表，從在學時就是出名的獨裁者。年紀大我很多，我沒有見過他。」
「叫高根澤對吧？」
我說，城島同學眨動著眼睛：
「你認識他？」
啊，你調查過了嘛——他再次想起來似地喃喃說。
「你和田卷先生這個年紀的人，不可能認識在學時的高根澤先生呢。但你聽說過他的傳聞。」
城島同學點點頭。「聽說直到四年前，高根澤學長都還以校友身分跟我們大學的同好會有交流，但他那時候也惹出很多麻煩，被當時的代表斷絕了往來。」
「他一定很難搞吧。高根澤先生是那種會公開宣稱學弟反抗學長是大逆不道、絕對不會容忍以下犯上的人。」
如果不是我臭美，城島同學驚訝的表情裡逐漸摻雜了些許讚嘆。
「好像是。所以我聽說斷絕關係那時候，是當時的代表和隊員請來和高根澤學長同屆、對他持批判態度的學長助陣，好不容易才把他趕走了。」

高根澤輝征被母校球隊列爲不受歡迎人物，所以才組了自己的三位一體隊嗎？

「總之他的行徑非常誇張。」

城島同學稍微壓低了聲音接著說。

「聽說沒有人找他，他卻自己跑來參加練習，擺出教練的嘴臉，作威作福，逼隊員進行毫無意義而且過度的肌力訓練、慢跑，看到不順眼的事就大吼大叫，甚至拳打腳踢。」

——沒毅力的傢伙用講的也聽不懂，必須讓他們用身體記住！

「是傳統的運動員思維呢。」

「不，那才不叫傳統，根本是錯的。」

店員端來牛肉咖哩，城島同學暫時噤口。濃濃的香料味讓我發現自己肚子餓了。

「抱歉擅自替你點了餐，不嫌棄的話請吃吧。」

城島同學行了個禮：「謝謝。」

他從調味料區夾了一堆醃菜放在飯上，豪邁地一口接一口，將盤子一掃而空。我也默默品嚐咖哩。咖哩吃完後，店員來續杯咖啡。城島同學從冒著蒸氣的咖啡杯抬起頭，延續話題：

「那不是傳統，完全是錯誤的觀念。所謂的運動員思維，根本不是那樣的。」

他的語氣義憤塡膺。

「我從小學的時候就開始踢足球，非常認眞投入，有段時期還參加過少年足球隊。可是高中的時候沒被選上正式球員，我察覺自己的天分有限，而且也受過傷。所以在大學，我想要純粹爲了樂趣而從事運動，加入了網球社和曲棍球隊。」

城島同學是個天生的運動愛好家。

「我以前遇到的教練，沒有一個是那種態度。在培養運動員的第一線，肢體暴力不用說，語言暴力也是嚴格禁止的。因爲那是百害而無一利。」

城島同學說，在高壓而強制的上下關係裡，是不可能培養出眞正的運動員或團隊精神的。

「從我聽到的來看，那個高根澤學長是個冒牌運動員。他只是拿運動當藉口，滿足他當山大王的欲望罷了。」

「他打球的技術好嗎？這部分你有聽說嗎？」

「應該還可以吧。不過，高根澤學長的父親以前是企業球隊相當活躍的球員，他好像也常吹噓他從小就接受父親的菁英教育。」

城島同學說著說著，眉頭愈鎖愈緊。我應該也是一樣。高根澤輝征的其人其事，散發出一股連咖哩和咖啡的芳香都掩蓋不了的刺鼻臭味。

「這種自以爲是的人很常見，但據說高根澤學長不只是練習的時候蠻橫不講理，連集訓的時候，甚至是飯局，都要堅持他那一套。」

在學的隊員終於忍無可忍，尋求其他校友協助，將他驅逐出境。

「如果這是四年前的事，那麼田卷先生不是應該也早就知道高根澤先生的惡評了嗎？」

「對，他說他早就知道了。」

「既然如此，他怎麼還會加入高根澤先生擔任代表的三位一體隊呢？」

聽到我的問題，城島同學的嘴角撇了下來：「田卷學長根本沒打算要加入。一開始是三位一體隊大他兩屆的學長說隊員不夠，叫他來支援，結果莫名其妙地繼續被抓去，被當成一分子。」

田卷康司的位置是中場。草地曲棍球的中場有三種，右內衛、中衛和左內衛。中央的中衛是攻守的關鍵，只有隊上的第一好手才能擔任。

「三位一體隊因爲這個最重要的中衛遲遲找不到人選，傷透腦筋。大家都有工作，不一定都能來練習，所以才會發生愈重要的位置，愈找不到正式球員的諷刺現象。」

「確實，就我在臉書上看到的，他們的隊員數目好像也不足。」

這是校友球隊，因此屆數愈大（年紀愈輕）的球員，受到的期望愈大。據說田卷康司本來就是個傑出的中場。

「如果有田卷學長加入，比賽打起來就特別有勁。」

「這樣啊。對了，高根澤先生是什麼位置？」

城島同學的臉上浮現一抹冷笑：

「前鋒的右邊鋒。這位置是攻擊的急先鋒，是明星位置。」

的確像是大爺會搶著要的位置。

「不過高根澤學長幾年前好像弄傷了膝蓋的十字韌帶，不是很積極參與打球。在三位一體隊，就類似代表兼教練的感覺吧。」

但網站管理，還有社會人士運動同好會應該最重要的找練習場地的事務，也全都丟給「小弟」們去做。

「練習和比賽後的飯局一樣非常糟糕。也是這個地方讓田卷學長感到非常後悔。」

根據高根澤輝征的冒牌運動員思維理論，在飯局上學弟一樣要服從學長，看學長的臉色。

「如果是在居酒屋之類的地方吃飯還好，但他還會強迫隊員在家招待。」

「在家招待——到人家家裡吃飯喝酒嗎？」

「對。」

當然，不是每一個隊員都這樣做。稍微有點常識的隊員，就不會參加這類聚會。但——

「眞的很奇怪，就算是高根澤學長那種人——還是說就因爲是那種人？會有許多人吹捧。」

高根澤輝征有許多跟班。

「那，高根澤先生和他的那些跟班……」

「對，總共大概四、五個，幾乎都是殺去年輕隊員的學弟家開酒趴。四、五個大男人賴在家裡吃喝喧嘩，有誰受得了？」

這些男人才剛揮汗運動完，飢腸轆轆，也渴望酒精的滋潤。

「如果學弟已經結婚，不是會給太太造成很大的麻煩嗎？」

城島同學微微聳肩：

「不是如果結婚——而是故意挑選已婚家庭。他們一開始就打定主意要學弟的太太招待他們。」

我啞口無言。

「田卷先生也遭遇到相同的困擾嗎？」

城島同學果斷地搖頭：「沒有，他拒絕了，說不能給太太添麻煩，而且這太離譜了。當然，他也從來沒有參加過那類聚會。」

三位一體隊其他明理的隊員也是一樣。

「所以參加的人愈來愈少，隊員漸漸不夠了，簡直是本末倒置。」

田卷康司不知道其中這些內幕，答應支援比賽，他很後悔因此跟三位一體隊扯上關係。

我只覺得目瞪口呆。這跟幾個學生各出一千圓，去超商買啤酒小菜，到其中一個人的租屋處去吃喝的情況完全不同。

「這件事很有名，據說高根澤學長以校友身分進出我們同好會時，也會強制在學隊員帶女友一起來喝酒。要是拒絕，他會糾纏不休，而且後患無窮。」

膽子小的隊友迫於他的淫威，把女友帶來，高根澤就會赤裸裸地打分數，如果長得漂亮，就把人家當酒店小姐，如果看不中眼，就當成婢女使喚。

「他有了自己的球隊以後，這種行徑更是變本加厲，或者說更明目張膽了。」

聽了教人作嘔。

「不過他很大方。我聽說只要有他在，帳單都是他埋單。」

因爲他很有錢嘛。

「高根澤先生在你們的球隊胡作非爲的時候，那些跟班也在一起嗎？」

「應該吧。單兵再怎麼囂張，也沒人會理吧。」

單兵應該是指一個人吧。

「這種人常會對順從自己的同伴或學弟特別關照……」

「對，沒錯沒錯。」

我決定更深入追問：「城島同學，你知道佐佐知貴這個人嗎？」

佐佐知貴現年二十六歲，高根澤輝征被趕出同好會時，還在唸大四。

「佐佐……」

城島同學確認地復誦了一遍，說他沒印象，於是我大略形容他的外貌。

「知道他是什麼位置嗎？」
「不清楚耶，抱歉。」
「如果是中鋒，應該是高根澤學長的小弟。」
他說中鋒需要迅速且確實地行動，與右翼和左翼的合作也十分重要。
「我聽說高根澤學長即將被同好會驅逐的時候，已經退出的四年級前中鋒跑來插口，大力反對，還怒吼說：你們這些目無尊長的傢伙，根本不配當運動員！」
「佐佐知貴現在是三位一體隊的幹事之一。」
「啊，那應該是從隊伍成立之初就一直追隨高根澤學長吧。」
我的腦中已經畫出大致上的地圖了。是潛伏著噁心毒蟲的叢林地圖。
「謝謝你，這番話很有參考價値。那……」
我必須詢問田卷康司的妻子郁惠的死因。
「啊，對了。」
這才是正題呢——城島同學驚覺說。
「剛才你說郁惠女士死得很不幸。」
聽到我的問題，城島同學原本表情豐富的臉頓時變得陰沉，就宛如明燈乍熄。這證明了他爲了失去某人而深切悲痛。
「她是從住家公寓的陽台失足墜落的。」
因爲是九樓，當場死亡。
「她掉到正下方的自行車停車場，管理員立刻趕來叫救護車，但已經沒有呼吸心跳了。」

那是十月四日中午時分的事。

「眞的太令人遺憾了。」

嘴上這麼說，我卻沒血沒淚地追問：

「是不小心跌落的意外事故嗎？」

也許是眞心嚇了一大跳，城島同學定睛看向我：「要不然呢？」

我沉默不語，他應該自行對我的沉默作出了解釋，語速極快地補充說：

「當時是平日的大白天，田卷學長去上班了。聽說公寓住處裡沒有別人，門從裡面上了鎖。」

「他們有孩子嗎？」

「還沒有。郁惠姊也在上班，是正職人員，不過那天好像身體不舒服請假。」

城島同學垂下頭去。

「郁惠姊很喜歡觀葉植物，客廳裡擺了好幾盆，陽台也吊了一些當季花朵的盆栽。應該是在整理花草的時候，不小心失去平衡摔下去的。」

據說丈夫田卷從以前就常叮囑妻子「陽台很危險，要小心」。

「所以田卷學長很自責，說都是他害的……葬禮上的他，簡直就像陪著郁惠姊一起死了。」

甚至連站都快站不住，出棺的時候，是妻子郁惠的父親代爲致詞的。

「我不知道該說什麼好，請節哀順變。」

從城島同學的態度來看，他和田卷夫妻應該很親。他在信上說他們「很關照他」。我提出這件事，他說：「學長常找我去他家吃晚飯。沒錢的時候，他們簡直是我的救星。郁惠姊超會煮飯的，不管端出什麼菜，都好吃得要命。」

對於一個人外宿生活的大學生，這是比什麼都更令人感激的實質幫助。

城島同學低著頭，囁嚅地接著說：「葬禮以後，我就再也連絡不上學長了，學長現在是什麼情況，我也不清楚。我也打過電話去他公司，公司說他現在留職停薪中。」

他也去過田卷康司住的公寓好幾次，但都無人應門。

「上星期我過去看的時候，門牌和信箱上的名牌都拿下來了。」

他也問了管理室。

「我問九〇一號室的田卷先生搬家了嗎？管理員說這類個人資訊不能透露。」

雖然這種情況令人咬牙，卻是很正當的做法。

「你知道田卷先生的老家在哪裡嗎？」

「好像在千葉，但不知道住址。」

說到這裡，城島同學第一次露出尖銳的眼神看向我。

「收到你的電郵時，我真的以為你是田卷學長的朋友。我完全沒有懷疑。真是傻得可憐呢。」

應該是因為訴說難過的回憶，被我欺騙的事就像遲效性的毒藥一樣湧上了心頭吧。

「對於這件事，我只能道歉到你氣消為止。對不起。」

做這行需要撒謊，巧妙地騙過握有我想要的資訊的人，讓他們開口，也是專業之一。這一點我再清楚不過，有時卻會自曝謊言。因為如果不這麼做，我實在於心不安，但我還是無法習慣對方的憤怒。總而言之，就是我這個人太笨拙了。

幸好城島同學的憤怒就像煙火一樣，一閃而逝。

「你說你在調查，是在調查誰？調查什麼事？」

「很抱歉，這不能透露。」

「跟三位一體隊有關對吧？如果你在調查過程中，查到田卷學長的消息，可以跟我說嗎？」

他是真心在擔心學長。

「好的，我保證。但是要請你把你知道的田卷先生所有的連絡方式告訴我。」

城島同學發出遲疑的「咦咦」聲。

「如果由我去問，公司和管理員那邊或許願意透露更多的事。畢竟我是專業人士。」

城島同學的嘴巴維持在「咦」的形狀僵住，眨著眼睛說：

「偵探都這麼狡猾嗎？」

「我算是馬虎的了。」

城島同學遞給我的便條紙上寫著他工整秀麗的字。尤其是數字，非常漂亮。

「謝謝。我一定會連絡。」

我們在家庭餐廳前道別。城島同學踩著自行車，一眨眼便遠離了。

雖是深夜，卻可以看見遠方的烏雲。完全反映出我現在的心境。我跨出腳步尋找計程車。

5

隔天一早我就被筥崎夫人的電話吵醒了。她說她從我在優美的臉書上找到的資料，查到了一個她要好的朋友。

「是她的高中同學，以前來我們家玩過，婚禮也有邀請她。」

夫人保管的賓客名單上，記載著那名朋友的住址和連絡方式。笠井泉，住在東京都港區。

「我記得她是在旅行社上班。」

「我可以連絡這位笠井小姐，問她優美女士最近有沒有連絡她嗎？」

聽得出電話另一頭的筥崎夫人猶豫了：

「笠井小姐那邊我來問。本來就應該由我們來問的。」

我說好。「對了，前天和知貴先生在一起的男子，是他的大學社團學長。」

我請夫人當場查看賓客名單，找到了高根澤輝征和妻子毬江（MARIE）的名字。夫妻伉儷都受邀了。筥崎夫人似乎相當意外，「啊」了一聲。

「真是，我怎麼會忘了呢？」

「可以請妳再看一次照片嗎？」

中間停頓了一段時間，應該是在看手機。

「——這麼說來，我覺得好像在婚禮上看過。這個人身材很高大對吧？」

「是的，高頭大馬。他三十三歲，所以比知貴先生年長許多。」

夫人沉默了一下，或許是在回想婚宴當時的情況。

「婚禮上致詞表演的賓客，我和外子都有一起去向他們致意道謝，也拿到一些人的名片，所以他應該不在這些人裡面。」

「婚宴邀請了多少人？」

「兩百一十五人。知貴那邊是一百二十人。」

「這麼大型的婚禮，只是在場上見過一面的新郎朋友，會不記得也是當然的。」

婚禮的時候，新郎新娘的父母都很忙，對初次見面的賓客沒有留下印象，反而是很自然的事。

「而且參加婚宴會盛裝打扮，照片上是平常的服裝，感覺應該也不一樣。請別放在心上。」

但我也覺得有些奇妙。佐佐知貴居然沒有邀請他尊敬的學長在他的大喜之日致詞嗎？

「這位先生跟知貴很好嗎？」

「是的，算是他的大哥吧。」

「那，或許他有參加接下來的派對。他們包下麻布的義大利餐廳，辦一場很熱鬧的派對。」

笘崎先生和夫人，還有弟弟阿毅都沒有參加。

「妳手邊有那時候的照片或影片嗎？」

「應該都在優美那裡。」

我想看高根澤輝征和佐佐知貴在同一個場合走動說笑喝酒的互動，不過看來暫時是沒辦法了。

「我換個話題，妳說為了新居吵架時，優美女士向妳埋怨說，每次遇到學長的事，知貴先生就像變了個人。」

——就這一點討厭死了。

「優美女士有沒有提過其他關於知貴先生學長的怨言或問題？像是知貴先生經常帶學長回家，還要招待他，很麻煩之類的事。」

夫人沉思起來：「我不太有印象呢……」

「可以麻煩妳再查一下家計簿有沒有記錄嗎？」

「好的。我晚點再打給你可以嗎？」

我說她方便的時間就行了，夫人補充說：

「不過，我無法想像優美會請誰到家裡招待。」

夫人說優美很不會做菜。但優美在臉書PO出法國菜的照片，說是她大顯身手做出來的。

「她婚前也上過廚藝學校，但那種地方不是一對一，而是團體教學，她好像沒學到什麼。」

夫人說女兒在家裡連米都沒有洗過。

「知貴也知道這件事，所以應該不會說要開什麼家庭派對才對。」

我覺得在家開酒趴和家庭派對有微妙的不同。

「好的，我會參考。」

我洗過臉，煮了咖啡，打電話給人在北九州的阿毅。我也把高根澤輝征的照片傳給他了。

「不好意思一早打擾。」

「哪裡，這通電話來得剛好，我正想傳訊息過去。」

阿毅已經是完全清醒在活動的聲音了。

「照片上的男人是姊夫的學長，叫高根澤輝征，我有他的名片。」

「聽說他們夫妻一起參加優美女士的婚禮。」

沒想到居然不只如此而已。高根澤輝征就是阿毅在求職的時候，佐佐知貴擅自「介紹」給他的學長之一。仔細想想，這或許並不值得驚訝，反而是順理成章。

「我還沒有查到高根澤的職業。」

「他在廣告公司上班。」

是廣告業的龍頭公司。阿毅手上的名片，頭銜是「綜合資訊管理局第二團隊主任」。

「我對廣告業完全不感興趣，不過覺得還是該給人面子，所以乖乖聽他說。」

地點在銀座的酒吧，三個人坐了約兩小時。也許是因爲阿毅沒有積極表示興趣，說到一半，佐佐知貴和高根澤輝征就撇下他，自顧自聊起自己的，喝了開來。

「你記得帳單是誰付的嗎？」

「是高根澤先生請客。姊夫好像習以爲常，但事後拿這件事賣我人情，讓我很不舒服。」

這件事很清楚地反映出這三個人之間的關係。

「不過我覺得很不可思議，因爲那個神氣活現的姊夫，好像打從心底尊敬這個高根澤。」

我向阿毅說明，高根澤輝征的父親是運動員，家裡和岳家都很富有，過著符合其經濟條件的「名流」生活。這一點應該讓佐佐知貴十分羨慕，高根澤輝征似乎也很照顧對自己唯命是從的學弟——阿毅聽完，想起了更多事。

「對了，姊夫說他靠著高根澤的門路，去報考同一家公司，結果在最後一關的社長面試被刷了下來。」

原來佐佐知貴現在任職的公司是他的第二志願。

「不管是大公司還是小公司，對社會眞正有貢獻的廣告人，我也很敬佩。但我想這種眞正的廣告人，是不會對自己的親人吹牛皮炫耀的。」

「我同意。你在令姊的婚禮上和高根澤先生聊過嗎？」

「只有打招呼而已。他和他太太一起出席。」

阿毅說高根澤夫人美得就像個模特兒。

「打扮得很華麗，但很有品味，很適合。」

泰利與瑪莉應該是郎才女貌的一對。

「高根澤先生沒有致詞或表演呢。聽到令堂這樣說，我覺得很意外。」

阿毅聞言苦笑：「但他在接下來的派對上擔任主持人。我就是聽到這件事，才沒有參加的。」

「原來……」

「一開始好像預定婚禮也要請他擔任貴賓致詞，但我姊不願意。」

這是不能置若罔聞的重大事實。

「優美女士反對嗎？」

「對，這件事是她親口跟我說的，所以不會錯。我姊還爲了這件事跟姊夫吵架了。」

我自身以失敗收場的婚姻，是所謂的娶豪門妻，婚姻本身與婚宴都不符合一般常例。但我還是瞭解決定賓客名單和座位、請誰領頭乾杯、請誰第一個上台致詞、請誰表演、請誰收尾等等，一切都非常複雜麻煩，而且須設想周全，不能有所得罪。也知道許多準新人因此在籌備婚禮時鬧翻。

「我姊很討厭姊夫社團的學長，尤其最討厭高根澤，她根本連婚禮都不想邀請他，可是——」

——阿知怎麼樣就是不答應。

「所以我姊千拜託萬拜託，說至少不要請高根澤演講還是表演，最後姊夫妥協，說那接下來的派對讓學長主持這樣。」

——這是我的婚禮，卻把學長晾在一旁，太不給他面子了。

「如果隨便跟我媽抱怨這件事，等於是在說姊夫的壞話，所以我姊才沒說吧。而且我媽也不認識那個人。」

「但你知道這個人，而且本來就對他沒有好印象。」

「所以我姊也容易跟我抱怨吧。」

佐佐知貴的行動原則單純得就像搞笑劇：「高根澤學長萬歲！」從這個角度來看，他的言行舉止再合情合理不過。

「優美女士討厭高根澤先生的什麼地方？」

阿毅幾乎是當下回答：

「他就是個大男人，瞧不起女人。對女人的年齡外表很挑剔，如果不中意，就算是朋友還是學弟的太太或女友，也會不留情面地大肆批評。我姊是說『打槍』人家。」

「打槍」本來是網路用語，是年輕人常用的口語。不只是貶損而已，還帶有攻擊的意味。這是小木告訴我的。

「我姊和姊夫從大學就開始交往了，所以也被帶去參加過社團的飯局幾次。」

優美就是在這樣的場合上，第一次見到高根澤輝征。

「她說高根澤總是把她當成陪酒小姐一樣使喚。姊夫當下不肯幫我姊解圍，事後才偷偷摸摸道歉，如果我姊不接受，他就惱羞成怒。」

——整個太扯了。只要遇到那個人，阿知就完全變了個人。

看到女友被當成陪酒小姐對待，甚至不敢發作，我個人認爲優美居然願意跟這種男人結婚，簡直是匪夷所思。不過聽說她對佐佐知貴死心塌地，而且或許是覺得他就只有這項缺點，其他都完美無缺。我正這麼想，阿毅還眞的接著說：「不過我姊每次抱怨完，又會放閃說只要撇開社團的事，阿知實在是太完美了，沒辦法。」

阿毅說他一早要開會，得出門去了，我向他道別後，用了簡單的早餐。小木還沒有連絡。

我的早餐很清淡，卻覺得胃很沉重，不太舒服。自從看到憔悴不堪的佐佐知貴，某種不祥的預感便一直盤踞在心胸，它的形貌似乎愈來愈清晰了。

徹底瞧不起女人。

如果把「女人」替換成「看不順眼的人」或「認定地位比自己低的人」，也一樣可以再明快不過地理解高根澤輝征的行動原則。這傢伙是讓人作嘔的暴君。問題逐漸集中在這個人「有多危險」。

我對著電腦搜尋「笠井泉」和畢業高中，很快就找到貌似是她的部落格了。版面一看就知道不是一般人的網誌。這也是當然的，從她的個人資料來看，她大學畢業後進入旅行社工作，三年後離職，現在是自由旅遊作家。她似乎和許多雜誌合作，這個部落格也是她發表的園地之一，有兩本將部落格文章集結成冊的作品：《女生一個人入住的高級飯店二十選》、《舒適飯店生活　商務旅館挑選祕技》。

因爲有電子書版，我買來大略看了一下，文字描述符合導覽書風格，簡明清晰，並且流露出淡淡的幽默感。插圖和地圖也是作者親手繪製，相當厲害。看過以後，我的心情也稍微好轉了一些。

無所事事地等小木連絡也是浪費時間，我決定拜訪幸福身心精神診所。我挑選了衣櫃裡算是高級的西裝，繫上領帶，擦亮皮鞋，提了公事包出門。

我對不是上次那一個（但一樣漂亮）的另一名櫃台小姐說：

「我要找院長或負責人，請教在這裡住院的佐佐優美女士的事。」

然後遞出「蠣殼辦公室」的調查員名片。這種時候，比起單槍匹馬的個體戶，讓對方認爲自己有公司撐腰更有效。謊言有時候是必要的。不出所料，櫃台小姐顯而易見地慌了手腳，狼狽的模樣甚至讓人同情。她留一句「請稍等」，消失在裡面標示「Stuff Only」的門內。

我沒有在候診區沙發坐下，站在原地等待。在近處一看，櫃台上的油菜花確實是人造花。

「讓您久等了。」

櫃台小姐帶著一名男子回來了。男子體格中等，戴銀框眼鏡，兩耳有些招風，年紀約三十上下。不是穿白袍，而是白襯衫配外套、牛仔褲和皮革運動鞋。

「杉村先生嗎？」

「是的。抱歉一早打擾。我想在門診時間前過來，比較不會給診所添麻煩。」

鏡片反光，看不見男人的眼神。但光是從他的站姿，就可以看出他正不知所措。

我說：「我知道佐佐優美並沒有在這裡住院。」

我沒有眞憑實據，只是虛張聲勢，不過效果十足。銀框眼鏡男整個亂了陣腳，看到他那個樣子，櫃台小姐也尷尬極了。

「請告訴我理由。你們診所也加入健保，應該明白僞裝有病患住院治療，是觸犯刑法的吧？」

銀框眼鏡男向櫃台小姐附耳低語之後，走近我身邊。

「這件事不方便在這裡談，我們出去吧。」

他先走出大廳，我跟了過去。還以爲他要走去哪裡，結果是我星期五停休旅車的停車場。

「我不知道你在查什麼，但可以請你不要這樣任意抹黑我們診所嗎？」

語氣並非責怪，反而像在辯解。看來是個懦弱的人。

「不好意思，可以要個名片嗎？你是院長嗎？」

「我不是。」

「你是什麼職位？」

「我負責診所的行政業務。」

「那麼，麻煩請院長出來好嗎？你應該明白這件事的嚴重性吧？」

銀框眼鏡男支吾起來，指頭捏著我的名片，就像在捏一隻蟲。

「……是有人拜託我的，說有逼不得已的理由。」

男子不肯正對我，嘴上喃喃說著。

「可以請教你的姓名嗎？」

「饒了我吧。」

「是誰拜託的？」

「就佐佐啊。」

佐佐優美的丈夫啦——他賭氣地說。

「他說他太太跟岳母成天黏在一起，實在讓人受不了。母女過度親密，影響到他們的婚姻生活，這樣下去會鬧到離婚，要我幫忙。」

情節和灌輸筥崎夫人的一樣，但對診所這裡，甚至還打出離婚危機牌嗎？

「你是佐佐知貴先生的誰？」

「朋友。」

「僞裝住院這件事，院長知情嗎？」

銀框眼鏡男瞪我：

「請不要一直僞裝僞裝的，又不是這麼誇張的問題。」

「不，這個問題很嚴重。」

我向他伸出手：「請給我名片。」

「沒這個必要。」

「如果你不給我名片，我會賴在大廳，直到見到院長。若我說要掛號看診，你阻止不了我。」

銀框眼鏡底下的眼神動搖了。這件事應該是瞞著院長。事實上如果只是要欺騙笘崎夫人，叫櫃台擋下來就夠了。

「怎麼樣？」

我再度施壓，他嘆了一口氣，從外套內袋掏出名片夾。是很有品位的名牌貨。

拿到的名片上印著「醫療法人清田會　幸福身心精神診所　事務局局長　清田伸吾」。

「你也是清田家的人？」

他沒有回答，噘起嘴唇：

「我會把這件事告訴佐佐。」

「請便。啊，我想你應該不知道，不過還是問一下，佐佐優美女士現在人在哪裡？」

「我哪知道？」

他正要折回診所，我收起名片問：

「佐佐付了多少錢給你，要你幫忙串通？」

沒有回答。清田伸吾拱著肩膀回去診所了。

他是用什麼籍口，請櫃台小姐統一口徑的？這裡是身心精神診所，也許佐佐知貴的藉口意外地一下子就被相信了（而且還能引來同情）。清田伸吾的名字不在三位一體隊裡面。應該是佐佐知貴在社團以外的朋友。不過兩人的友誼倒是很深厚。腦中自動飄出「哥兒們找我幫忙，我怎麼能拒絕？」這種話，這也教人不舒服，我快步走向惠比壽車站。如果佐佐知貴接到清田伸吾的通報，對我有任何反應，時間點也剛好。直接跟他談判吧。如果他還要逃避，就直接去把優美帶回來吧。

小木那邊辦得如何了？——我才剛踏進「蠣殼辦公室」大樓的一樓大廳，手機就接到來電。

「喂？請問是調查員杉村先生嗎？」

是咬字清晰的女聲。

「我是笠井泉，不好意思突然打電話過去，我接到佐佐優美的母親連絡。」

我吃了一驚，一時間無法反應。笠井小姐俐落地說下去：

「聽說優美自殺未遂，現在不知道人在哪裡。其實我也很擔心優美，但不知道可以向她母親透露多少，所以想跟你見個面。你現在有空嗎？」

筥崎夫人之所以要求笠井泉小姐那邊由她來連絡，是因爲對方是女兒同年紀的朋友，私心不想太明白地把現況透露給對方知道吧。我也是意會到這一點，所以才交給夫人處理，並打算循其他途徑連絡笠井小姐，但這下那些工夫全省了。而且她好像知道些什麼。

我說明辦公室的地點，她連半秒鐘的猶豫都沒有：

「我立刻過去。」

我掛斷電話上樓。

小木的辦公區的小桌子上疊著兩個空便當盒。看來今天沒有打擾到他的用餐時間。

小木在螢幕前處理其他事，說：

「查到別墅地點了。」

現在是上午十點十四分。

「位置的話，早上就查到了，不過我又繼續查了一下，你先看看這個。」

螢幕上出現的是Google的街景服務影像。森林中的別墅地區，鋪設平整的道路兩旁，林立著各種造型的房屋，每一幢都很大，占地也很寬闊。

「山梨縣北巨摩郡東南部」。

小木移動畫面上的箭頭，在別墅區內的道路前進，說：

「這裡叫『綠林之家北巨摩』，是泡沫經濟時代末期推出的別墅區，幸運的是，遇到的買家都不錯，總共十二區，到現在都還很繁榮。」

確實，街景服務上的馬路有許多往來的行車，建築物玄關和陽台也都有人影。

「瑪莉在『樂園』把這裡形容得好像什麼深山僻野，但實際上並不到那種程度。道路雖然狹窄，但維護得很好。不過氣氛與輕井澤那類渡假勝地不一樣，所以對她來說很蕭條吧。而且高根澤家的別墅在這十二區裡面標高最高、最靠近山中的地點。」

箭頭停止移動，整個螢幕出現一棟背對濃密森林的房屋，有高聳的三角屋頂和圓木扶手陽台。矮籬笆圍繞的前庭有烤肉架。

「叮咚叮咚，到站了。」

小木咧嘴一笑。

「不過杉村先生，Google街景有個缺點。現在看到的畫面，很多時候都不是最近的。」

「除非是相當重要的地點，否則不會經常更新吧？」

「沒錯，像這個就是前年八月上傳的畫面。不過別墅區的話，這已經算新了。」

對我來說，只需要知道位置就夠了。

「這樣就行了，其他的我會去當地確認。」

我正要起身，小木像平交道柵欄似地伸出手來攔住我。

「等一下。」

他再次移動畫面，倒回起始地點。

「你看這裡，垃圾場。」

畫面上確實有個淡綠色的籠子，各別標示著「資源回收」、「可燃垃圾」、「不可燃垃圾」。

「旁邊有路燈，照明器底下——」

有監視器。

「監視器就只有這個。這裡就在入口附近，進入別墅區的人車都會經過，所以才設在這裡。」

我看向小木，他再次咧嘴笑道：

「我的下游裡面有監視器專家。」

「這樣啊。」

「我查了一下，山梨縣和長野縣有幾個別墅區都叫做『綠林之家』，都是同一家公司在出售管理。這北巨摩的別墅區裡的道路是私人道路，由十二區的別墅主人共同持有，所以我推測監視器也是管理公司裝的。」

「然後呢？」

「這樣就可以知道監視器的型號和規格了。只要知道掛在誰的名下，也可以查出是在哪裡監看。所以我下游的專家拿到了影像。」

小木操作滑鼠，切換影像。

一名女子從畫面外走近淡綠色籠子垃圾桶，手上提著黑色垃圾袋。她打開「可燃垃圾」的桶蓋，將垃圾袋丟進裡面，蓋上蓋子，稍微撩了一下中長髮，又慢慢地走向來時的方向消失了。白毛衣、牛仔褲，底下似乎是運動鞋。那張臉是照片上看到的佐佐優美。

「這是昨天下午一點二十二分的影像。」

我嘴巴都合不攏了。

「這是那個太太嗎？」

聽到問題，我的嘴巴依舊合不攏，點了點頭。

「幸好不是被囚禁在地下室呢。」

雖然講話很不正經，但小木也是在為我的調查對象平安無事而開心。

「街景會把人臉打馬賽克，但監視器如果打馬賽克就沒用了嘛。」

「這簡直是奇蹟！謝謝！」

「迷途的羔羊啊，歡迎隨時來告解。」

小木在胸口畫了個十字架，這時小鹿小姐過來了：

「杉村先生，有你的客人。」

笠井泉這個人簡單形容，是與佐佐優美完全相反的類型。樸實無華，頂著如同少年的短髮，服裝也重視功能。還有，我必須訂正一下我的誤解，她的左手無名指戴著婚戒，所以不是「小姐」。

「不好意思硬是跑來。」

她纖細的臉龐由於緊張而僵硬。

「我聽優美的母親說她自殺未遂，實在坐立難安。」

「那麼，妳已經知道事情的大概了？」

「是的。我想優美的母親本來應該不打算向我透露那麼多，是我強勢問出來的。」

筥崎夫人雖然擁有比女兒優美更多的人生歷練，但基本上就是個溫和的貴婦。而眼前這位女士雖然領域與我不同，但工作上經常需要調查和打聽事情，行動力十足，夫人會招架不住她的追問，也是情有可緣的事。

「有件事我必須先告訴妳，好讓妳放心。我查到佐佐優美女士在哪裡了。雖然還是『大概』的階段，但我想應該不會錯。」

笠井女士雙手按胸：

「啊，太好了，優美人沒事對吧？」

「這也是『大概』，不過從影像來看，應該是沒事。」

「她在哪裡？不是醫院吧？」

「不是醫院，算是待在認識的人家裡吧。」

既然會像那樣走出來丟垃圾，絕對不是違反意志，遭到囚禁。感覺這次的事，也有優美自己的意志在裡面。

「今天要去接她嗎？」

「還不確定。因爲我幾分鐘前才查到她人在哪裡而已。」

而且不巧的是，這種時候偏偏連絡不上筥崎夫人。自家電話轉成答錄機，手機也是。如果只是出門去附近採買就好了——

「那裡不是都內，而是鄉下地方，所以我想先問過母親筥崎夫人的意思，再決定怎麼做。」

「鄉下地方的朋友家？」

笠井女士尖聲重複說，上半身朝我探過來：

「是不是別墅？佐佐先生的學長在山梨的別墅。如果是的話，我可能知道在哪裡。」

我嚇了一跳。原來這位女士才是關鍵人物？

「妳怎麼會知道？」

「我去過那裡。不過是大三的暑假，已經是很久以前的事了。」

既然如此，坐下來好好聽她說才是正辦。

「我跟優美從高一就是好朋友，她是校內直升高中部的，我是外校考進去的，但我們都參加輕音社，變成了好朋友。」

她說筥崎優美人長得漂亮，個性開朗，成績又好，是該年級的大紅人。笠井女士是她的閨蜜，因此受到許多人的羨慕與眼紅。

「現在雖然難以想像，但高中的時候，我跟優美幾乎是形影不離。我們都在高二的時候第一次交男朋友，但即使交了男朋友，還是常常帶著男友四個人一起約會。」

畢業後進了不同的大學，兩人的交情依舊持續。笠井女士讀的是新聞系。

「我一直想從事文字工作。」她說，表情更加嚴肅：「進入正題以前，我要聲明一件事，我不希望你因爲我記得一清二楚，就認爲是我捏造的情節。」

她眞的很細心。

「我接下來要說的事，在發生別墅那件事以後，我就立刻把它寫成了報導。一般人會怎麼做我不知道，但這對我來說是一件很重大的事，我想要記錄下來。」

她說以身邊的事爲題材，寫成調查報導，也是她當時的課堂作業。

「不過最後我交出去的是別的內容。後來想想，隨便拿朋友的隱私當題材似乎不太妥當。」

她說，苦笑了一下。

「我心態就是這麼天眞，求職的時候，想進去的報社和出版社沒一家考上，全軍覆沒。」

「我以前當過編輯，那跟心態應該沒什麼關係。」

笠井女士目不轉睛地重新打量我，就像小學生一樣驚訝：

「眞的嗎？我還以爲編輯就算轉職，也永遠都待在出版業呢。」

也是有例外的。

「說到哪裡去了……優美第一次把知貴介紹給我，是大一暑假的時候。我跟優美約好去逛特賣會，知貴也一起來了。」

佐佐知貴長得帥，又是運動員，優美愛得死心塌地，兩人在笠井女士面前也照樣打情罵俏。

「我調侃說我都快被閃瞎了，但對知貴印象並不差。」

從此以後，優美有時會邀她一起參加活動。

「她會邀說：阿知的社團有飯局，小泉妳要不要一起來？」

「昭榮大學的曲棍球同好會對吧？」

「是的，說隊上全是男人，想要有女生參加。不只優美，好像也邀其他隊員的女友和朋友。」

笠井女士拒絕了。

「我的時間全被打工和上課占滿了，連社團也沒參加，對其他大學的社團更沒興趣。」

但優美再三邀約：一起來吃飯嘛、一起來幫比賽加油嘛、一起來看練習嘛。

「優美還說有機會可以像她那樣，遇到跟阿知一樣的眞命天子。」

她的笑容僵硬地扭曲了。

「我想優美應該沒有察覺，但這樣的情形一多，我開始覺得我跟她已經合不來了。」

筥崎優美沉浸在戀愛當中，努力享受校園生活。但笠井泉放眼未來的目標，想要專注學業，充實自己。

「總之她說什麼我都帶過，全部拒絕，但有一次知貴居然直接傳訊息給我。」

知貴說他們隊上的畢業學長看到笠井女士的照片，覺得是喜歡的類型，想要介紹一下。

「老實說，我眞的氣到了。居然不經我的同意，就把我的連絡方式告訴第三者，還拿我的照片給別人看，我覺得優美太誇張了，也覺得知貴這個人莫名其妙。」

笠井女士義正詞嚴地拒絕，把優美約出來談。

「優美向我道歉，卻說她沒辦法拒絕知貴的拜託，她不想被知貴討厭，她實在太愛知貴了，沒辦法……好啦，這是她的自由啦。」

結果過了一陣子，佐佐知貴帶了三、四個男生去她打工的咖啡廳。

「他們坐下來，衝著我看，滿臉怪笑。知貴還向我招手，而且是用這種動作——」

她掌心向上，勾了勾食指。

「很沒禮貌對吧？」

「是的，沒禮貌到了極點。我自己有個十歲的女兒，如果她長大以後有誰敢對她做出這種輕佻的舉動，我一定會把他揪出來教訓一頓，讓他不敢再犯。」

笠井女士向店長說明原委，讓別人負責他們那一桌。那群男人喝完咖啡離開後，佐佐知貴又傳訊息過來：「搞什麼？女人還敢這麼囂張。別以爲妳這種態度別人吞得下去。」

「我氣死了，也覺得這個人太誇張、太可怕了，所以一字一句記得一清二楚。」

「〇〇還敢這麼囂張」。看來佐佐知貴很喜歡這種句型。

「我覺得不能隱忍，把訊息原封不動轉寄給優美，說：『不好意思，如果妳要跟這種人交往，我沒辦法繼續跟妳當朋友』。」

優美哭著道歉，又重複相同的說詞：佐佐知貴是個好人、我不想被他討厭、不想跟他分手。

「這個時候優美第一次告訴我，說她常被抓去參加他們的飯局，幫忙倒酒、清菸灰缸。」

——因爲阿知說，希望我可以像服侍他一樣服侍他敬愛的前輩和隊友，他也想向大家炫耀我這個女朋友。

「我眞是整個人傻掉，白眼都翻到天邊去了。」

那夥人根本不是什麼好人！他們逼迫別人介紹女生，也不是想要認眞交往，只是想要女生當奴婢還是陪酒小姐罷了！

「妳以爲現在幾世紀啊？那群男人到底是哪個時代的古董啊？——我氣呼呼地痛罵她一頓。」

但筥崎優美左耳進右耳出。

——我也不喜歡阿知對他的社團學長那樣百依百順、予取予求啊。可是就算跟他說，他也聽不進去。

——而且除掉學長的事，阿知眞的是個完美無缺的男朋友。

笠井女士表情扭曲，就彷彿一想起來又怒火攻心。

「我想起我奶奶的教誨，她說那種只要不喝酒、不賭博、不花心就很完美的男人，就是會喝酒、會賭博、會花心的爛貨。」

「眞是至理名言。」我說。這是不折不扣的眞理。

「我也這樣跟優美說，用閨蜜的身分求她，叫她跟知貴分手，卻是白費工夫。」

——我不可能跟阿知分手。我從來沒有這麼深地愛過一個人。

「所以我也打算跟優美的交情就到此爲止，不過我剛才也說過，在我大三的暑假——記得是剛放暑假的時候，優美跑到我大學的宿舍來找我。」

優美的神色很不尋常。

「她說下個週末要一起去知貴學長的別墅陪他們集訓。」

——大概有十個男生，可是女生好像只有我一個人，我很怕，小泉，妳可以陪我一起去嗎？

笠井女士的呼吸急促起來：

「我眞的覺得就算優美是個千金大小姐，也未免白痴過頭了。」

管他是合宿還是幹麼，如果妳怕，拒絕就好了。如果佐佐知貴因爲這樣就生氣，就表示這個人不正常。

「我說妳也太白痴了，換成是我，早跟那種人分手了，優美又哭著說分手她會死掉。」

筥崎優美是這麼無腦的女生嗎？我以前認識的開朗聰明的那個女生消失到哪裡去了？

「我應該不要理她，讓她自生自滅，可是實在是放心不下。因爲萬一眞的出了什麼事，到時候就後悔莫及了——」

笠井女士尋思有什麼法子。

「我答應跟她一起去，然後向研究室的朋友求救。」

研究室的朋友聽到這件事，全都驚訝地表示萬萬不可。笠井女士就不用說了，還叫她的朋友也不可以去參加那種「集訓」。

「最後有兩個男性友人決定陪我一起去。」

因爲說好社團成員要分乘幾台自用車一同前往「集訓」地點，所以——

「我搭著男性友人的吉普車出現在約好的地點。」

研究室的男性友人，一個是橄欖球員，另一個——

「是我們大學摔跤社的選手。」

笠井女士說，爽快地哼哼一笑。

「他身手不是蓋的喔。而且外表跟知貴不一樣，完全就是個大猩猩。」

就是我現在的老公——她靦腆地補充說。

「啊，原來如此。」

「我們當時剛開始交往而已。」

因爲笠井女士帶了兩名彪形大漢保鏢現身，佐佐知貴一夥人都慌了。

「他們驚慌失措，說什麼突然來這麼多人，沒地方睡——還這麼多人咧，只不過是多了我和另外兩個人而已。」

他們叫笠井女士不用去了。

——那我們就去兜個風，當天來回不過夜，跟上去吧！

「我老公這樣說，開車跟在他們後面一起去。」

最後抵達的地方，就是山梨縣北巨摩郡森林裡的別墅。

「我會硬是跟過去，是想把優美帶回來。」

優美搭佐佐知貴的車子前往。

「我想趁這個機會徹底說服她，叫她跟知貴分手。」

然而這個目的沒有成功。

「到目的地一看，原來女生不只優美一個人，還有兩個其他隊員的女朋友。」

「等於是優美為了把妳帶去，騙妳說她只有一個人會怕。」

然而優美的態度卻很硬。

「她氣死了，說我怎麼可以隨便帶兩個沒關係的人一起來，厚臉皮。」

因為這件事，笠井女士和優美的友情真的畫下了句點。

「我的閨蜜筥崎優美已經不在了。我決定就忘掉現在的她，珍惜高中的回憶吧。」

然而前年二月中旬，笠井女士開的旅遊作家部落格突然接到優美的留言。

——妳還記得我嗎？

「她說好懷念、看到我過得很不錯，太好了，還稱讚我好了不起、這麼活躍之類的。她也邀我去她的臉書，我加了她好友。」

雖然不愉快的回憶仍在，但她覺得拒人於千里之外也太幼稚，最重要的是，她很好奇。

「我好奇優美是不是還繼續跟知貴攪和在一起。」

「沒想到他們不僅還在一起，前年二月的話，是正在準備六月結婚的時期呢。」

「對，他們還是老樣子，恩恩愛愛，毫不顧忌旁人的眼光。優美也立刻邀我參加婚禮。」

——有個當作家的朋友，我真的好驕傲。妳一定要來。

「她感動萬分，稱讚說我實現了夢想，眞的好厲害。可是其實我第一志願的公司全部落榜，進了不想進的公司，後來離職，只是個吃自己的旅遊文章寫手罷了，所以我覺得優美眞是一點都沒變。雖然這也是她可愛的地方。」

笠井女士的眼神忽然變得溫柔，接著眨了眨眼，就像要抹去那種感傷。

「當然，我也覺得現在才說這些太假了。因爲優美是特地搜尋，才找到我的部落格的，而不是碰巧聽人提起。我也納悶她幹麼在婚前這麼忙碌的時期，特地連絡大學鬧得不歡而散的我？」

這一點我也很好奇。

「我覺得簡而言之，她就是想要讓我看看，當初雖然我那樣唱衰，叫他們分手，不過現在她很幸福，就要跟她的阿知結婚了。」

阿知果然是個再完美不過的男友。他很快就要變成我最完美的丈夫了。

「就我知道的範圍內，優美從來沒有遭受過別人的批評。因爲她是個才貌雙全的千金大小姐。她的人生沒有遭遇過任何的否定。如果有什麼接近否定的經驗——」

「那就是妳對她的數落？」

沒錯——笠井女士笑了。

「如今回想，我眞的是對她大肆數落了一番，說那種男人爛透了，妳眞是被狗屎糊了眼才會愛上那種人。」

笠井女士試著把優美從集訓的別墅帶回來時，研究室的友人也一起勸，說就算看在同年紀的男生眼裡，佐佐知貴對優美的言行也實在說不過去。

「我們因爲擔心，都快氣死了，但優美也因爲她的白馬王子阿知被貶得一無是處，憤憤不平吧。所以她想要讓我見識她們盛大的婚禮，消消當年的心頭之恨吧。」

說到這裡，笠井女士喘了一口氣。我啓動自己的筆電。

「妳在婚宴上有沒有看到這個人？」

我在螢幕上顯示高根澤輝征的照片。

「他是那棟別墅的主人，集訓風波那時候，他應該也在。」

笠井女士才瞄上一眼，立刻有了反應：

「他在婚宴上有向我打招呼。」

她說新郎的朋友桌裡，有一桌坐的全是塊頭壯碩的男人。

「他就坐在那裡。他有說名字，高——高——」

「高根澤。」

「對！」笠井女士伸手指向我。「他不記得我，但跟他同桌的男人，就是大學的時候知貴一直想要介紹我的學長！所以他們兩個一起跑來我的座位。」

她說她不記得跟高根澤輝征說了什麼。當天高根澤輝征是偕同太太出席，應該也不敢太放肆。

不過另一個校友——

「他注意到我的姓氏不一樣了，還有婚戒。」

男人面露怪笑，說：

——咦，居然銷出去囉？

笠井女士的眼睛射出憤怒的光芒。

「啊，這夥人真是狗改不了吃屎！我當下醒悟，後來就完全不理他們了。優美邀我參加接下來的派對，我也沒有去。」
「妳很聰明。聽說接下來的派對是高根澤主持的。」
天哪，太可怕了——笠井女士咳嗽了一下。
「在那之前，我都覺得優美看起來那麼幸福，她跟知貴結婚應該是件好事，但這時候又開始不安起來了。」
佐佐知貴和他敬愛的那夥學長還是同一副德行。既然如此，知貴和優美的權力關係應該也都跟大學那時候一樣——
「杉村先生看過優美的臉書嗎？」
「大致上看過。」我不能透露是偷看的。
「我也一直有在關注，上面的內容總是快樂得像夢幻一樣。雖然社群網站上的內容絕大多數都是這樣的。」
公開在網路的內容，都是要展現給別人看的表演、粉飾，是經過裁剪的生活片段。看的人也都有某程度這樣的認知。
「優美的幸福應該不是假的。她的生活就像新婚旅行去的地中海那樣蔚藍吧。不過在網路上看不到的地方，卻有赤潮暗潮洶湧。我情不自禁地就是會這樣想。」
這個比喻很像旅遊作家。
「雖然這只是我任意揣測，多管閒事。」
「妳們有私底下見面嗎？」
「沒有，不是透過臉書，就是互傳訊息而已。」

沒有發展成約出去見面聊天。佐佐優美態度消極，笠井女士約，她都推說不方便，不了了之。

——下次有空再約吧！

「她老是這樣說。我覺得說穿了，優美其實也不是想要再跟我當好朋友，我也——」

說到這裡，笠井女士停頓了一下，煩躁地握緊拳頭：

「可是我還是會在意。雖然很傻，但我就是擔心她。因爲我知道，只要知貴還繼續跟那群社團學長混在一起，總有一天絕對會出事。」

所以她持續關注優美的臉書。

「已經是一個月以前的事了吧？優美的臉書突然毫無預警地關閉，我眞的嚇了一大跳。我急忙傳訊息給她，她也沒回，電話只聽到沒開機的訊息。我愈想愈恐怖，心臟怦怦跳個不停。」

但佐佐知貴的連絡方式，她八百年前早就刪除了，無計可施。

「我問過在優美的婚禮上遇到的高中同學，但她們也都不知道是怎麼回事。或者說，她們根本沒當成一回事。」

她們說，玩臉書的人常會這樣，也許是搬去其他社群網站了，可能沒多久就會重開了。

「這要不是優美，我也會這麼想。社群網站常常會因爲個人因素突然關閉，我一定會覺得沒什麼好大驚小怪的。」

這表示佐佐知貴對妻子的朋友——至少對臉書上的朋友，完全沒有說明關閉臉書的理由。他也認爲直接關掉不是問題，或是沒有餘力去管這麼多？

「妳有連絡優美女士的母親嗎？」

笠井女士聳了聳肩：「我覺得那樣做好像太過頭了……」

如果她問了筥崎夫人，「強勢地問出」優美自殺未遂和幸福身心精神診所的事，或許就沒有我出場的分了。

「優美的媽媽在今天的電話裡說她完全不知道優美怎麼會自殺，好像非常苦惱。」

「因爲筥崎夫人不知道知貴先生與他社團學長的種種。」

笠井女士驚訝地瞪大了眼睛：

「優美都沒跟她媽媽說嗎？完全沒有？他們從剛開始交往就一直是那樣耶？」

「優美女士似乎模糊地向母親抱怨過知貴先生的學長，但也只是這樣。不過對她弟弟——」

「啊，阿毅！」

「妳們認識嗎？」

「我只認識國中時候的他，不過他很聰明，人很穩重，優美還比較像他妹妹。」

——阿毅是理組宅男，一輩子都交不到女朋友了，可憐。

「優美曾經這樣跟我開玩笑，我反駁說才不是，阿毅是那種女生私下會欣賞的型，優美還笑說眞不懂我的品味。」

我告訴笠井女士，佐佐優美忙著籌備婚禮的時候，曾經明確地對弟弟阿毅吐露「我討厭阿知的社團學長，尤其最討厭高根澤輝征，不想請他參加婚禮」，笠井女士聞言啞然：

「優美還是明白的嘛。」

聲音裡透露出她的疼惜。

「既然這樣……爲什麼她甚至不告訴她爸媽？如果自己不敢說，也可以叫阿毅……」

她喃喃道，閉上眼睛嘆了一口氣。

「沒辦法呢。要是她爸媽叫她跟那種男人分手，又是一場風波。」

因爲優美對阿知死心塌地，叫她跟他分手，簡直是要她的命。

「她是覺得心愛的阿知就只有這麼一個缺點，自己忍一忍就沒事了，決定別讓父母擔心嗎？」

只能說是因爲和母親感情太好，所以反而要隱瞞。

「唸書的時候，優美常說自己是公主。」

原來她有自覺？

「她說她爸媽把她當成公主一樣捧在手心養大，她也要當眞正的公主，不要讓爸媽失望。」

「她是個很認眞的人呢。」

「對，優美這個人很認眞，會不惜餘力去當一個眞正的公主。我說她從來沒有被別人批評過，不光是因爲她特別幸運，得天獨厚，也是因爲她本身很努力。」

笠井女士微微咬住下唇。

「知貴就是看準了優美這種個性，把她吃得死死的。所以我才更生氣。」

優美爲了愛得死心塌地的佐佐知貴，即使是違反意願的要求，也不斷地滿足他的期望。既然如此，目前這種情況，應該也是她這種努力的延伸才對。

「我想再請教一個問題，優美女士有沒有提過在自家舉行派對，或是招待知貴先生帶回家的客人這類事情？」

笠井女士微微偏頭：「如果舉辦家庭派對，她應該會PO在臉書上，但應該沒有吧？」

「臉書上是沒有。」

「她好像會爲知貴煮飯，不過——」

笠井女士輕吐舌頭笑了。

「優美唸書的時候，完全不會做菜說。」

她說優美不敢拿菜刀，對下廚陌生到甚至在洗米的時候倒進清潔劑。

「第一次交男朋友的時候，我常做便當給男友吃。」

看來笠井女士對男友也很貼心。

「優美說她也想做便當給男友，我好幾次叫她來我家學著做，但她什麼都不會。」

因爲實在沒辦法，笠井女士只好連優美男友的份都一起做，當成優美做的送出去。

「情人節巧克力也是，她出材料錢，我來做。不過有她的贊助，可以做出很豪華的巧克力。」

「聽說她婚前去上過廚藝教室。」

「這樣啊，原來臉書那些大餐也是她努力的成果呢。」

溫柔的眼神又一晃而過。

「我自己也結了婚，所以明白夫妻間的問題應該要夫妻自己解決，可是——」

她握住右手抵在嘴邊，用力嚥下某些感情，接著說：

「我認識的閨蜜優美，不是會搞什麼自殺、害媽媽擔心得要死的女生。不管現在讓她痛苦的問題是什麼，我都希望可以快點解決。如果有什麼我幫得上忙的地方，請儘管說。」

「好的，謝謝妳提供的寶貴資訊。」

我送笠井女士到一樓大廳回來時，小鹿小姐呼叫我。她用手掩住事務所的電話筒：

「筥崎女士找你。」

我急忙接過話筒。夫人會打到這裡，是因爲我在留下留言時，說明我人在這裡，並說出「蠣殼辦公室」的電話代表號。
「我是杉村，讓妳久等了。」
「不好意思，讓你打那麼多次電話來。」
夫人的口氣很慌張。
「我才是，錯過妳的來電，眞不好意思。出了什麼事嗎？」
「我見到知貴了。」
夫人說他們在公司附近的咖啡廳碰面，才剛道別。
「大概今早九點多，知貴打電話來，語氣很激動，說有個叫杉村的調查員跑去幸福診所恐嚇那裡的員工。」
清田伸吾眞的很懦弱，立刻就用那張嘛得尖尖的嘴巴跑去告狀——不，哭訴了嗎？
「杉村先生，這是眞的嗎？」
「我的確去了幸福診所，也見到了事務局局長清田。」
我盡可能平靜地說明狀況。
「我還沒有向妳報告，但優美女士並沒有在那家診所住院，這件事幾乎已經確定了，因此今天早上我去詢問這件事。清田承認優美女士住院的事是假的，是佐佐知貴先生拜託他撒謊的。」
電話另一頭，筥崎夫人的呼吸加快了：
「知貴也這樣對我說。他說優美確實沒有住院，因爲想要讓她在安靜的地方休養，所以才向我撒了謊。」
同時知貴提出要求：

「他說如果我停止和杉村先生的契約，不再繼續調查，他可以讓優美今天就回家。」

——那個叫杉村的說是阿毅委託的，但反正幕後黑手一定是媽對吧？叫他立刻停手。

咦，居然來這一招？

「我看到照片的知貴瘦成那樣，很擔心，便說這麼重要的事不能用電話，要當面談。」

佐佐知貴不肯答應，但夫人立刻出門，跑去佐佐知貴在新宿的職場。她賴在公司櫃台不走，總算是見到知貴了。

「知貴的臉色眞的很糟……而且很暴躁。」

夫人應該是站在路邊講電話，她的聲音被背後的噪音蓋過了。

「……我跟他也才聊了五分鐘左右而已。」

佐佐知貴只是不停地重複要求夫人叫調查員杉村收手，說這樣他就會讓優美回家。

「他幾乎是哭著求我了，我也不小心就答應了。」

小鹿小姐很關心電話內容。因爲我的臉色很凝重吧。

「杉村先生，如果優美不在那家診所，她人在哪裡？」

筥崎夫人的聲音激動起來，壓過了背後的噪音。看在一旁往來的行人眼中，一定顯得很奇異。

「你也查到優美在哪裡了嗎？快點告訴我，我去把她接回來。」

雖然對夫人過意不去，但現在還不能亮出這張牌。

「總之，我現在立刻去找知貴先生。他似乎誤會了什麼事，但只要查到優美女士在哪裡、確定她平安無事，然後妳可以接受的話，我會當場結束手上的調查。只要知道這些也就夠了，沒有什麼收手不收手的問題。」

就是啊、就是啊——夫人著急地喃喃道。

「請妳小心回家。因爲我的疏忽，讓妳受驚了，眞是抱歉。」

我放下話筒，小鹿小姐問：「峰迴路轉？」

「應該是。」我說。「這種的應該叫做『自爆』吧。」

我前往新宿站的途中，佐佐知貴的手機位置移動了。手機離開職場大樓，在甲州公路上往西前進，不久後上了高速公路。似乎是租了車。也許和上次一樣，去找高根澤輝征商量，但現在是平日，事情來得又急，這次他應該只有一個人。手機沒有關機。我持續觀察手機位置。

我篤定佐佐知貴一定是要去山梨的別墅，因此打到他職場。我自稱他的親人，演一齣戲：

「知貴已經離開公司了嗎？」

結果年輕的男聲應道：

「是的，他剛才早退了，聽說住院的太太狀況不是很好。」

「對呀。那麼我打他的手機。」

我返回事務所。佐佐知貴沿著如果我去接優美，應該也會採取的路線，途中沒有在休息站停留，約兩個多小時便抵達了「綠林之家北巨摩」。他在那裡停留了不到三十分鐘，便蜻蜓點水地折返了。歸途頻繁地停留休息站。應該是爲了優美。

我把手機放到桌上，計算實際開銷與調查費用，開始著手將至今爲止的經緯整理成報告書。到了傍晚，雨稀稀疏疏地下了起來。當晚七點多，我接到筥崎夫人的電話。佐佐知貴的手機固定在筥崎家的所在地後，過了約一個小時。

「杉村先生。」
夫人的聲音很平靜，但也許是累了，有些沙啞。
「優美回家了。傍晚知貴帶她回來了。現在人在我家。」
那太好了——我說。
「兩個人都累壞了，優美一回來就哭了，所以我很難問出到底是怎麼一回事。但優美說，她們是兩口子吵架，她一氣之下割了腕。離家出走是她自己的主意，她一直住在飯店和朋友家。」
「她有說明吵架的原因嗎？」
笘崎夫人輕聲嘆息：
「——知貴有外遇。」
夫人說，佐佐知貴向笘崎夫人和優美兩個人道歉了。
「接下來我們必須一家人好好談一談，但總之優美人回來了。」
夫人想要快點讓這件事落幕。
「我覺得這樣就好了。請問……調查費用的部分……」
「我會給妳請款單，會和調查報告一起給妳。」
夫人比我預期更快回答：「我會跟他們本人談，報告書就不用了。萬一留在手邊，被外子看到了也不好。」
這個回答倒是不出所料。
「優美會回來，都是因爲杉村先生揭穿了知貴的謊言，我很感謝你。」
夫人已經整個人躲進了完全拉起的布幕後方，只露出一顆頭在說話。

「很高興能幫上忙。」

「請款單請寄過來，我會立刻匯款。還有，阿毅那邊我會通知他。」

「好的。」

我們彼此道謝，夫人先掛了電話。

我簡短地傳訊息給阿毅和笠井女士。佐佐優美女士回到娘家了，杉村偵探事務所的任務結束了，完畢。這個案子結束了。然而遠方的烏雲不僅沒有散去，反而更加層層密布。爲了給自己打氣，我認爲有必要用「侘助」老闆拿手的酸奶牛肉來犒賞一下自己。

6

筥崎夫人就像她答應的，立刻就匯調查費給我。阿毅傳了比我寄給他的訊息更長的內容給我：「這個週末我應該可以挪出時間，所以準備回家一趟。我想和家姊還有家母好好談一談。多謝杉村先生的幫忙。」

從這樣的文字，也可以看出與筥崎夫人的口氣同樣委婉的拒絕：「接下來是我們自己的家務事」。換成是我，也會這麼做。

笠井女士一早就傳訊息給我：

「雖然鬆了一口氣，可是總覺得有些疙瘩。」

然後她又傳了一次訊息：

「我老公罵我，說那是人家夫妻之間的事，叫我不要多管閒事。」

如果我是她丈夫，也會給她一樣的建議。

但我還不打算退出。下一個應該要見的人是田卷康司。這也是實現與城島同學的諾言。

我對城島同學說會去問田卷的公司或公寓管理員，但我並不準備用這種拐彎抹角的方式。我先傳訊息到田卷的手機，主旨是「三位一體隊相關人士調查」。看到這標題，他不可能視而不見。

「抱歉突然傳訊息打擾。我是私家偵探杉村三郎，正在調查您隸屬的三位一體隊的相關人士。有件事我務必想要請教，因此先連絡一聲，我晚點將會致電。如果方便見個面，請指定時間地點，我隨時都可以赴會。」

我附上名片照片檔傳過去。接下來隔了半天時間，再打電話到他的手機。電話轉入信箱，我留下錄音：「我是私家偵探杉村，先前傳過訊息給您。我會再打過去。」

沒有反應。我再傳了一次訊息，這次內容更為深入：

「我是私家偵探杉村，我接到委託，調查三位一體隊相關人士，是與隊員的配偶有關的內容。我在調查過程中得知尊夫人郁惠女士在十月四日不幸過世的消息，請節哀順變。我認為我受託調查的內容，與郁惠女士的死亡可能有某些關聯。如果這完全是誤會，我必須為了突然打擾您的心情而致歉。不過，能否請您跟我見面談談呢？」

佐佐優美是在十月二日深夜自殺未遂，田卷郁惠是在十月四日白天墜樓死亡。這兩起事件時間如此接近，我實在不認為彼此會毫無關聯。背後是否有什麼隱情？

重點是九月三十日星期五，優美對筥崎夫人說她「今天晚上要跟阿知出門」。

從已經明朗的三位一體隊的內部狀況，以及高根澤輝征與他的小弟佐佐知貴的言行來推測，那個週末夜晚，是不是又有他們的飯局？姑且不論是在家開酒趴，還是去餐廳，總之他們又聚在一起，然後佐佐知貴帶優美一起參加。田卷是不是也被要求（被迫）帶太太郁惠一起參加？

城島同學說，過去不論高根澤輝征如何要求，田卷都不肯讓隊友到家裡開酒趴，或是讓太太郁惠招待他們。自然，高根澤一夥人肯定很不滿。在球隊的臉書上，高根澤輝征會砲轟田卷，恫嚇他「等著接受制裁吧」，應該也不單純只是因爲田卷不來參加練習，而是因爲他總是對高根澤輝征一夥人的蠻橫說「不」。

九月三十日的飯局，是否就是臉書上的「制裁」？田卷夫妻被捲入，在場的優美也被牽扯進去。結果佐佐優美自殺未遂，佐佐知貴擔心萬一她向感情好的母親洩露就糟了，拚命搶先將她隔離。高根澤輝征協助隔離，優美也爲了包庇丈夫而聽從。但沒想到優美的家人居然雇了私家偵探開始到處打探，只好讓優美回娘家，以「丈夫外遇導致夫妻吵架」的說法安撫岳父母，趕走偵探——

一旦描繪出這樣的情節，田卷郁惠的墜樓死亡，也令人質疑是否眞的是一起不幸的事故了。死亡當天，她因爲身體不適而請假一事，也讓人嗅到可疑的氣味。佐佐優美「和阿知出門」以後，在前往的地點發生了什麼事？至少那是一件極震撼的可怕事件，導致優美自殺未遂，讓佐佐知貴憔悴得彷彿行屍走肉。

想像很容易，憶測卻毫無助益。爲了見到田卷康司，必須先耐性十足地繼續遊說。

另一方面，我接到了「蠣殼辦公室」派下來的新案子。是某ＩＴ企業徵才候補人選的徵信調查。案子並不難，但因爲有三個人，必須東奔西走。對現在的我來說，相當值得慶幸。因爲可以在路上順便繞去田卷的公司或住處。

田卷在一家知名合成纖維公司上班，總公司在品川區。城島同學不記得田卷任職的部門，因此我直接找上總公司櫃台，搬出與欺騙城島同學類似的說詞，意外地一下子就成功見到了田卷的直屬上司。那是一名五十開外、頭髮花白的男子。我遞出為這種情況準備的上班族假名片，在寬闊的大廳角落坐下來談。

「田卷是我學弟，但這一年左右都沒有見面……」

「其實我們也不知道他現在人在哪裡、怎麼樣了。」

上司說，田卷康司喪假期滿後，回來公司一次，遞出了辭呈。

「他就和葬禮上一樣——不，還要更糟，瘦得就像一副骷髏，眼神也很空洞。」

上司說會暫時保管他的辭呈，要他留職停薪。「好好休養身心，等你好了，再回來上班吧，如果有什麼困難，都儘管來找我。」上司這樣說，送他離開公司。但此後兩人再也沒有見面，田卷也沒有連絡。

「我很擔心，叫部下去看過一次，但他租的公寓已經退租了，也不知道搬到哪裡去了。管理員說田卷拿了一筆不小的現金給他，請他代為處理家具雜物。」

「那，他就這樣兩手空空——」

「聽說他只開了車子離開了。」

因此上司連絡田卷的老家，但他也沒有回家。父母不知道他在哪裡，非常驚訝、惶恐。

——如果康司回來，我們一定會叫他連絡公司。

「後來就沒有下文了，我想他應該沒有回家。」

上司很為田卷擔心，他似乎也認識田卷的父母。我正想他們似乎關係很親，結果說著說著，上司提到他是田卷夫妻的媒人。

「原來是這樣……當時我被調到海外，所以沒能參加他們的婚禮，眞是失禮了。」

太太郁惠比田卷大三歲，任職的信用金庫是田卷公司的客戶。人很能幹，在好的意義上，是典型的「大姊妻」。

上司客氣地問我：「你知道田卷可能去投靠什麼人嗎？」

他就是想知道這件事，才會二話不說答應見我。

「眞的很抱歉，我也想不到有什麼地方。」我行禮說。「如果他不在老家，住處也退租的話，夫人的骨灰怎麼處理呢？」

上司的表情難受地扭曲了。「葬禮之後，郁惠的父母領回去了。田卷的母親也說，因爲是那樣過世的，這也是沒辦法的事。」

「呃？」

我露出訝異的表情，上司也訝異地回看我：

「……你不知道嗎？」

「這是指？」

上司遲疑起來，我推了一把：

「我也準備去田卷的老家向他父母致哀，如果是最好預先知道的事，請告訴我吧。」

上司「嗯嗯」點了點頭，沉著聲說：

「郁惠是自殺的。」

賓果。是這世界上最令人沮喪的大獎。

「原來那不是意外？」

「有人看到郁惠爬上陽台扶手，從那裡跳下來，所以不會錯。只是沒有留下遺書——」

所以不知道動機，上司說。

「葬禮上，郁惠的父母也責怪田卷。身爲父母，這也是難怪，但田卷那痛苦的樣子，實在教人看了不忍。」

「他自己也不知道理由嗎？」

「他整個人失魂落魄，什麼事都問不出來……但他們夫妻倆感情很好，工作也都很順利。」

實在想不到會有什麼嚴重的問題。

「我們周圍的人也是，到現在依然希望是搞錯了。」

我私下懷著歉意，鄭重地向上司道謝後離開了。走出戶外，我先稍微定了定神，再傳一次訊息給田卷康司。

「你身邊的人都很擔心你怎麼了。我正在調查的案子，與郁惠女士的自殺應該有關。我想助你一臂之力。請連絡我。」

田卷夫妻原本的住家，是大田區某棟家庭式的大型公寓。沒有封閉式的自動鎖大門，而是開放式的外廊，中庭很漂亮。自行車停車場只有一處，在倒ㄈ字型的公寓西側。

——摔落正下方的自行車停車場，所以……

鋪柏油的停車場地面，找不到田卷郁惠墜樓的痕跡。都過了一個月以上了，這是當然的吧。我仰望上方。西側最頂樓是十樓。房號是從西側順時針排列，因此九〇一號室是西南的邊間。

我把帶來的小花束擺在正下方處，合掌膜拜，忽然有人出聲向我招呼：「喂，先生。」

停車場另一側的角落，有兩名所謂「大嬸」年紀打扮的婦人正看著我。叫我的是右邊的婦人，打扮很一般（符合年齡），但左邊的婦人該怎麼形容？色彩搭配鮮艷得宛如天堂鳥，穿著花花綠綠的緊身褲，外搭鮮紅色連帽大衣，頭髮染成接近金色的栗子色，拖鞋也很花俏。

我還沒應聲，樸素的那個大嬸便尖著嗓子說：「喂，你夠了喔，不要那樣好不好？到底要給人添麻煩到什麼時候？」

我還沒開口，這回是花俏的大嬸制止同伴：「不要這樣啦，很可憐欸。」

樸素的大嬸掉轉矛頭，頂撞花俏的大嬸：「什麼話！搞什麼跳樓自殺，害這個社區的房價不知道跌了多少，妳也一樣吃了大虧好嗎？」

花俏的大嬸也不服輸：「房子是自己要住的，跟房價有什麼關係？還是妳要賣掉這裡搬出去？還能搬到哪裡去？都死了一個人，說那什麼守財奴似的話！」

請不要吵架——我安撫著走過去。

「如果讓妳們不舒服，我道歉。其實十月初在這裡過世的太太，是我童年好友的太太。」

也許是因爲我低聲下氣，花俏的大嬸受到鼓舞：「喏，妳看，人家先生這麼有禮貌。」

樸素的大嬸橫眉豎目地瞪著我，嘴角整個撇了下來。

「不好意思啊。」

花俏的大嬸向我行了個禮，走上前來。

「這棟公寓蓋了二十五年，從來沒有發生過這種事，我們也都嚇到了。」

「這是一定的。眞是抱歉。」

「你不用道歉啦。眞是太可憐了。我也住在西側，雖然只是偶爾搭電梯遇到的時候會打聲招呼，但那個太太很漂亮，又很有氣質。」

樸素的大嬸聞言氣憤地雙眼發亮，不屑地說：「還氣質咧，聽說他們夫妻倆吵得可凶了。」

這回我搶在花俏的大嬸回嘴前插口了：「那是什麼時候的事？」

樸素的大嬸瞪大眼睛：「什麼？你問我嗎？」

「是的。過世的是九〇一號室的田卷太太對吧？妳說他們吵得很凶，是聽到他們的住處傳來吵架聲嗎？」

花俏的大嬸說：「我不知道這件事，妳聽誰說的啊？」

「八〇二的三室太太。」

是樓下的房客嗎？

「九〇一的田卷家常傳出吵架聲嗎？」

花俏的大嬸回答了我這個問題：「我從來沒聽說過他們會吵架。西側從來沒有噪音問題。」

「可是那個時候——」樸素的大嬸急了。「聽說那個太太跳樓自殺的兩、三天前的晚上，九〇一號室傳出乒乒乓乓的聲音，還有哭聲和怒吼聲，可是又有哈哈大笑的聲音。」

聽說吵得要命，眞是一點常識也沒有——樸素的大嬸咒罵說。

「那眞的是夫妻吵架嗎？是不是有許多人在房間裡吵鬧？」我問。

「我哪知道啊？」

「聲音持續很久嗎？」

「我不知道啦。如果吵上一整晚，再怎麼樣管理員也會去警告吧。」

花俏的大嬸吐槽說：「妳的大嗓門也很快會惹來抗議。啊，不好意思，我們得走了，喏。」

兩名大嬸不是警告我而特地下樓，而是要出門買東西。這下我也想對她們的背影合掌膜拜了。

那個太太跳樓自殺的兩、三天前的晚上——正確地說，是不是田卷郁惠自殺的十月四日的四天前，九月三十日的晚上？

——傳出乒乒乓乓的聲音，還有哭聲和怒吼聲，可是又有哈哈大笑的聲音。

遠方的烏雲，終於明確地凝結成邪魔的面貌。

我花了五天完成「蠣殼辦公室」的案子，在事務所報告完畢後，前往新宿站。是為了拜訪仲介公寓給佐佐夫妻的市野不動產的「學長」。不管傳多少次訊息、在信箱留言，田卷康司都沒有回覆。我打算主動進攻。我在市野不動產的窗口提出要洽詢「格蘭捷特相模原」的事，結果第一次拜訪時接待我的職員現身了。是那個髮線後退的中年男子。

「啊，是上次的客人。」

對方也記得我。上次來是四日，今天是十四日。是因為我說我跟房東認識，讓他留下了印象嗎？還是業務員都有對客人過目不忘的能力？

「我也評估過其他地方，但想要更進一步瞭解一下『格蘭捷特相模原』。」

「太感謝了。」

「所以，我想直接請教一下向房東今井先生提出那棟公寓的規劃案負責人。我問過今井先生，他說負責人跟我一樣是昭榮大學的校友，這應該也是某種緣分。」

「做不動產，緣分是很重要的。」對方說。「不過真的很抱歉，規劃『格蘭捷特相模原』的業務重川現在休假。」

重川。三位一體隊的隊員裡有「重川實」這個人，三十歲，是高根澤輝征的大學社團學弟。

「他休假嗎？」

「對，真的很不巧，他請病假。」
「真是糟糕。什麼時候的事呢？」
「昨天而已，好像病得有點重……」
「那太糟糕了，是得了流感嗎？流感季節一年比一年早呢。那，重川先生來上班的話，請連絡我好嗎？」
我在諮詢表單填入姓名住址，回到車站的途中打給城島同學。可能剛好下課，他立刻接。
「我是騙了你的偵探杉村。」
「找到田卷學長了嗎？」
聽到那雀躍的聲音，我的胸口一陣刺痛。「抱歉，還沒有。」
我知道電話另一頭的城島同學大失所望。
「我這邊也完全沒消息。我請人介紹田卷學長的同屆校友，或是向他以前的研究室同學打聽，但沒有人最近跟他有連絡。」
然後——城島同學支吾了一下。
「我是聽參加葬禮的同屆校友說的。」
沉默。
「怎麼了嗎？」
「他說：你不知道嗎？郁惠姊不是意外死亡。」
我本來不希望城島同學知道這件事的。
「是的，真的很遺憾。」

城島同學沒有說話。

「但是不知道動機。你知道什麼線索嗎？」我問。

「——我怎麼可能知道？我根本無法相信。」

「田卷先生的直屬上司也說是自殺。他和你一樣，很擔心田卷先生。」

我說明田卷康司不在老家，父母也不知道他的下落，城島同學又沉默不語了。

「你跟他們夫妻很好，有沒有聽說他們兩人有什麼回憶的地點，或是特別重視的紀念日？」

「嗯……可是也不算紀念日吧，郁惠姊的生日就快到了。十六日。」

是後天星期三。

「這樣，謝謝你。我還有兩件事想請你幫忙，可以嗎？」

第一件事是請他打聽有沒有人認識校友重川實，另一件事則是——

「如果你有田卷先生的照片，可以給我嗎？雖然現在要照片似乎有點晚了。」

「我們社團夏季集訓照片的話，馬上就可以傳過去。」

他說田卷康司以教練身分，去參加了兩天一夜。

「我不認識叫重川的校友，不過會去問問看。」

本來以為電話就講到這裡，沒想到城島同學叫住了我：「杉村先生。」

「是。」

「田卷學長會不會已經死了？」

我沒辦法明確地否定說「不會」，沉默不語。

「抱歉。」城島同學的聲音細得像蚊子叫。「這話太觸霉頭了。」

掛了電話，我打開手機收到的照片檔，應該是集訓的晚餐，田卷康司對著擺滿咖哩盤的餐桌，一手拿著湯匙，擺出搞笑的姿勢。因爲只有上半身，看不出身高，但體格精實，露出T恤袖子的手臂肌肉結實。皮膚黝黑，臉晒得紅紅的。相貌平實，沒什麼特徵，瞇起眼睛的笑容顯得溫柔。

城島同學附上這麼一句：

「這是我拍給郁惠姊的照片。」

我動身返回住家兼事務所，在電車上搖晃時，整理了一下思緒。追查三位一體隊的每一個隊員吧。借助小木和他可靠的下游夥伴的力量，蒐集資訊吧。準備萬全後，實際去跟他們碰面，心虛的人光是聽到我的來意，應該就會逃走。我要追上去逮住他們，讓他們嚇得牙齒打顫，招出一切。

雖然令人不甘心，但現在要突擊高根澤輝征、佐佐知貴及佐佐優美，時機還太早。沒有確實的證據就上陣，只會徒然引起他們的戒心。他們有可能串通說詞，湮滅重要證據。倘若演變成這樣，就血本無歸了。

我把事務所月曆上的「十六日」圈起來，並向田卷郁惠在天之靈祈禱。我想要救妳丈夫，請妳助我一臂之力。請說動他的心，讓他連絡我。請讓他不要衝動失控、糟塌了自己的性命。

然而，是我的祈禱沒有上達天聽，或是即使上達天聽，也已經爲時已晚？我不知道。狀況有了新發展。十六日星期三清晨，高根澤輝征在目黑區的自家車庫前慘遭殺害。

7

自從離婚一個人獨居以後，我愛上了聽廣播。起床後第一件事就是開廣播。因爲是一邊洗臉吃早飯一邊聽，因此並非總是聽得很專心。這天早上也是如此，所以一開始聽到早上六點的NHK第一廣播台的播報員說「插播一則消息」、「目黑區的住宅區馬路上，有一名上班族男子頭部流血倒地，已經死亡」等內容時，我也只是左耳進右耳出，幾秒之後才突然驚覺。

我急忙搜尋新聞網站。一開始內容和廣播差不多，但新聞稿不斷更新，終於得知死亡男子的身分是「高根澤輝征，三十三歲」，並提到「頭部流血」並非遭汽車撞傷後逃逸。不久又有新消息：「死者高根澤正準備清晨出門慢跑，應該帶在身上的手機不見蹤影」，懷疑可能是強盜殺人案。

我打電話給筥崎夫人。時間是上午八點多。

「早，我是杉村。」

夫人一時沒有應聲。電話另一頭傳來人聲。是電視機的聲音。

「喂，筥崎女士？」

我注意到電視的聲音是早晨的新聞資訊節目，立刻也打開電視。電視上出現美輪美奐的住宅林立的街景，應該是直升機的空拍畫面。馬路前後停著警車，員警在路上管制人車通行。

畫面拍到路面上的血泊。就位在宛如以紅磚堆砌而成的摩登三樓住宅前，該戶人家的車庫正前方。穿著藍色制服的鑑識課人員走來走去，但似乎尚未開始進行採證作業。畫面右上方的字幕顯示：「住宅區喋血案　上班族遭凶器打死」。

近旁的電視聲與電話另一頭的聲音重疊在一起後，我聽出了此外的雜音。是哭聲。

「杉村先生？」

筥崎夫人的聲音傳入耳中。聲音激動得都啞了。

「你怎麼會打電話給我？優美看到新聞嚇壞了，說阿知也會被殺。我不知道該怎麼辦才好，正想找你商量——」

夫人才是整個人嚇壞了。

「優美女士在那裡是嗎？」

「對，她後來一直待在娘家。」

「我立刻過去。」

我才剛應聲，住家兼事務所的門鈴就響了。叮、咚。聲音悠揚。這是舊型門鈴，因此沒有視訊功能。我拿著手機，打開玄關門。

眼前就站著田卷康司。

他比我年輕一輪以上，但個頭與我相近，尤其身高幾乎一樣，因此四目完全相接了。

由於距離太近，他似乎嚇了一跳，下巴縮了一下，但立刻站直，向我行禮，準備開口，我搖頭制止他，對手機說：

「筥崎女士，很抱歉，我不能過去了。」

「為什麼？」「怎麼了？」夫人問。她背後的噪音消失了，也許是關掉電視。哭聲不見了。

「請轉告優美女士，請她不用擔心，她很安全，沒有生命危險。筥崎女士，妳繼續陪在女兒身邊就可以了。」

我眼睛盯著田卷康司，對手機說道。有那麼一瞬間，我錯覺他是不是雙眼失明了。因為他的眼神空洞得彷彿完全沒有看見包括我在內的現實世界。沒有緊張感。他甚至是安詳的。如果他在短短幾小時前殺害了高根澤輝征，那麼他會如此平靜，理由只有一個。

滿足。因為他替妻子報仇了。

筥崎夫人急促地呼喚我：「優美說她連絡不上知貴。」

「什麼時候？」

「什麼時候？還什麼時候，就現在啊！」

「這樣。我這邊如果查到什麼，會再連絡。」

我掛斷電話，將手機轉爲靜音，對田卷康司說：

「讓你久等了。請進。」

他微微瞇起眼睛：

「我是田卷康司。」

聲音爽朗。聽到他本人的聲音，我想起他的年紀還算是個青年。他才二十四歲，甚至還沒有活到四分之一個世紀。

「我知道。」

我指示會客區，他又頷首一禮，進入事務所。圓領T恤、棉褲，嶄新但廉價的化學纖維夾克在這個季節顯得有些不足以禦寒。人比照片上看起來瘦多了。肌肉應該也衰弱了不少，整個身子顯得單薄。要坐下的時候，稍微踉蹌一下。

他累了。因爲困頓疲憊，所以顯得平靜。

「剛才的電話是佐佐優美女士的母親打來的。」

我在他對面坐下來說。即使提到相關人士的名字，田卷康司的眼神依舊文風不動。

「優美女士現在在娘家，但據說連絡不上丈夫佐佐知貴先生。」

結果他說：

「他在相模原的公寓。至少昨晚還在那裡。」

語氣平淡，沒有起伏。

「——你去過了？」

「我去看了幾次情況。昨晚是去進行最後一次檢查的。」

他的嘴角微微泛出笑意，也許是自覺「檢查」這兩個字用得好笑。

「他跟太太以外的女人一起回家。那是誰呢？」

我豎起食指，向他表示「請等一下」，立刻啓動筆電，顯示監視「格蘭捷特相模原」時，抱著便當盒來訪的女人照片。

「是這位小姐嗎？」

「啊，對。」

看來佐佐知貴公司那個厚臉皮又害羞的女同事，後來眞的升格成小三了。

「不曉得是誰主動誰被動，眞有一手。」

我自以爲說得十足憐憫，田卷康司卻沒有反應。他靜靜地坐著，就像一尊擺飾物。

我注意到自己也一樣平靜。不焦急，不害怕。只是面對一個極脆弱的精密儀器，不知該從何下手，才能讓它正確啓動。

田卷康司的眼稍浮現淡淡的笑意，就彷彿看透了我的心思，說：

「不好意思——」

「呃，什麼？」

「我可以要杯水嗎？」

我取來瓶裝水和杯子。這麼說來，不到兩星期前，我也像這樣端水給笘崎夫人。田卷康司在杯中倒了八分滿的水，慢慢地喝完。

他放下水杯，說：

「我換過衣服了。」

我回看他。

「沾了血的衣褲放在車子行李箱裡。鐵槌也用塑膠袋包起來放在裡面。」

這是在說，殺人的凶器是鐵槌吧。

「他的手機在置物盒裡。房子退租以後，我一直住在車子裡。」

「車子在哪裡？」

「附近的投幣式停車場。」

「轉角那邊的？我也常把車子停在那裡。其實那裡也是這裡的房東的土地。」

我說著言不及義的話，感覺聲音聽起來好遙遠。

如果以小木的風格來形容，我的事務所會客沙發上，正坐著「剛出爐的新鮮殺人犯」。

「——我原本打算換過衣服後，立刻去自首。」

雖然沒有起伏，但田卷康司的語氣並不冰冷。

「直到今早，我都是這麼打算的。」

他注視著空掉的水杯，淡淡地說著。

「但是達成目的以後，我覺得卸下肩上重擔了。我總算可以正常呼吸了，結果忽然好奇起來了。這個叫杉村的私家偵探，是受誰委託，在調查三位一體隊的事？」

他的眼睛就像玻璃珠，純淨得沒有一絲雜質。
原來如此，因爲他的眼中已經沒有醜陋的現實了，我想。
「所以我想要知道——就過來了。沒有回覆你的訊息和留言，就突然跑來，眞不好意思。」
「哪裡，謝謝你過來。」
我的聲音也沒有顫抖。
「你說的『目的』，是殺害高根澤輝征嗎？」
田卷康司抬頭看我的眼睛。「對。」
「你其他還做了什麼嗎？」
「我殺了重川實。」
是市野不動產的「學長」。
「什麼時候？」
「上星期五，十一日晚上。我等重川下班以後，說要跟他談錢的事，讓他上了車。」
「錢？」
「他叫我借他錢。」
語調就像業務報告。
「他吃定我不可能拒絕，一點防備也沒有。要扭斷他的脖子，不費吹灰之力。屍體應該還沉在荒川裡。棄屍的時候，我綁上了重物。」
我的胸口沉重起來，就好像呼吸液化了一樣。
「其實，十四日星期一我也去了市野不動產。櫃台的職員說重川從前一天就請了病假。」

「哦，那是——」

他睏倦地眨了眨眼。

「十三日早上，我用他的手機傳了訊息。我從連絡人裡面找到應該是上司的人。」

「你布置成重川還活著。」

他點點頭：「因爲我不想在殺死高根澤以前，讓事情鬧開來。」

說完，他又變回了擺飾物的姿態。

礦泉水的水滴滑落保特瓶內側。

我說：「如果你願意，我可以把我這邊的經緯告訴你。」

我拿來筆電，打開筆記，依序說明。說到一半聲音啞了，喝水潤了潤喉。

聽完說明後，田卷康司說：

「不好意思，電腦可以讓我仔細看一下嗎？」

「請。」

他仔細地查看我拍的各張照片，尤其對高根澤和佐佐乘上午夜藍的艾克艾爾的照片注視良久。

「佐佐的太太爲什麼在自殺未遂以後躲起來了？」

「我沒有聽到本人的說法，但應該是無法回到原本的生活吧。她和母親關係親密，經常互傳訊息和打電話，如果不把她們徹底分開來，太太可能會向母親洩露罪行。佐佐知貴和高根澤輝征最害怕的，應該是這種狀況。」

優美是他們這條鎖鏈當中，最脆弱易斷的一環。

「她已經回去娘家了，卻還沒有告訴她母親。」

「是的。她說她會自殺，是因爲佐佐知貴外遇。」

現在她又是怎麼告訴母親的呢？

——阿知會被殺掉！

之前我拜託小木，把那段監視器影像也傳到我的筆電。田卷康司不斷地重播那段影片，注視著佐佐優美過來丟垃圾又離開的側臉。

「她怎麼會自殺呢？」

他自言自語地喃喃道。

「佐佐也是，怎麼會瘦成那樣？他在害怕什麼？」

「你連絡過他們嗎？」

「連絡——？」

「說要向他們報仇、要殺了他們。」

「哦，從來沒有。」

他的眼神清透得就像玻璃珠、身體瘦到單薄，口氣卻彷彿在聊天氣。

「我決定在郁惠的生日前，把該做的事情都做完，然後擬定計畫，開始監視他們，一直小心不被他們發現我的動靜。」

他是爲了達成目的而潛伏起來——

「我決定要把高根澤和重川從這個世界除掉。我應該這麼做，這是我的義務。」

傳進我的耳朵的，應該是人眞實的肉聲，裡面卻沒有一絲溫度。田卷康司的體溫從他決定「把該做的事情都做完」那一刻開始，就化成了絕對零度。

「不過，佐佐和他太太，我從一開始就沒打算要把他們怎麼樣。因爲我需要活證人，來證明他們幹了什麼好事。」

我理解了。他已經分配好角色了：該被「除掉」的人，與該被治罪的人。

「我希望他們長命百歲。我要他們憎恨彼此、相互推諉，被世人指指點點，在活地獄中煎熬一輩子。」

不管他們是憔悴消瘦還是驚恐害怕、試圖自殺，都沒有用。他不會放過他們。

田卷康司突然回過神似地，用玻璃珠般的眼睛看我：

「我會被判死刑嗎？」

「我不這麼認爲。」

他微笑：

「就是啊。總有一天我會出獄，他們永遠都沒辦法擺脫恐懼。」

多燦爛的笑容啊！就如同凍結的太陽一般。

「田卷先生，」我說。「九月三十日晚上，究竟出了什麼事？」

漫長的一段沉默後，他終於再次開口。就好像從極遙遠的地方，把極重的東西拖了過來，試圖將一個人實在不可能抬得起來的重量給舉到頭頂似地，持續用力使著勁。

「——我從來沒有參加過他們在家裡開的酒趴。」

他說，連飯局都幾乎沒參加了。

「一開始不小心參加過，名不虛傳，低級透頂，令人作嘔。」

他也想離開三位一體隊。

「但我這個人的個性有些息事寧人。」

很難斬釘截鐵地斷絕關係。

「每次他們約，或是說要來我家喝酒，我都只是找藉口婉拒。」

高根澤輝征強迫學弟在家招待時，不會說「讓我們去你家」，而會說「我們要去你家」，就好像那是他理所當然的權利。

「每一次我都會告訴郁惠。內子比我能幹多了，每次她都生氣地說他們做的事不只是沒常識，根本就是遊走犯罪邊緣。」

——你快點跟他們斷絕關係吧！

「我也答應她會這麼做。」

然而七月半的星期六下午，他和妻子正在家裡休息，佐佐知貴打電話來了。

「他說他們現在要過來喝酒，叫我準備。我沒有參加，但那天球隊有練習。」

田卷康司明確地拒絕，爲了愼重起見，叫太太郁惠出門去。

「我叫她不要待在家裡，去買東西還是看電影都好，還說在我連絡她之前，不要看訊息，也不要接電話。內人也很擔心我。」

太太郁惠出門後，田卷康司在公寓外面等。不到一個小時，高根澤輝征便率領著佐佐知貴、重川實，還有其他兩個三位一體隊的隊員上門來了。

「高根澤輝征和他這幾個狐群狗黨，總是結夥闖進別人家開酒趴。」

他們吵著要進屋，田卷康司回絕說他太太外出了，叫他們去外面喝。

「結果我也不得不跟他們一起去。」

奇妙的是，這些強迫性的酒趴活動，並不是「勒索」。高根澤輝征在付錢這方面總是非常大方。不，這依然是「勒索」。不同的只在於他從別人身上搶奪的不是金錢，而是服從。

「這天高根澤輝征也說要付錢，但我拒絕，掏出了一萬圓。因爲郁惠也忠告我說，不管是金錢還是人情，都不能欠這些人半點。」

——你這人怎麼這麼不識相？

——妻管嚴吧。

——聽說大你三歲？那不都老太婆了嗎？

「那夥人喝醉了，批評起郁惠來，話愈說愈難聽。就算是向來息事寧人的我，也實在忍無可忍，當場起身說我要退出三位一體隊，就此跟他們斷絕關係。」

後來那邊再也沒有消息，田卷康司鬆了一口氣。

然而——

「九月初的時候，佐佐的太太打電話找我。」

——我是佐佐知貴的太太。

「她知道我退出了三位一體隊，說希望她先生也能退出。」

——我也非常討厭那夥人，我想設法說服我丈夫退出。

「她希望我可以幫她。」

田卷康司拒絕了，說不想再跟他們有所牽扯。但優美連絡了兩三次。

「我覺得很爲難，把這件事告訴內人，結果她要我幫幫人家。」

——總覺得同病相憐嘛。

「後來，內人開始和佐佐太太通電話了。」

——聽說優美太太終於說服成功，佐佐先生也在考慮要退出了。

「她們約好三十日星期五要夫妻一起到我家來討論。我說這樣的話，我可以一個人去她家。」

——我家很遠，這樣不好意思。

「佐佐優美這個人家教很好對吧？」田卷康司說。

「雖然娘家不是世家望族那類，但很富裕，似乎是個眾所公認的公主。」

「內人也這樣說。」

——我跟她一聊，發現她真的是個好天真的千金小姐。她那個樣子，難怪會被老公吃得死死的。

「郁惠本來就很熱心助人。她是三姊妹的長女，母親身體不好，從小就要幫忙做家事，還要照顧兩個妹妹。」

佐佐優美在三十日下午七點來拜訪田卷夫妻。

「她一來就說，大概一個小時後，丈夫也會過來，要跟我們一起討論。」

三人閒聊，聽優美說她是如何認識佐佐知貴、讀大學時如何因為佐佐知貴的社團活動而飽受委屈，這時門鈴響了。

——是阿知來了。

「佐佐太太說著，到玄關去應門。內人也跟著去……」

說到這裡，田卷康司第一次哽住了。

我默默地等待下文。

「佐佐不是一個人來的，高根澤和重川也在一起。」

三個人驅趕郁惠似地闖進客廳裡來。

——總算可以在田卷家開酒趴啦！

「內人很害怕，我也怒不可遏，逼問佐佐太太，難道她從一開始就計畫這麼做嗎？」

優美躲到丈夫背後去了。

——既然我們都來了，招待一下吧！

——田卷的老婆連煮飯都不會嗎？

——你這男人也太衰了，咱們來幫你重新調教一下老婆吧！

「就算跟他們爭論，他們有三個人，我一個人實在趕不走。他們買了一大堆啤酒和碳酸酒，大模大樣地準備喝起來。」

——好吧，那咱們喝吧，我叫我太太做下酒菜，讓她去買材料吧。

「不用我使眼色，內人應該也明白我的意思。」

是在叫她：「快逃！」

「那夥人鼓譟說冰箱居然是空的嗎？你老婆眞是個沒用的懶貨，但不管他們說什麼都無所謂，我只想讓內人快點出去避難，便附和著說：對啊，我也很頭痛。」

然而事情並不順利。因爲佐佐優美說如果要出去採買，她也要一起去。

「那個時候，郁惠的臉都已經嚇白了。她說她要用現成的東西做點什麼，先去洗個手……」

郁惠離開客廳，往洗手間走去。

「佐佐太太跟了上去。」

我在內心祈禱——

「佐佐太太也是個柔弱的女人，她應該也很害怕。郁惠好不容易製造機會，她們應該會一起離開，一定會的。」

然而無情的聲音卻傳入耳中。

——阿知，太太要跑掉了！

「內人在玄關想要開門，佐佐優美竟拉住了她。」

拜託妳拜託妳放我走！郁惠拚命懇求，努力甩開佐佐優美。

「我衝出去想要救我太太。一開始跟重川扭打在一起，我一把將他推開，結果後腦被重毆一記……」

昏了過去。

默默聆聽的我，已經沒有自信能夠正常出聲了。我清了一下喉嚨，調勻呼吸後說：

「我不想這樣說，但他們手法很老練。」

田卷康司以玻璃珠般的眼睛看著我，緩慢地點了點頭：

「如今回想，真的是這樣。事情結束後，我和我太太的傷勢，都沒有嚴重到需要上醫院。」

他恢復意識的時候，已經過了兩小時。

「我家客廳旁邊是和室，中間用拉門隔開，那道門打開了約十公分寬。和室的燈亮著，我聽到妻子的呻吟和那夥人的笑聲。」

田卷康司被束帶和膠帶捆綁了兩三圈，完全無法動彈。嘴巴被毛巾堵住了。

「桌上散落著空罐和下酒菜的包裝。」

佐佐優美在桌子底下抱著膝蓋，一臉蒼白地哭泣。

「我不管怎麼掙扎都掙脫不了，只能倒在地上。沒多久，我太太連呻吟聲都沒了，只聽到那夥人蠢笑和下流的對話聲。」

我失去了時間感覺——他接著說。

「佐佐太太一直哭。」

不久後，紙門終於整個打開，高根澤、重川和佐佐出來了。三個人都是半裸，渾身臭汗。

——醒啦？

「高根澤在我的頭旁邊蹲下來，拿出手機給我看。」

——我替你幫你老婆重新調教了一下，也拍了影片。

——你敢報警，我就把影片拿到網路上散布。

「佐佐歇斯底里地笑著，但我不知道他爲什麼要笑。重川說他餓了，翻我們家的冰箱。」

高根澤輝征是個邪惡的人，重川實則是個貪婪的傢伙，所以後來才會拿影片做爲把柄，無恥地向田卷康司勒索金錢。

「他們叫佐佐太太做東西給他們吃。」

但佐佐優美縮在房間角落，什麼也不做。

離開的時候，佐佐知貴手足無措，拚命地安撫她。

——別哭啦。何必哭成這樣呢？沒事的啦。這哪有什麼呢？看，妝都糊了。

「仔細想想，那傢伙是高根澤的跟班，卻是個只會狐假虎威的懦夫。」

佐佐知貴看到害怕得哭泣的優美，才漸漸醒悟到自己參與的惡行有多嚴重吧。或許可以說終於恢復了現實感。

「他們就這樣丟下我，是內人幫我解開捆綁的。」

郁惠幾乎是用爬的離開和室時，身上一絲不掛。

「她的臉是腫的，一定是被打了。嘴唇也咬破了，全是血。」

說到這裡，他突然想起來似地猛抽了一口氣，就像差點窒息一樣，劇烈地喘息起來。

他舉起抖個不停的手，摀著臉繼續說：

「內人叫我忘掉。」

——我會忘掉，就當做什麼事情都沒有發生過吧。

「那天我會去上班，也是郁惠叫我去的。」

——你一直請假，會給同事添麻煩。

就像平常那樣，恢復原本的生活吧。這樣我也比較好過。

「但內人只有死去，才能眞正解脫。」

他依舊重重地喘著氣，就彷彿哮喘發作。全身顫抖，削瘦的背部上下起伏。即使用手掩著，也知道他正咬牙切齒。

我默默地看著，什麼也沒說，什麼也沒做。因爲不管做什麼，都不可能安慰得了他。

靜音模式的手機不斷地閃爍，顯示有來電。應該累積了一堆訊息和未接來電，但現在的我只想聽眼前這個人——這個年僅二十四歲，人生就被摧毀殆盡的男人的說法。除此之外，還有什麼値得聆聽的？

「田卷先生。」

我出聲，他的身體僵了一下。我做了個深呼吸。

「雖然因爲一些緣故而離婚了，但我以前也結過婚，有個十歲的女兒。」

說到這裡，喉嚨哽住了。

「想想你是什麼心情，我實在無從安慰起。」

我居然流下淚來，實在太沒出息了。

「但只想告訴你一件事。郁惠女士現在在寧靜潔淨的地方安息了。請千萬別忘了這件事。」

田卷康司挺直上身。他的眼睛充血，但沒有淚水。我在哭，他卻逐漸恢復了平靜。

「杉村先生，你是個好人。」

他聲音平靜地說。

「對長輩說這種話很失禮，但你這樣一個心地善良的人當私家偵探，眞的沒問題嗎？我想郁惠一定也會說一樣的話，會說她很擔心你。」

我用手臂抹去淚水。事務所某處傳來鐘聲。

「抱歉這樣麻煩你，但既然我都到這裡來了，即使我說接下來我要去自首，站在杉村先生的立場，也不能就這樣放我走吧？」

「是的。」

「可以請你陪我一起去目黑警察署嗎？」

當然。我們又四目相接了。

「證物全部都在車子裡面吧？」

「是的。」

「既然都換過衣服了，也不用介意什麼了，要不要穿我的西裝和襯衫去？尺寸應該合身。」

他想了一下，搖了搖頭：「我不能麻煩你這麼多。」

「那，至少先吃點東西再過去吧。你一定餓了吧？這附近有家咖啡廳的熱三明治很好吃，外送也很快。」

這不是提議，而是懇求。我想爲他做點什麼。

「接下來你要面對警方，爲了洗刷郁惠女士的冤屈，揭發眞相而奮戰。俗話不是說，餓肚子沒辦法上戰場嗎？」

他看著我，柔和地微笑：

「我喜歡三明治。」

我打電話到「侘助」，請老闆火速外送，在煮咖啡的時候餐點就送到了。送餐的不是喜歡刺探八卦、但關鍵時刻極可靠的老闆，而是打工小哥。

「多謝惠顧！」

熱三明治還熱騰騰的。田卷康司想知道我女兒的事，我讓他看照片，邊吃邊聊。她叫桃子，讀小學四年級，全世界最喜歡的動物是我姊姊和姊夫養的柴犬健太郎。她現在的夢想是成爲料理研究家或植物學家。

「可以身兼兩者啊。」他說。「那樣很帥。」

我們把他的車子留在停車場，搭計程車去目黑警察署。司機是話匣子，起勁聊著最近輻射線怎麼樣、東京的自來水眞的安全嗎、政治家沒一個可以相信、自民黨很爛，但民主黨更爛等等。

田卷康司在做筆錄的階段就有律師陪同。據說是那個花白頭上司與他的父母討論後，東奔西走，聘請到一位厲害的律師。

我本身也連日被找去警局問案，所以在目黑署遇到了那位律師。他長得就像以前的法庭劇會出現的配角。田卷康司並未禁見，但我因爲是涉案人士，因此不能與他見面。律師說他在拘留所的單人房裡很平靜，食欲好，睡得好，供述時也都坦承不諱。

城島同學也想會面，被田卷康司透過律師拒絕了。但他拜託城島同學去給妻子郁惠獻花。

因為有影片證據和佐佐優美作證，田卷康司自首十天後，佐佐知貴便以集團強姦罪嫌遭到通緝。優美會主動作證，我不清楚她的心態是為了自保，還是認為這樣對丈夫有幫助。

她沒有遭到收押，而是自由到警局接受偵訊。也許是因為這種狀況使然，透過媒體轉述的她的供詞，比起反省和道歉，更多的是辯解。她說她會自殺，是因為丈夫背叛了她的信賴，讓她絕望；沒有報警，也沒有告訴家人，一樣是出於對丈夫的愛，她還想要和丈夫一起過下去。

——外子對自己的行為非常後悔，而且他很害怕他那些學長。他哭著說那些人是犯罪者，想要早點跟他們斷絕關係，連夜裡都會做惡夢驚醒。就是因為這麼自責，他才會瘦到不成人形。

電視新聞節目裡，女播報員如此唸誦優美的供述內容，但我認為優美不可能說什麼「外子」，她一定是說「阿知」。阿知很怕他那些學長，阿知沒有錯，錯的都是那些學長。

佐佐優美不知道田卷郁惠自殺的事。據說她在偵訊中第一次聽到這件事時，當場痛哭失聲。高根澤他們也不知道嗎？還是知道，但瞞著優美？這部分尚未釐清。不過從這些事實，可以看出佐佐優美的自殺未遂和佐佐知貴的憔悴，都不是因為內疚，而是出於「無端被捲入可怕的犯罪」這種被害者意識。

我看了很不舒服，笠井泉應該更覺得噁心。某天晚上，她傳了一封很長的訊息給我，內容是對佐佐夫妻的痛批辱罵，幾乎接近詛咒了。隔天早上她傳了有禮的道歉文過來，請我刪掉昨晚的訊息。我將兩邊的訊息都刪除了，決定忘掉這件事。

佐佐知貴在躲藏的鄉間飯店遭到逮捕時，和一名年輕女子在一起。不出所料，就是送便當的那個女同事。

她大方回應記者的問題：

「是佐佐先生打電話給我的。他說他沒錢，也沒有換洗衣物，要我幫他。」

她說她只是帶著對方要求的東西過去，陪著他而已。我們才沒有逃亡。

「我知道他有太太，可是我喜歡他，所以想幫他，這樣有什麼不對嗎？我犯了什麼法嗎？」

警察抓佐佐先生太沒道理了，他只是無辜被捲入而已！女子向媒體傾訴。

女婿被逮捕後，筥崎夫人打過一次電話來。本人似乎也不明白爲什麼要打給我。

「優美也是被害者。」

她不斷地這麼強調，但我沒有應聲。我沒有同意，也沒有反駁。至於勤奮有禮的阿毅怎麼樣了，我不知道。一直到十二月中旬，重川實的遺體才在東京灣被漁船的魚網鉤到而發現。是重物脫落，漂流到海灣了。

瑪莉的日記從十一月十五日以後就再也沒有更新，後來從「樂園」刪除了。

「蠣殼辦公室」每年都會舉辦的聖誕派對上，我熟悉的調查員南先生扮成聖誕老人，發送參加者提供的禮物。我負責水果調酒區，被挑剔得很慘，說是太甜、沒味道、酒精太強、酒精太弱。

蠣殼所長據說每年到了聖誕節前後，腳傷就會特別不舒服，他坐輪椅來參加。我們一起喝著水果調酒，他說：

「難爲你了。」

他是我的雇主，卻只因爲我年紀比較大，就對我用敬語。

「我很後悔沒有更早插手。」

「這是不可能的事。那等於是要一個人扛起全世界。」

是嗎？——我說。

「審判開始後，我打算去旁聽。」

「不會被要求以證人身分出庭嗎？」

「還不清楚。就算會，應該也是去做品格證人，說明被告自首時的情況吧。我強調過很多次，不是我說服他，要他自首的，只要有那份筆錄，應該不用我出庭作證。」

所長「嗯嗯」點著頭，問：「你女兒聖誕節怎麼過？」

「和前妻去歐洲旅行。現在應該在巴黎吧。」

水果調酒似乎讓我醉了。這天晚上用Skype通訊時，桃子人在羅馬的飯店。

我在當地的町內會是社區巡守隊，是成員裡最年輕的一個，因此年底的時候也被叫去搗年糕，結果隔天肌肉痠痛到幾乎癱瘓。跨年和「侘助」的老闆一起過，元旦當天去向房東竹中家拜年，被邀請參加他們一族盛大的宴會。雖然熱鬧有趣，但竹中家的三男、總是畫些獨特畫作的美大生冬馬（綽號東尼）去滑雪旅行而缺席，有點可惜。

慶幸的是，蠣殼辦公室轉包的案子源源不絕，只是我的事務所門可羅雀。我真心懷疑起電話和門鈴是不是故障了？

二月初的某一天，門鈴總算有了動靜。我興沖沖地開門一看，外頭站著一名男子，穿著圓鈕釦長大衣和軟呢帽。

「你好。」男子略略抬起帽子說。

穿著打扮古典得就像昭和時代的人，帽子底下的頭髮相當稀疏。不過聽到那聲音，我知道來人年紀沒那麼老，大概年近五十。

「杉村三郎先生嗎？」

「對，我就是。」

男子解開長外套一顆鈕釦，手伸進衣領中，費了好一番工夫，從懷裡掏出什麼來。是警徽。

「敝姓立科，警視廳刑事部搜查一課追蹤偵查班人員。」

他再次辛苦地掏出名片夾，給了我一張名片。全名是立科吾郎，階級是警部補。

「我和田卷康司談過，對你這位偵探好奇起來了。我有事到這附近，順道過來拜會。」

我打量立科警部補。都這個年紀了還是警部補，應該是從基層做起的。不過比起這些，我更感到疑問：「我對這方面沒什麼研究，不過我以爲追蹤偵查班主要是調查未偵破的案子？」

「是這樣沒錯。」

「那你怎麼會去找田卷先生？」

刑警用問題回答我的問題：

「你的事務所沒椅子嗎？訪客都要像這樣站在玄關說話嗎？」

我反問：「你有搜索票嗎？」

立科警部補笑了。他生了張長臉，額頭和臉頰都很光滑，然而一笑，整張臉便皺成了一團，而且眼睛沒有半點笑意。

「十三年前的七月，八王子市內有一名十九歲的女大生遭人強姦勒斃。」

案子一直沒有破——

「遺體上驗出的指紋之一，與高根澤輝征的相符。」

我驚訝極了，警部補嘴巴蠕動著，像在咀嚼品味我的驚訝。如果這是他的習慣，還眞奇特。

「當時高根澤與他那夥酒肉朋友也在嫌疑名單上，被警方盯上，但他們有牢不可破的不在場證明。他們應該都串通好了。」

十三年前的話，高根澤輝征才二十或二十一歲。八王子有昭榮大學通識課程的校舍。

「就我個人而言，實在不希望高根澤就這樣死了，所以想要向田卷抗議一聲。」

有什麼好抗議的？我一陣惱怒。

「如果警方十三年前就逮捕高根澤的話，田卷夫妻應該就可以繼續過著美滿的日子。」

哦哦？立科警部補發出粗啞的應聲，又露出笑容，但這次眼神射出怒意。

「好吧，我服。你這人確實有意思。」

「多謝稱讚。」

早上的天氣預報說今天首都圈也會飄雪。警部補有長大衣和帽子全副武裝，但我快冷死了。

「已經沒事了嗎？」

「今天只是來跟你打聲招呼。」

難道明天以後還有什麼事？

「對了，田卷有說，他在自首前和你一起吃的三明治非常美味。是哪一家的？」

我不想告訴他，應道：「忘記了。」

「忘啦？那我自己找找看好了。我看美食評比網站說，這附近有一家叫『侘助』的咖啡廳。」

根本就調查過了。

「三明治，這天氣配熱可可剛好。熱牛奶也不錯。」

警部補又擠出滿臉皺紋笑道，抬了抬帽簷。

「那麼我告辭了。後會有期。」

立科警部補離去後，我依然杵在原地。結果真的飄起小雪來了，我急忙折回室內。

即使重新端詳名片，也只覺得好像被妖怪給作弄了一番。

華燭

1

儘管我是突然從外地搬來、在此地賃屋而居的單身漢，卻經常受邀參加當地的各種活動。一方面是因爲我的房東竹中夫妻是大富豪，又是當地的頭面人物，二方面則是因爲我本身也參加町內會的社區巡守隊吧。不過後者也是因爲儘管我從事的是私家偵探這個（單看它本身的話）可疑的行業，但有竹中夫妻爲我的身分做擔保之故。

二〇一二年的第一場活動是新年會，尾上町與附近的町內會成員聚在區活動中心的大房間裡。我幫忙搬便當和飲料，席間竹中夫妻向大家介紹我，我四處向與會者寒暄打招呼。結束後幫忙收拾善後，眾人把多的便當送給我，我拎著便當前往「侘助」。

老闆收下便當，拿熱三明治做爲交換。

「〇〇社長有來嗎？」

「你說那個戴保羅領帶的先生嗎？」

「那是△△家的隱居老爺，看來他精神不錯？他直到年底都還在住院呢。」

老闆也是一個人從外地搬來開咖啡廳的，卻儼然成了當地通。

「他們都是我們店裡的常客。可不能因爲多半是老頭子老太婆，就小看人家了。」

「我明白。而且大家跟竹中家都有交情。」

後來過了約一星期，這次我被找去尾上町的聚會所，討論町內宇木八幡神社要舉辦的節分（註）活動籌備事宜。原本我提心吊膽，深怕他們會叫我這個新來的在撒豆子活動中當鬼，但聽說町內的撒豆子活動歷史悠久，向來都是由町內會會長扮演鬼的角色。我被指派在當天整理自行車停車場。神社境內的交通指揮和維持秩序，會另請職業保全負責，因此不用擔心。不過附近許多家庭和小孩都會湧入神社參加撒豆子活動，因此當天自行車停車場可能會塞爆。

「也常有車子失竊，要好好盯緊。」

「我會的。」

討論結束，我離開活動中心，往事務所兼住家走去，這時有人叫住了我。

「請問是竹中家的杉村先生嗎？」

白天陽光和煦，我不小心沒穿外套就出門了。黃昏以後，只穿一件毛衣實在很冷，我正縮著脖子抱著胸，聽到聲音連忙抬頭。不遠處有一名穿和服的婦人正在看我。暗紅色的和服外套在日暮的街道上十分亮眼。

「我就是。」回應之後，我發現我看過這名婦人。是在新年會上看到的。那個時候她也穿和服，髮型是時尚的鮑伯頭。因爲她看起來很習慣在日常中穿著和服，因此我印象深刻。

但我一時想不出名字。我正自慌著，婦人主動自我介紹了：

「敝姓小崎，站前『小崎機車行』的老闆娘。」

這下記憶便契合在一起了。小崎機車行是進口機車專賣店，玻璃牆的寬闊店鋪裡總是展示著幾台機車。我對機車毫無興趣，也不瞭解，但也是在新年會上，聽到這家車行在機車迷之間相當有名。我和小崎先生也交換了名片，當時坐在小崎先生旁邊的，就是這位女士。

「外子在新年會上和你打過招呼。」

小崎夫人也這樣說。她瞄了活動中心門口一眼，朝我走來。年紀應該近五十，雖然不到如詩如畫的美女，但是位品格風範兼具的夫人。

「能在這裡巧遇，也是老天爺的安排吧。」

不知爲何，她淡淡地苦笑。

怎麼會說是老天爺的安排？——我納悶著，她從頭到腳打量我之後說：

「其實，我剛才去找過竹中太太。」

有事跟她商量——她說。

「我想你回去以後，竹中太太應該會向你提起。」

「喔……」

「或許你會覺得困惑、奇怪，不過還請你多多幫忙。」

我應該要爲她神祕的發言感到疑惑才對，但比起疑惑，我更感到開心。

工作上門了！從十二月到現在，我的事務所就一直門可羅雀，全靠「蠣殼辦公室」轉包的案子勉強糊口。收入就不用說了，做爲自立門戶的私家偵探，我的自尊心也岌岌可危。

「只要我能幫上忙——」

註：立春前一天，日本人習慣在這天撒豆子，驅逐邪氣，招來福氣。

我正要開口，小崎夫人打斷我，這回明確地苦笑：

「不必這麼鄭重其事，眞的是很丟人的事。」

她忽然眨動眼睛，目光深處有著尖銳的神色，似乎在爲什麼事情生氣或不耐煩。

「眞是，我家的孩子就是勸不聽。眞不好意思。」

夫人只說了這些，向我點點頭，逃之夭夭地穿過我旁邊快步離開了。

——我家的孩子。

那麼，是和小孩有關的案子嗎？我回到事務所兼住家，檢查連廣告信都沒有的空信箱，確定答錄機沒有留言，也沒有電子郵件，因爲無事可做，便先坐了下來，結果敲門聲響起。

「杉村先生在嗎？」是竹中家三男冬馬的聲音。我立刻去應門——不過不是玄關門，而是連接竹中家大宅與我租賃的這個空間的門。

「我在，請開門。」

這道門只能從竹中家那一側打開。

「你好。」

探頭過來的冬馬今天也穿T恤配牛仔褲，打著赤腳，連拖鞋都沒穿。就讀美大的他，房間（工作室）在這裡的樓上，有時候會利用這條最短的路徑來我這兒作客。他留著長髮，五官深邃，活像美國新浪潮電影裡面走出來的人物，綽號東尼。他美大留級了好幾年，總是畫些深奧難解的抽象畫，自由率性地過日子，是個很有意思的年輕人，竹中家家長——他的父親都叫他「嬉皮」。

「一陣子不見了呢。」

東尼的生活模式完全就是變化萬千，有時一整個星期不在家，有時好幾天關在房間裡不出來，或是白天在家，晚上出門。過年的時候他去滑雪旅行不在，以爲他回來了，又說要參加「集訓」而不見人影，確實是一陣子沒見到他了。

「你好嗎？」

「還算可以。我媽吩咐我說看到你回來，就請你去一下飯廳。」

立刻就來召喚啦？

「剛才小崎太太來過，好像拜託我媽什麼事，可能跟那有關係。」

東尼雖然我行我素地過日子，對家人的動向卻並非漠不關心。

「你認識小崎先生嗎？」

他點了一下頭：「以前請他讓我素描過店裡的機車。」

他說那是電影《逍遙騎士》裡彼得・方達騎的機車複製品，極盡精巧。小崎接到客人下訂弄來車子後，離交車有幾天的空檔。

「所以我請他讓我趁那幾天素描了一下。」

東尼以素描爲底，畫出了一個怪物。是身體有一半化成惡龍的鐵馬。

「我讓小崎先生看了成品，他很喜歡，還幫我找到買家，是我作品中賣得最好的一幅。」

我關好事務所，和東尼一起經由屋內的門進入竹中家。這棟大宅是三代同堂，由於不斷地增建，屋子內部幾乎化成了迷宮，但廚房兼飯廳似乎從一開始就設計得極寬敞，正中央鎮坐著可以十個人同桌共餐的大餐桌。

竹中夫人坐在桌角的椅子，蹺著二郎腿，一肘支在桌面，在抽菸。竹中家裡只有夫人會抽菸。

「不好意思把你叫來。」

她指頭挾著菸吩咐：

「冬馬，咖啡。順便看一下濃湯煮得怎麼樣了。」

「是、是。」

原來廚房的香味是濃湯。

東尼打開大電子鍋的鍋蓋，用木杓攪拌。是奶油濃湯。白醬的甜味令人難以招架。

「好像差不多了。」

「那定個計時器，十分鐘。」

東尼離開時，把通往走廊的門帶上了。光是這個動作，就讓我猜到接下來要談的事情很敏感。因爲在有眾多成員熱熱鬧鬧過日子的這個家，平常公共空間是不會關門的。

竹中夫人也是鮑伯頭，但不是小崎夫人那種現代風格，而是復古風。她的頭髮有八成都白了，剩餘的黑髮就像挑染。她穿著皺綢蝙蝠袖上衣配黑長褲，室內拖鞋是哥白林織布面。此外還戴了銀戒指和耳環，應該是因爲剛才有訪客。

「最近生意怎麼樣？忙嗎？」

「門可羅雀，忙著養麻雀。」

隔了一拍，夫人笑了：「既然這樣，你應該會喜歡這個請託。」

夫人開始說明之前，我說出剛才遇到小崎夫人的事。結果夫人挑起一邊眉毛，興致盎然地說：

「佐貴子跟你這樣說？那你肯答應囉？」

小崎夫人名叫佐貴子，今年五十歲，和竹中夫人是十五年的老交情了。

「我們是在茶道老師那邊認識的。我早就沒學了，但佐貴子一直有在學茶道。今天她也是去上課回來。」

「她穿起和服很適合。」

「她老公就愛把錢花在老婆身上。她今天穿的更紗和服，我看應該要兩百萬吧。」

我的人生有一段時期，由於妻子的緣故，生活在高級衣飾中，但妻子幾乎不穿和服，因此我對和服完全外行。我會覺得小崎夫人的品味風範過人，原來有一部分來自要價不斐的和服？

竹中夫人啜飲黑咖啡，點上新的菸說：

「三月三日女兒節，佐貴子的外甥女要結婚。」

小崎夫妻的獨生女要出席。

「佐貴子的女兒叫加奈，四月升國三，是個聰明的乖孩子。」

長得也很可愛。

「不過這一點是很諷刺啦……」

這話似有深意。

「所以他們拜託我陪加奈一起去，不過喜帖是邀請小崎家闔家光臨，所以還有一個位置，我想請你一起去，幫忙開車和拿東西。」

我沉默兩秒。竹中夫人的要求中，似乎有被省略的隱情，但我猶豫著該從何問起。

「也就是叫我也去吃喜酒嗎？」

「對。」

「——但我是無關的陌生人，沒關係嗎？」

「我也是無關的陌生人啊。但佐貴子拜託我，我算是代表她出席。」

竹中夫人從鼻子噴出深深吸入的煙說：

「可是只有我一個人陪加奈，實在不放心。我年紀大了，膝蓋又不好。」

竹中夫人說她膝蓋積水會痛，有時會拄拐杖。天冷的季節似乎特別難受。我也知道媳婦一號和二號會輪流陪她去骨科看診。我提出非常符合社會禮儀的提議：「不管是拿東西還是開車，我都義不容辭，但吃喜酒，是不是請竹中先生去比較適合？」

「我先生不行啦，眞的遇上什麼事，他一點用處都沒有。」

遇上什麼事？

「我剛才聽冬馬說，他認識小崎夫妻。」

竹中夫人嗤之以鼻：

「冬馬更不行，要是有什麼事，他只會湊熱鬧，才沒辦法保護加奈呢。」

我又沉默了兩秒。

只是去吃喜酒，卻說「遇上什麼事」、「要是有什麼事」，不會太誇張了一點嗎？

「好像有不少內幕呢。」

「沒錯，內幕可多了呢。」

多到讓人受不了——竹中夫人說，撳熄了菸。雖然表情苦澀，眼神卻不知爲何帶著笑意。

嗯，嘴上雖然那樣說，但竹中夫人自己是不是也（有點）在「湊熱鬧」？否則即使是老交情的鄰居拜託，也不可能代爲參加不認識的人的婚禮。

「剛才我遇到小崎夫人，她說『我家那孩子就是勸不聽』，意思是她們家原本要因爲那『內幕』而缺席，加奈卻非去不可，所以才需要有人陪她，我可以這樣解釋嗎？」

「不愧是杉村先生，省了我多費唇舌。」
竹中夫人剛稱讚我，廚房計時器就響了。
「要結婚的是佐貴子妹妹的女兒。她們兩邊已經斷絕關係很久了。不只是跟妹妹，佐貴子和自己的爸媽也斷絕關係了。」
這很嚴重。不只是姊妹失和的程度而已。
「應該有什麼重大的理由吧？」
「是啊。」
竹中夫人的眉頭再次糾結起來。這回眼神沒有笑意了。
她只是點點頭，沒有透露更多。我也悟出那不是現在該追問的問題。
「不過既然都寄喜帖來了，表示對方有意和解吧？雖然也許是因爲小崎先生很有錢。」
小崎夫人似乎完全不打算握手言和，然而女兒加奈卻堅持無論如何都要去。
「佐貴子也向女兒說明狀況，試著說服。可是加奈那年紀的女孩特別敏感，說靜香又沒有錯，她想要去祝福她，如果爸爸媽媽不要，她一個人也要去。」
「靜香是新娘？」
「對，宮前靜香，二十四歲。」
對小崎加奈來說是表姊。
「那加奈認識新娘囉？」
否則不會直呼對方的名字。
「對，諷刺的是，她們在同一所學校。」

那是一所教會私立學校，清榮學園，有中學部、高中部到大學部。

「加奈是前年考進中學部，結果朋友之間馬上就傳出流言了。」

——高中部的祕書處有個長得跟小崎同學一模一樣的職員耶。

「中學部和高中部共用校舍，辦公處也是同一個。」

加奈感到好奇，跑去找那個職員，兩邊都嚇了一跳。

「聽說眞的就像同一個模子印出來的。」

兩人對照彼此母親的舊姓和名字，結果一樣，便猜想彼此應該是親戚，回家問了父母，又吃了一驚。原來如此，所以才會說「諷刺」。

「靜香是清榮學園的大學部畢業生，後來直接進去當職員。」

小崎夫人很懊悔，說早知道就不讓加奈報考清榮了。

「她甚至說對方是明知道，才守株待兔等加奈考進來，不過這實在是想太多了。」

竹中夫人說道，呵呵一笑：「畢竟這個世上啊，這種程度的諷刺巧合多得是嘛。」

我意會地「哦」了一聲。

「加奈和她表姊變成好朋友，也讓佐貴子很生氣，說加奈是被騙了。因爲母親在一旁這樣干預，加奈的態度也更頑固了。」

——這是靜香這輩子的大喜事，我說什麼都一定要去！

「但佐貴子再也不想見到她爸媽和妹妹。她說斷絕關係那時候，她已經撂下狠話，說就算他們死了也不必通知，她絕對不會去參加葬禮。」

丈夫也尊重夫人的心情，與岳家沒有往來。幸好小崎夫人和夫家及那邊的親戚關係都很好。

「加奈完全不知道她有外公外婆、舅舅阿姨、表兄弟姊妹，這時卻突然冒出一個表姊來，而且長得跟她相似得就像姊妹，也許讓她高興得有些忘形了吧。」

我喝了口變溫的咖啡。奶油濃湯的味道讓我的肚子快要叫起來了。

「對對方來說，這是寶貝女兒的婚禮，我想應該是不會有什麼風波啦。」

竹中夫人說，聳了聳肩。

「但一個國二女生加上我這個歐巴桑，還是有點不安，所以才想請你一起去。當然，小崎先生那邊也同意了。」

「我明白了，請讓我奉陪吧。那我要用什麼身分去？」

總不能說我是町內會的巡守隊隊員吧？

「說是外子的部下怎麼樣？祕書之類的。紅包小崎先生說會包三份，你只要人來就行了。」

小崎先生等於成了妻子和女兒之間的夾心餅，卻沒有動怒，相當包容。

「婚禮部分不用參加，去吃喜酒就行了。加奈也已經同意了。」

會場是灣岸地區一月中旬剛開幕的東京海灣榮耀塔，是位在三十三樓摩天大廈裡的飯店。

「我會檢查一下禮服有沒有被蟲蛀了。」

「如果要買新的，可以跟我報帳。」

我回到自己租賃的空間，在三月的月曆日期寫下記號，盤算著晚飯要吃什麼。要安撫已經在期待吃到奶油濃湯的胃袋，去「侘助」吃飯是最好的，但掂掂自己的荷包，還是得節制一下。

吃調理包將就？還是拿冷飯做茶泡飯騙騙胃袋？我正窮酸地煩惱著，東尼端了一整鍋奶油濃湯和法國麵包現身了。

「我媽要我拿來的，我可以一起吃嗎？」

我從（空蕩蕩的）冰箱拿出抹麵包的乳瑪琳。

2

宇木八幡的撒豆子活動名不虛傳，熱鬧滾滾。

豆子不是散裝，而是裝在三角錐狀的小紙袋裡。神社的禰宜（註）和町內會幹部從神社的神樂舞台上拋出那些豆子，聚集在境內的民眾「哇～」地一擁而上，我頓時明白爲什麼還要雇用專業保全來維持現場秩序了。

「怎麼會瘋成這樣呢？」

我問一起整理自行車的鄰町巡守隊隊員。

「你不知道嗎？這裡的神社豆子叫做『必勝豆』，大家都拿去當成金榜題名的護身符。」

不過撿起掉在地上的豆子就沒效了，必須在半空中接住才行。

「會在下午三點這種不上不下的時間辦，聽說也是爲了讓考生可以在下課後來搶豆子。」

這個撒「必勝豆」的活動，長年以來都是當地的小型慶典，但近年來透過網路傳播，開始有外地人一起來瘋搶了。

「有很多媽媽帶小學生來，應該也是考國中的小孩變多了吧。」

也有許多高中生和重考生，但也有愈來愈多來祈求資格考過關的社會人士。聽說也有上班族下午請假來搶豆子。

「撒豆子活動本身大概三十分鐘就結束了。」

不過大家會先在活動開始前來占位置。

「這麼說來，神樂舞台最前面被一群很會打扮的女生占據，她們要祈禱過美容師考試嗎？」

「啊，很有可能喔。」

當地有線電視台前來採訪，也拍了我們爆滿的自行車停車場。

聚集的人潮散去，自行車也朝四面八方消失以後，我正在打掃臨時停車場，忽然感覺有人在看我。回頭一看，和一個苗條白皙的女生打了個照面。她穿著雙排釦西裝外套和格紋百褶裙，是制服。小腿很修長，白襪散發出健康的氣質。

長得並不太像，但很適合男生頭的頭型一模一樣，因此我立刻就認出她是誰了。應該是小崎夫人的女兒加奈。我頷首，女生眼睛直盯著我，縮了縮脖子似地向我回禮。臉上是靦腆的笑容。正想出聲，女生像頭小鹿似地轉身跑掉。水藍色圍巾上的毛球在她背上輕巧彈跳。

她已經考進國中部了，應該不需要「必勝豆」。是陪當地的朋友一起來嗎？

——勸不聽。

或許是個性情頑固的女孩，但我希望自己的女兒桃子也能變成像那樣的國中生。她給我的印象就是這麼好。

一般來說，二月是生意淡季，但我的事務所意外地有了客人。不是透過介紹，他說是看到城市情報誌上的小廣告上門的。委託人是一名五十開外的男子，額頭寬闊，有一對招福耳。他在知名汽

註：神道教神社的神職人員。

車廠商的東京總公司上班，名片上列了很長的頭銜。似乎不是工程人員，而是行政人員。感覺憑他的社會地位，應該認識許多徵信公司，所以我問：「不好意思，請問怎麼會找上我的事務所呢？」

「說來丟臉，其實是預算有限。」

委託人說家中金錢由妻子一手掌管，如果要私下調查，就只能用自己的私房錢。他稍微查了一下，發現自己的預算實在請不起大型徵信事務所。

我覺得委託人是個好爸爸。他的年收應該很可觀，自己的花用卻很節省。

「對我來說，是很寶貴的案子。」

「哪裡，說來見笑，其實我是看到廣告上『定金五千圓』，才決定找這裡的。」

委託的內容是徵信調查。

委託人有個二十四歲的女兒，過年的時候帶男朋友回家，說兩人交往了幾年，想要定下來了，所以正式向父母介紹，請父母同意兩人的婚事。

「那個男朋友大我女兒三歲，一表人才。學歷不錯，在製藥公司上班。是大公司。內子滿意得不得了，已經在挑訂婚的日子了，但我就是覺得……」

委託人說，他自己也說不出個所以然，卻怎麼樣就是不中意女兒的男友。

「我是很想說這是做父親的直覺，但如果別人說這只是父親的嫉妒，我也無法否認。」

女兒底下還有兩個弟弟，他們也很快就跟姊夫（候補）打成一片，全家都很期待這門姻緣——除了委託人以外。

「聽說他向我女兒求婚時，還把履歷和戶籍謄本拿給她看。」

——我應該要展現我的誠意。

「女兒拿給我們看，所以我和內子也都看了。戶籍沒有什麼可以挑剔的地方。」

男方是初婚，也沒有私生子。

「這樣的態度確實很有誠意、值得嘉許……事實上內子就讚不絕口，但雖然一樣是說不上來，但我就是覺得行事未免太周到了。」

「你是說，就是因爲心裡有鬼，所以才會先下手爲強，免得女方調查嗎？」

「嗯，差不多。」

說著說著，委託人寬闊的額頭開始冒汗。

「這樣好像在挑女兒男友的毛病，我自己都覺得有些自我厭惡。」

父親就是這麼麻煩的生物。

「你沒必要感到愧疚。因爲有些細節，有時候是只有同性才能察覺的。」

委託人一副如獲大赦的表情。雖然不是多大的反應，但看到這種回應，總是讓我覺得自己的工作很有意義。

「感覺婚事會進行得很快，所以必須鎖定調查重點，迅速進行。請你先把自我厭惡擺到一邊，冷靜想想令嬡男朋友的什麼地方讓你覺得不太對勁？」

委託人用熨得平整的乾淨手帕吸去汗水，沉思起來。

「他的穿著打扮都很正式，完全沒有吊兒郎當的感覺。他工作很忙，好像常加班，但每天都會連絡我女兒，假日都黏在一起。」

「他們兩位有在用社群網站嗎？臉書或推特之類的。」

「聽說他喜歡上推特，我女兒也有帳號，兩人會互動。好像每次約會都會上傳到臉書。」

內子都會看——他說，又抹了抹汗。

「我覺得把自己的私事公開在網路實在很奇怪，但這些數位世代的年輕人都不在乎呢。」

「他是一個人住嗎？」

「不，他住家裡。」委託人說，又尷尬地縮起脖子：「我女兒常去他家玩，對方的父母好像很中意她。」

毫無破綻。「總覺得不太喜歡」的委託人眞正是孤立無援。

「他有兄弟姊妹嗎？」

「他是獨子。他很開心，說如果結了婚，一下就多了兩個弟弟。」

完全是溫暖的家庭劇台詞。

「令嬡是那種遇到問題，會立刻找父母討論的人，還是會一個人苦惱？」

「我姑且不論，但她跟她媽是無話不談。以前交往過的男友也是，雖然沒有像這次這樣正式帶回家介紹，但內子都知道。」

去年秋季接到的案子，掌上明珠的女兒沒有告訴母親她對男友及後來的丈夫的不滿和猜疑，最後以再糟糕不過的形式曝露出一切。我的腦中掠過這起悲劇。

「這種情況，應該要調查什麼才好？」委託人軟弱地問。

「一般來說，先是女人這方面吧。要不然就是金錢。身上是不是有巨額貸款、或是生性揮霍。」

「他算是這年頭所謂的草食男，沒車子，對車子好像不感興趣，跟他聊也完全不懂的樣子。」

在汽車公司上班的人都這麼說了，這一點應該不會錯。

「衣著雖然體面，但也不是什麼名牌貨……」

「賭博呢？」
委託人歪起頭來：「我自己有時候會玩點賽馬。不過只買重點賽，我是喜歡看賽馬。」
他說即使提到這類話題，女兒的男友也只是笑笑恭聽。
「後來我女兒替他說話，說他做的是研發工作，個性有些內向。」
「知道他的父親是做什麼的嗎？」
「一樣是在製藥公司上班，是相關公司。」說到這裡，委託人急忙補充：「不過他不是靠父親的關係進公司。他父親的公司是子公司，不可能把兒子塞進總公司。這一點我女兒也強調過。」
——他求職的時候我一直陪在他身邊，知道他有多辛苦。他非常努力。
「聽起來是個很不錯的年輕人。」我只能這麼評論。
「嗯，就是啊。」
委託人也嘆氣，雙眉窩囊地垂成了八字形。
「總之，我先調查看看他的履歷內容是不是全部屬實，好嗎？」
「果然還是要從這裡著手嗎？」
委託人從外套內袋取出信封。
「這是他的戶籍謄本和履歷。看就知道，他的字也很漂亮。」
我寫了收據。委託人注視著原子筆尖，難受地說：
「眞不好意思啊，我這個父親這麼沒出息。」
我抬頭微笑說：「如果調查最後是白忙一場，能夠笑著帶過，你可以在內心偷偷對令嬡的男友這麼道歉。」

我也常接到螞蝦辦公室轉包這類婚前徵信或公司聘雇的徵信調查案，因此頗爲熟練了。這次從一開始就拿到個人資料，更是探囊取物。但我還是仔細地調查，以結論來說，履歷上的內容都是眞的。我也找到了調查對象的大學學長。

「這只是形式上的調查，眞的很冒昧，但希望你可以配合。」

我坦承是婚前徵信調查，每個人都乾脆地回應：

「如果是他，我敢把他介紹給自己的妹妹。他這人話不多，有時候看起來可能有點陰沉，不過骨子裡是個好傢伙。」

「徵信調查？沒問題，我被錄取時也被調查過。他的話，完美無缺，沒什麼好擔心的。」

我也順帶打探他是否另有交往的女人，但只得到他專情地和委託人的女兒交往的回答。

我照著戶籍謄本，拜訪他的親戚和目前住址的鄰近街坊，大家對他評語都很好。因爲打聽到他小六的時候遇到車禍，住院了三個月左右，我也去了那家醫院探聽，院方說他因爲以前受到醫院照顧，現在每年都會到醫院的小兒科大樓擔任義工幾次，爲長期住院的小孩推輪椅散步、舉辦童話朗讀會、幫忙萬聖節和聖誕節的布置等等。

實在是太善良、太完美了，反而讓人覺得可疑嗎？他會不會其實是新興心靈宗教的信徒？或是沉迷直銷、自我成長講座那類——我忍不住猜疑，但也查不到半點蛛絲馬跡。

我在事務所將報告書交給委託人，委託人又是滿頭大汗，讀完了報告。

「抱歉讓你白忙一場了。」

他當場付清調查費回去了，然而過了一星期，他又打電話給我。我本來緊張出了什麼事，結果是要介紹其他委託人給我。

「我同事的母親過世了，但他母親一直獨居，而且走得很突然，他完全不清楚財產和保險這方面的事要怎麼處理。」

母親居住的二房一廳公寓收拾得很乾淨，但完全找不到存摺、保險單、公寓的權狀等等。雖然找到兩張銀行的出租保險箱卡片鎖，但只有這些東西，讓人不知所措。

而且同事工作非常忙碌，挪不出時間處理。

「他太太是外資公司的主管人員，現在在海外出差——」

他說隨便拜託親戚可能會引發糾紛，乾脆找第三者來處理比較好。

「我也認爲這樣比較好，不過比起私家偵探，應該找稅理士和律師諮詢比較妥當。」

「他說沒有認識的人，現在才要找人太麻煩了。我把杉村先生的事告訴他，他說感覺可以信任，想要委託你。」

我先見了那名同事，問出更詳細的情形。他的母親生前一等到獨子找到工作，便立刻與在外頭包養二奶、不顧家庭的丈夫離婚，用分到的財產三百萬圓爲本金，開始玩起股票。這十年左右都在網路上交易，是所謂的當沖客。

「她留下堆積如山的帳冊，電腦也有買賣股票的詳細記錄，但我是搞工程的，看不懂。」

我也不是財務專家。我和他討論之後，請「蠣殼辦公室」介紹註冊會計師，由我擔任助手，以這樣的形式接下委託。

二月後半，我都忙著處理這個案子。這段期間我四處奔走，整理遺物、辦理各種申請登記、索取和閱覽各種官方文件。會計師說委託人過世的母親是個很厲害的當沖客，留下的股票和存款合計起來，流動資產高達五千多萬圓。除了自家以外，還在赤坂的高級公寓有一戶四房二廳一廚的房子，貸款全數付清，光是那裡的租金收入，一年就有將近一千萬圓。兩個銀行保險箱裡有現金五百萬圓和三條金條。

「這個母親太厲害了。」會計師不停地讚嘆。

委託人說，過世的母親只跟他說「我在當計時人員」、「時薪不錯，你不用給我錢」、「股票只是當嗜好小玩而已，不必擔心」。目睹這驚人的遺產，他嚇到眼珠子都快掉出來了。

「我媽跟我爸結婚以前，是在銀行工作，但她只有高中學歷，是個很普通的粉領族。她到底是什麼時候研究股票的……？」

整潔的住處櫥櫃和衣櫃裡，都沒有昂貴的服飾或名牌貨。

「對令堂來說，投資股票是她的生活意義，也是興趣吧。不是想大賺一筆，過著奢侈生活。」這種心無貪念的人由於沒有邪念，所以更能夠冷靜地評估局勢。一旦獲利增加，本錢變多的話，就能老神在在，更踏實地進行有利的投資。

到這裡一切都很順利，然而故人的前夫和前夫與再婚對象生的小孩卻鬧了起來，說他們也有權利繼承，不得不請律師介入。據說前夫一家從喪禮的時候就在吵什麼繼承權（事實上他們沒有半點繼承的權利），委託人很後悔：「我當他是父親，才請他來送我媽最後一程，真不該這麼做的。」

整理完遺物和資產時，我的任務就已經結束了，因此後續如何發展，我並不知情。對方提出高得驚人的酬金數字說：「就當中了彩券，請收下吧。」

「我不能收。搬出職業倫理是太誇張了，但這實在有違常例。」

經過這番推辭，最後我還是收到了大約是一般行情兩倍的酬勞。坦白說，感覺就像即將見底的蓄水池一下灌飽了水，幫助極大。

二月最後一天，我前往都心的百貨公司。我要爲今年十一歲的女兒買衣服，卻不知道該去兒童服飾賣場好，還是去少女服飾區好。也不知道女兒會喜歡的包包、鞋子、用來綁馬尾的緞帶或髮飾的賣場在哪裡。

我果斷地放棄，改去家電量販店。我買了店員說最暢銷一款的電子辭典，請他包裝起來。下次見面的時候送給她吧。女兒生活的前妻娘家，書本數量幾乎可以媲美小鎮圖書館。那些全是前岳父的藏書，應該也有字典和百科全書，也許因爲這樣，反而沒有電子辭典也說不定。這樣的推測，是分開生活（爲自己的生計汲汲營營）的父親小家子氣的志氣。

我的二月就這樣過去，迎接代理參加的華燭之日。

「好帥的禮服。」

在竹中家客廳，竹中夫人瞥了一眼我這身幸好沒遭蟲蛀或發霉、污損的禮服，這麼說道。

「是杉村先生上一段人生的遺產呢。」

「是的，這是我唯一上得了檯面的衣服。」

夫人一襲洋裝。從那精緻的織法來看，應該是義大利貨。我應該要當下讚不絕口，卻一時被她的氣勢壓倒，想不到恰當的讚美之詞。

在場的竹中家媳婦一號（竹中家長男夫人）也愉快地笑著說：

「很像黛薇夫人對吧？」

因爲完全就像她說的，我更是詞窮了。

幸好夫人鳳心大悅：

「如果穿不習慣的鞋子，可能會跌倒。我這腳沒辦法穿夾腳木屐，所以不能穿和服。」

夫人的皮鞋雖然是低跟的，卻是亮晶晶的漆面。配上鱷魚皮晚宴包、巴洛克眞珠的成套耳環、項鍊與戒指，以及鑲鑽的手錶。

「媽，小心妳的髮片喔。萬一扯到會變形的。」

竹中夫人的頭髮看起來比平常的復古風鮑伯頭更爲「豐厚」，原來是髮片的效果。

「很不舒服耶，眞的需要這個嗎？」

「當然要，穿這套禮服，頭髮扁塌的話，就撐不起來了。」

這時竹中家媳婦二號（次男夫人）也來了。她把漆黑色的喀什米爾長大衣疊起來掛在手臂上。

竹中夫人立刻說：「啊，大衣不用了啦，反正要坐車去。」

北風有些緊，但藍天晴朗，陽光燦爛，天氣非常好，因此在太陽底下很溫暖。婚禮上午十一點開始，婚宴則是十二點半開席，因此可以趕在太陽下山前回來。

「那，爲了預防萬一，就交給司機吧。」

我以爲是在說我，伸出手去。

「杉村先生不用忙了，我們雇了車。」

「不是我要開車嗎？」

「那只是說說的啦，你只要人陪著去就夠了。」

老實說，這樣我就卸下一半的緊張了。我這個膽小鬼一想到要開竹中家3開頭車牌（註）的高級車，就全身哆嗦，前晚幾乎睡不好。聊著聊著，雇車到了。我領著竹中夫人先走出玄關，發現黑色的皇冠車後車座靠這裡的地方，坐著那個女生，穿著和撒必勝豆時一樣的制服。

「我請車子先去小崎家接她再過來。早啊，加奈。」

小崎加奈自己開車門下車，行了個禮。

「謝謝阿姨雇車。今天麻煩阿姨了。」

「哪裡，彼此彼此。」

竹中家的婦人們全都笑逐顏開。在近處一看，加奈五官端正，長相可愛。也許是剛上過美容院，一頭短髮特別整齊。

「這位是杉村先生，今天的保鏢。」

加奈看向我，調皮地轉了一下眼珠子。

「我們在宇木八幡神宮見過呢。」我向她微笑。

「是的，因為我很好奇私家偵探長什麼樣子。不好意思。」

竹中夫人坐到司機後的座位，把加奈叫到旁邊。我將夫人的東西和大衣放上車，坐到副駕駛座。

「那，我們走了。」

十年幾個月的婚姻生涯中，我也和許多不同的人坐過雇車。有時是和前妻一起坐在後車座，有時是陪岳父坐在副駕駛座，或夫妻一起，女兒坐在中間。前往的地點也五花八門。

今天的組合，是當時的人生絕對無法想像的成員。我和獨居住處的房東、還有和房東交情好的鄰居女兒一起，正準備前往參加完全不認識的人的婚宴。

過去我經歷過離婚、住在老家、又上東京開事務所等變化，但總是忙著讓生活步上軌道，無暇

註：日本的車牌號碼中，分類號碼為3開頭的為一般乘用車，而5、7開頭的為小型乘用車。

逐一沉浸在感慨裡。但現在我坐在滑行似地駛向灣岸地區的黑色雇車裡，第一次回顧了至今爲止的過往歷程。我眞切地體認到，自己的人生確實改變了。

幸虧這當中並沒有後悔。會有今天，一切都是自然而然，我覺得自有一番滋味。儘管還沒辦法豁達地認爲「這樣就好了」，但也不認爲自己走錯了路。

竹中夫人和加奈一下子就拿出紅包袋討論起來（夫人也用竹中家的名義包了一份），最後決定由夫人拿給禮金桌，然後興致勃勃地聊起別的話題來了。以年齡來看，兩人就像奶奶和孫女，但加奈卻直呼竹中夫人的名字。竹中夫人的名字叫竹中松子，所以加奈叫她「松子」。

我坐在副駕駛座默默地聆聽，稍微瞭解加奈和小崎家的情況了。加奈在學校參加羽球隊，她的雙打搭檔是她的姊妹淘。母親小崎夫人希望加奈也能學茶道，不停地叫她別再打羽球了。父親小崎從年輕時候就喜歡機車，興致一來，就會一個人騎車不知道跑去哪裡，但有一次在隆冬的北海道荒郊野外摔車，差點凍死，被夫人哭著唸了一頓，從此不再騎車了。雖然不再騎車，卻改爲在站前開了現在的機車行。夫人是他的第二段婚姻，加奈有個同父異母的哥哥。哥哥和小崎先生的前妻住在一起，最近常跟加奈互傳訊息，不過這件事瞞著小崎夫人。我陶醉地聽著她那甜美的少女嗓音，想像女兒桃子如果有一天也向別人自道身世，會是什麼內容？

車子在十一點前抵達了東京海灣榮耀塔。這棟摩天大樓的一到三樓是購物中心，四樓到二十樓是辦公室。飯店櫃台在二十一樓，我們要去的「品田家・宮前家婚宴」會場在二十五樓的宴會廳「總統廳」。二十二樓有教堂，二十三樓有神道教婚禮會場，宴會廳則是二十二樓到二十五樓，有大小各種格局，「總統廳」是最大的一間。

「二十五樓好像只有『總統廳』和『行政廳』。」

加奈比對著喜帖附上的地圖和電梯間的館內平面圖說。「總統廳」和「行政廳」的新郎新娘及家屬休息室也在同一樓，而且這兩個會場還有賓客專用的等候區。

「我肚子餓起來了。」加奈說。

「還有點時間，去喝個茶吧。我也渴死了。」夫人說。

因爲她們一路上都聊個不停吧。

「專用的等候區可以用茶點喔。」

「杉村叔叔來過嗎？」

「我在網路上查到的。」

「還以爲你來過呢。」

二十六樓以上是住房，最頂樓有高空餐廳和酒吧。我說那裡的烤牛肉三明治好像也超級好吃，加奈的眼睛亮了起來：

「那裡好像不錯！」

「可是婚宴也要吃東西啊。」我說。

「聽說是法國料理全餐呢。明明義大利菜比較好吃說。靜香也比較喜歡義大利麵。」

「沒有人會在婚宴上拿義大利麵請客啦。」夫人說。

三個人笑著，直達的高速電梯已經抵達飯店櫃台了。以高樓美景爲噱頭的茶館入口，裝飾著十幾層的女兒節娃娃。我們漫不經心地看著插在大花盆裡的桃花枝與油菜花，換乘專用電梯，前往「總統廳」。

就在電梯門打開的同時，今天的驚奇連鎖也揭幕了。

3

二十五樓的婚宴會場休息區裡，擠滿了盛裝打扮的賓客。

我們是新娘的親戚和代理人，絕不能遲到，因此自以爲提前許多到場，但沒想到這年頭的婚宴，一般賓客這麼早到是常識嗎？

「哇……這太誇張了吧？」

加奈喃喃說，竹中夫人的臉也一下就垮了下來。

「簡直是爆滿的電車嘛。」

事實上，這裡人滿爲患。完全沒有空位，穿著細高跟鞋的年輕小姐都只能站著，看了令人心疼。連電梯間的沙發和椅凳都坐滿了人。

「好像不太對勁。」

在場的人全都躁動不安，而且表情不悅。眾人在各處交頭接耳、竊竊私語，兩名疑似會場人員、戴著耳麥的套裝小姐慌張地在其間穿梭。

穿禮服的老人叫住其中一人，問了一些問題。

「不好意思，妳們兩個先留在這裡，我去問問情況。」

我穿過人群走過去，聽見老人怒吼：「這到底是在搞什麼！」

女職員表情緊繃：「很抱歉，請再稍等一下。」

「就只會等一下等一下，我已經在這裡等了一個小時了！」

「眞的很抱歉。」

耳機似乎有連絡，女職員按住耳朵，快步離開了。我向老人微微頷首，出聲問：「不好意思，請問你是來參加『總統廳』婚宴的嗎？」

鼻子旁邊有顆大黑痣的老人瞪我：「啊？你是誰？」

「我也是賓客，看到這裡人擠成這樣，嚇了一跳。」

老人氣憤地把手甩向沙丁魚罐頭狀態的休息區說：

「一直是這副德行，婚禮根本還沒開始。」

品田家和宮前家的婚禮是十一點開始，因此婚宴賓客不可能在這時候就已經等了一個小時。

「先生是參加『行政廳』的婚禮嗎？」

「什麼總統、行政，聽不懂啦！」

老人似乎已經氣到不顧一切了。

「行政廳」的入口旁設有簽名處，卻沒有半個人，也沒有簽名簿，連標示簽名處的牌子都蓋了起來。我左右張望，看見人潮另一邊還有另一個簽名處，是品田家和宮田家的禮金桌。那邊也是一樣，長袖和服年輕女子和西裝年輕男子站在簽名簿前，無所適從。女子的表情都快哭了。我分開人群，走到那裡，總算得知是怎麼一回事。

婚禮延後了。準備參加婚禮的兩家親戚和賓客不知道爲什麼從休息室被趕出來，被迫在休息區等候。然而新娘新郎和兩邊的家人都關在各自的休息室裡不出來。

「我們也不知道是怎麼一回事。」

女子一臉欲泣，跟她一起的男子卻瞥著她，輕浮地冷笑說：「好像出了什麼問題呢。」

「光是兩家的親戚就這麼多人嗎？」

聽到我的問題，男子笑得更放肆了：

「我們這邊的親友預定大概三十個，這裡會擠成這樣，是另一邊的賓客被趕出來的關係。」

另一邊果然是指「行政廳」。

「聽說那邊預定十點開始，卻到現在都還沒開始，剛才就一直在吵，都有人大吼大叫了。」

從平面圖來看，「行政廳」占地也不小。應該在裡面的賓客全被趕出來的話，也難怪休息區會被擠得水洩不通。而且這樣下去，「總統廳」這邊的婚宴賓客也會陸續到場。暫時讓竹中夫人和加奈去別的地方避難吧。夫人膝蓋不好，遠遠看去，似乎站得很難受。我穿過人海，回到兩人旁邊。

「怎麼了？」

「還不清楚原因，但聽說婚禮延後了。」

「咦！」加奈瞪大眼睛。「是靜香怎麼了嗎？」

她從制服外套口袋取出折疊式手機，「啪」地一聲打開。

「沒有訊息……」

「妳可以跟靜香小姐傳訊息嗎？」

「對，只有短訊而已。」

竹中夫人蹙起眉頭：「要是眞的出了『蛇麼』問題，她應該也沒工夫連絡妳吧？」

房東竹中夫人居然模仿年輕人說「蛇麼」，我大吃一驚。看來她現在處在「松子妹妹」模式。

「不過還是請妳留意一下有沒有訊息吧。一直站在這裡太累了，我們上去樓上的餐廳吧。」

電梯遲遲不來，令人不耐煩，好不容易上去一看，餐廳不僅客滿，還大排長龍。都是住客以外的客人。現在是星期六近中午的時間，加上這裡又是剛開幕話題性十足的摩天大樓飯店的頂樓餐廳，會客滿也是難怪。

「啊，怎麼這樣啦！」竹中夫人的不悅指數迅速攀升。

「去茶館怎麼樣？」加奈提議。

「我猜應該也差不多。」

「杉村先生。」竹中夫人毅然決然地說。「你去櫃台要一個房間。」

「什麼？」

「什麼房型都可以，價錢也不用管，反正去要一個房間。訂好後打我的手機。」

這個主意不錯，但應該希望渺茫。即使不在乎價格，如果房間全滿了，也無計可施。

沒想到居然還有空房。不知道是我們運氣好，還是竹中夫人的震怒驚動了上天，職員說「剛好有人取消預約」，奇跡似地訂到了一個房間。是位在二十八樓的「藍天單人房」房型。基本房價七萬圓，因爲不跨夜，所以如何如何——我打斷職員的說明，迅速辦好入住手續，連絡竹中夫人。約十分鐘後，三個人一起進了房間。

「我們會自便，不用說明了。」

竹中夫人厭煩地趕走準備說明各種設備的服務生，發出呻吟，一屁股坐在標準雙人床上。加奈在室內轉來轉去（是眞的張開兩手不停地旋轉），打量房間。

「加奈，那邊的桌上有客房服務的菜單，妳看一下。」

旋轉停止了。「好！」

鋪著豪華刺繡床罩的雙人床、皮革沙發及大理石桌的會客區、放著檯燈的書桌（附電腦插座）

和高背椅、大螢幕電視和音響，浴室裡有應該可以讓我整個人躺進去的大浴缸，另有附花灑的獨立沐浴間——這就是藍天單人房。會掏出七萬圓一個人入住這種地方的，會是什麼樣的人？

「這家飯店還有美體美容按摩服務，應該會有貴婦來入住保養吧。」

注意到的時候，竹中夫人已經在打內線叫客房服務了，加奈則坐在桌前，翻著厚厚的飯店服務設施介紹手冊。

「上面說如果過夜要多加三萬，不過會附贈早餐。」

這種情況，等於是住一晚要十萬圓。如果是這一帶的商務旅館，即使是五千圓的房間，也附有免費早餐。唉，算了。不論原本訂房的是何方神聖，都只能感謝他臨時變卦。鬆一口氣後才注意到，這個房間的景觀實在不怎麼樣。窗外被隔壁的超高樓公寓給擋住了。

加奈翻著手冊驚呼：「哇塞！還有婚前保養的美體、脫毛、短期減重住宿方案呢。十天就可以減重三到五公斤，感覺好慘烈。」

竹中夫人嗤之以鼻：「何必花大錢當冤大頭，只要婚後吃苦，自然就會瘦下來了，你說對吧，杉村先生？」

感覺火星就快濺到我身上，我要避難去了。

「兩位請在這裡休息，我回去休息區打聽一下狀況。」

我拿起房卡。沒有房卡，雖然可以搭電梯或進樓梯間，但無法進出客房通道。中間有自動鎖的門擋著。

「管那些做什麼呢？都叫了客房服務了，你也坐下來吧。」

「可是——」

「十二點半去『總統廳』，就知道出什麼事了。之前就別瞎操心了，反正也幫不上忙。」

我看加奈。她開口了。

「可是我還是很擔心靜香，我想去休息區看看。」

我還以為加奈會這麼說，沒想到大錯特錯。

「我覺得我媽她們的婚禮好像被詛咒了。」

加奈不是自言自語，而是對著竹中夫人說。那表情顯然是在徵求同意。

夫人一副有苦難言的表情：「不可以說這種話。」

竹中夫人曾說過，小崎夫人不來參加，背後有多到令人受不了的內情。在活動中心前不期而遇的時候，小崎夫人的眼神中有著怒意與煩躁。

不可以幼稚地打探八卦——我要帥保持沉默，結果加奈對我笑了笑，接著說：「我說的我媽她們，是指我媽和靜香的媽媽，我阿姨。她們相差五歲。」

「加奈的阿姨叫佐江子。」竹中夫人補充說。

「杉村叔叔見過我媽對吧？」

「嗯，不過只在路邊打了一下招呼而已。」

「她長得很像男生對吧？很粗獷，就像將棋的五角形棋子。」

她形容得很巧妙。

「跟佐江子阿姨完全不一樣。靜香給我看過她媽年輕時候的照片，漂亮得都可以去當女主播了。現在依然很美，看起來完全不像四十五歲。」

「妳也會跟阿姨碰面嗎？」

明明母親似乎和娘家完全斷絕關係了。

「我跟靜香親近起來後，去阿姨家玩過幾次。不過我媽很生氣，說如果我再去，她就要離家出走，所以後來我就沒去了。」

「這樣啊……」

「我爸也訓我，叫我要顧及我媽的感受。他說有時候加害者覺得沒什麼，但受害者就算經過幾十年，還是無法原諒。」

她又轉了一下渾圓的眼睛：「佐江子阿姨也曾經託我帶話給我媽。」

——姊現在過得很幸福，而且都已經是二十五年前的往事了，差不多可以釋懷了吧？

「我媽聽了又大發雷霆，說『釋懷』不是加害者可以說的話，這種話只有受害者有資格說，我爸也點頭同意。」

加奈赤手空拳地逼迫上來，形同要求我開槍射擊。我應該要詢問究竟出過什麼事才對——這時，門鈴響了，是客房服務。服務生送來茶點組合、烤牛肉三明治、水果盤、咖啡和紅茶。

「我開動了！」

「看起來好好吃。杉村先生也請用吧。」

幸好餐來了，不必擔心冷場。我爲這兩名有如要好的奶奶和孫女的女士服務，自己喝了咖啡。

加奈吃著草莓鮮奶油蛋糕，流暢地說個不停：

「我媽二十五歲，佐江子阿姨二十歲的時候，我媽的未婚夫被阿姨睡走了。」

我差點沒把咖啡噴出來。

「而且阿姨跟我媽的未婚夫在婚禮當天一起落跑，我媽穿著婚紗，就這樣被晾在會場。」

我嗆咳著，望向竹中夫人，夫人一臉沒事人地說：
「而且佐江子當時已經有了三個月的身孕，那就是靜香。」
我將咖啡杯放回碟子，吃起烤牛肉三明治。這是爲了堵住自己的嘴巴，免得不小心說錯話。
「然後佐貴子的爸媽居然站在妹妹那邊，說孩子是無辜的，佐貴子才氣到跟家裡斷絕關係。」
如果是這樣的經緯，會至今依舊憤怒不平，也是天經地義的事。
「佐江子那時候短大就快畢業了，但她退學跟那個男人結婚，生下靜香，可是這種橫刀奪愛的婚姻不可能順利，兩人不到兩年就離婚，靜香三歲的時候，佐江子和現在的先生宮前再婚了。」
加奈說姨丈宮前是個「普通的上班族叔叔」。
「阿姨埋怨說都只能住公司宿舍，清榮的學費對他們負擔很大。」
——現在想想，姊姊做爲女人，才是人生勝利組。既然如此，以前的恩怨也可以放下了吧？
加奈一邊說著，嘴裡吃個不停。竹中夫人拿放檸檬片的小碟子當菸灰缸（這間客房應該是禁菸），抽起菸來，同時瞅著我，就像在說「讓我瞧瞧你的本事」。
我好不容易擠出聲音：
「靜、靜、靜——」
眞丟臉。我清清喉嚨，重新來過。
「靜香小姐有弟妹嗎？」
「有弟弟，在大學打棒球，住宿舍。我沒有見過。」
弟弟今天當然應該也會出席，加奈期待可以第一次見到他。
「見得到的。只是因爲某些意外，讓婚禮延後罷了。」我說。

「是啊，一定沒事的。這樣的大喜之日，不可以說什麼詛咒不詛咒的話。」
但竹中夫人的口氣聽起來一點都言不由衷。
手機震動，加奈拿起了手機。「朋友打來的。」
「我去看看狀況。」
我一站起來，加奈也急忙跳下椅子：「等我一下，我也一起去。」
加奈消失在寬闊的浴室裡，關上門後，竹中夫人把煙從鼻子裡噴出來說：
「婚禮延後，現場亂成那樣，怎麼可能沒事？母親以前的惡行報應在女兒身上了。母債女還啊。」
「站在房東太太的立場，好像不應該說這種煽風點火的話。」
「咦，我是在自言自語啦。」
「房東太太不只是跟小崎夫人要好，看起來跟加奈也很親？」
加奈都直接喊她「松子」了。
「我從她出生就認識了。小崎先生從開車行以前，就一直是當地人。」
據說直到二十世紀末，我住的那塊土地曾有小崎一族經營的工廠。
「專做引擎零件，是一家技術能力非常高超的公司。二戰的時候，好像還製造過戰車、魚雷那類的。泡沫經濟破滅以後，被外資的同業併購，工廠原本的所在地，現在蓋了醫院。」
那家綜合醫院光是建築物就占掉幾乎一整個街區，我也在區公所的健康檢查去過。由此可以推測出以前的工廠規模。
「小崎家也和竹中家一樣，是資產家呢。」

竹中夫人眨著眼睛笑：「我們家才比不上人家呢。小崎一族是文明開化（註一）以來的實業家，據說創辦人跟澀澤榮一（註二）是朋友呢。」

我和父親是大企業龍頭的前妻離婚後，在荒川沿岸的老街過著儉樸的日子，卻不知怎地又遇上了這類資產階級，這能不能算是一種詛咒？

電梯一樣慢吞吞，我和加奈走樓梯下二十五樓。休息區依舊擁擠，每當電梯抵達該樓，人數就又增加一些。「品田家・宮前家」的禮金桌沒變化，但「行政廳」兩家的禮金桌整個收掉了。

加奈拉扯我的外套袖子：「穿長袖和服的小姐不見了。」

仔細一看，確實只剩下笑得吊兒郎當的年輕人獨自坐在椅子上，蹺著二郎腿。

「我是宮前家的賓客，請問現在是什麼狀況？」

我問，男子瞥向氣氛實在稱不上歡樂的吵鬧盛裝人群，說：「新娘新郎還有親戚，沒有半個人出來。」

「婚禮也還沒開始？」

「不曉得欸。」

他似乎厭倦了眼前的狀況。

「是他們千拜託萬拜託，我才來幫忙顧禮金桌的。」

註一：指明治初期思想文化及社會制度的近代化和西洋化時期。

註二：澀澤榮一（一八四〇～一九三一），幕末至大正初期活躍的官僚及實業家。成立第一國立銀行、東京證券交易所等，被稱爲日本資本主義之父。

「那個長袖和服的小姐呢？」加奈問。

「去補妝就不見了。她應該也是卯足勁打扮，還特地請人幫忙穿和服吧。新娘也太過分。」

「你說過分……靜香怎麼了嗎？」

「我才想知道怎麼了呢。」

簽名冊闔著，應該要放紅包的漆盆空空如也。

「現在不接受簽名和收紅包嗎？」

「剛才新娘的爸爸過來，叫我不要收紅包了。還叫我把已經收的退還給人家，我一個人都快忙不過來了。」

把紅包退還！也就是婚禮取消了。

我掃視盛裝的人群。「『行政廳』那邊怎麼樣了？」

「不知道，不過客人在宴會廳吃喝起來了。」

簽到小弟連口氣都愈來愈隨便了。

「那，現在這裡只有品田家和宮前家的賓客吧？如果婚禮取消，怎麼會讓他們在這裡等？」

「也有些賓客生氣回去了，不過聽說還是會提供餐點，表示歉意。畢竟餐都準備了嘛。我也好想快點喝啤酒。」

加奈又扯了扯我的袖子：「杉村叔叔，我們走。」

她在看延伸到休息區右邊深處的鋪地毯通道。從平面圖來看，新郎新娘及家屬休息室就在這條通道兩旁。前方的紅框立牌寫著「品田家・宮前家　新人及家屬休息室」，盡頭處的立牌則是「石川家・菅野家」。後方的牌子附有「→」的箭頭，應該是在走廊轉彎後的地方。是在「行政廳」辦婚宴的兩家。

我和加奈走近前面的立牌，結果聽見怒吼聲。似乎有許多人擠在室內，門沒有完全關上，留了條縫。縫裡看得到禮服。是「品田家家屬休息室」。

「夠了沒！少扯謊了！」

我搭住加奈的肩膀：「妳在這裡等我。」

我躡手躡腳靠近門口，感受到室內沉重的氣氛。顯然發生了某些爭執，氣氛卻宛如守靈。

「就說眞的是一時鬼迷心竅、是他錯了嘛。」女人的聲音。「會演變成這樣，也都是靜香自己給人可趁之機。」

「妳說什麼！」

喂喂喂喂？我正遲疑佇足，門突然打開來，會場女職員跑了出來。耳麥都歪掉了。

「不好意思，我是宮前家的賓客，請問現在是什麼情形？」

年輕女職員顯然焦頭爛額，可能連職業笑容都擠不出來了，卻還是努力想要揚起嘴角，看了教人心痛。

「很抱歉，請在休息區再稍等一會兒。」

「我聽說停止簽名，紅包也退還了，婚禮是取消了嗎？」

「很抱歉，請先待在休息區，我們會提供飲料。」

她似乎急著要走，我讓路給她。女職員跑向電梯，但看到電梯移動緩慢，一樣拋棄了它，從樓梯衝下去了。

「不結了！我要帶靜香回去！」

男人的吼聲把我嚇得縮起脖子。回頭看加奈，她左右食指抵在嘴角用力拉扯，對我做鬼臉。

「我們回去客房等吧。」

我催促，她點了點頭，小聲說：

「我聽到了，那是宮前姨丈的聲音。」

是新娘的父親。

「他說不結了，是指不結婚了嗎？」

「……嗯。」

我們也拋棄電梯，走向樓梯。

「靜香會重蹈我媽二十五年前的覆轍嗎？」

「還不知道是怎麼回事。」

「如果是這樣，靜香雖然很可憐，但也許我媽會氣消一些。雖然這樣想或許很缺德啦。」

我沉默不語。加奈踩著輕盈的步伐走上樓梯。眼神平靜，表情也很平坦。剛才對我做鬼臉，應該是在以她的方式表達內心的困惑。

「妳跟妳表姊感情很好呢。」

「大概吧。我們長得幾乎一模一樣，等我長大了，大概也會變成她那樣。靜香很會打扮。」

大概——嗎？

「老實說，我自己也搞不清楚我到底喜不喜歡靜香，所以才想來參加她的婚禮。如果我可以發自眞心向她說恭喜咦咦咦咦？」

因爲加奈先怪叫起來，我才免於驚叫出聲。

二十八樓的樓梯間角落蹲著一個新娘。女子穿著婚紗，挽起的頭髮上插著鮮花，戴著豪華的眞珠耳環和項鍊，手上戴著長手套，因此雖然不知道她是誰，但身分絕對是新娘。光是新娘蹲在這種地方就夠令人錯愕了，她的懷裡還抱著一個尼龍波士頓包，臉上的白粉可能是因爲哭泣而畫出了一條條的線，眼影也整個化開了，那副模樣不只是令人錯愕，完全就是詭異。

我們對望，新娘身子繃得更緊，整個人縮進角落。喉嚨發出抽噎聲。

一加一等於二——我內心頓時豁然開朗。事後想想，這個舉動很沒禮貌，但我指著新娘問加奈：「這是靜香小姐嗎？」

是不是新娘因爲某些迫切的理由，逃出休息室，不見蹤影，家屬才會亂成一團，導致目前這種情況？我們是不是發現了落跑新娘？

但加奈搖頭：「不是。」

咦，不是嗎？

「妳怎麼了？」

加奈走上前去，蹲身問道，神祕新娘發出有如蚊子叫的細聲傾訴：

「——救救我。」

4

竹中夫人不知爲何被戳中了笑點。

「杉村先生，就算你孤家寡人生活太寂寞，也不可以隨便在外面撿老婆啊！」

躲在樓梯間的新娘現在坐在藍天單人房的床上，婚紗裙擺攤開在床沿。她用濕毛巾擦著斑駁的妝容，但正式的新娘妝很難擦掉。

「不是啦，松子，是我撿回來的。而且她受傷了，不能丟下不管啊。」

新娘的右腳踝扭傷了。她的婚紗不是長裙擺的款式，而是宛如倒過來的鬱金香造型，但她穿著十公分高的高跟鞋上下樓梯，結果跌倒了。

「……抱歉給你們添麻煩了。」

道歉聲小得像蚊子叫。一邊的假睫毛掉了一半，唇邊的口紅也暈開了。

「妳是『行政廳』的新娘吧？」

不可能是別人了。二減一就只剩下一。就算是我，也不會算錯。

聽到竹中夫人吞雲吐霧這麼問，新娘彎身行禮：

「眞的很抱歉。謝謝你們把我藏起來。我叫菅野美月。」

因爲化了新娘妝，看不太出眞實年齡，但應該不超過二十五歲，不過從她的談吐聽來，是個很成熟的大人。

「原本預定十點在『行政廳』在親朋好友面前舉行婚禮，然後接下來是婚宴。」

「怎麼會事到臨頭落跑了？都已經梳妝打扮好了不是嗎？」

菅野小姐的眼神游移，張唇欲語。人只有在想要編造出拙劣的謊言、或是說出別人難以置信的事實時，才會出現這種表情。至少就我的經驗是這樣。

落跑新娘兀自煩惱了半晌後，說：「我二十一歲，對方六十二歲。」

直截了當。對於青少女而言，更是完全不必多做解釋的落跑理由。加奈的表情扁平得就像被平底鍋敲過。

「……爛透了……」

她詛咒似地低吼道。竹中夫人倒是雲淡風輕：

「妳是後妻？」

「對，是第三任。」

夫人撳熄了菸，評論道：「眞是個老色胚。」

「比我爸還老耶！」加奈回過神來尖叫。「那種人怎麼可以娶這麼年輕的新娘？姊姊妳怎麼會答應這種事？」

菅野小姐看了看加奈，目光又求助地回到竹中夫人身上，就像在說：我不想讓這麼可愛的女孩知道這個社會醜惡的一面——

「是欠人家什麼吧。父母欠債？」

菅野小姐嘴角扭曲，點了點頭：

「對方答應說，如果我跟他結婚，他就替我爸的公司還清債務。」

加奈聞言當場跳起來：「爛透了！簡直是販賣人口！怎麼不去報警！」

短髮底下的耳朵都漲紅了。我輕拉她的外套：「冷靜點。坐下來吧。」

竹中夫人也說：「加奈，倒杯咖啡給她。咖啡壺裡應該還有。」

菅野小姐接過咖啡，手還在顫抖。當前的緊張暫時解除，她一下子累了吧。竹中夫人等她啜飲了一兩口涼掉的咖啡，開口說：

「不過這也未免太奇怪了。直到今天以前，妳應該有很多落跑的機會吧？」

松子盤問起來了。

「是的……」落跑新娘垂下頭來。

「可是？」

松子窮追猛打。加奈和我都看著落跑新娘。

「答不出來？那就甭說了。」

松子啓動冷血模式。快刀斬亂麻。

「我可不想被捲進麻煩。杉村先生，打電話給櫃台。」

「請等一下！」

菅野小姐跳起來，頓時腳痛得表情扭曲。加奈坐到她旁邊，就像要保護她。

「松子，不要這麼壞嘛，姊姊都在發抖了。」她撫摸落跑新娘的背說。

「對不起。謝謝妳。」

菅野小姐連聲音都開始發抖了。她拚命壓抑，對竹中夫人說：

「我認爲光是逃走，沒辦法徹底毀掉這樁婚姻。」

她害怕會被找到、抓回來。

「老色胚很死纏爛打？」

「妳爸媽完全不能依靠嗎？」

菅野小姐濃妝糊成一片的臉露出僵硬的笑容：

「他們只會說，只要我忍耐個十年，老色胚就會死了，我是他的妻子，還可以拿到遺產，說我還年輕，到時候再重新來過就行了，現在就爲他們忍一忍吧。」

如果這是真的，實在是太無情、太自私、太貪婪了。即使將這些形容乘以二都還不足以形容。她的父母到底把女兒當成什麼了？

「打死我都不願意。」

落跑新娘咬住下唇說。

「我認爲要粉碎這一切，就必須讓更多相關的人知道這件事——在完全無法隱瞞、粉飾的情況下，讓大家知道：我不想嫁給這個人！」

加奈扶著她的背，再三點頭。

「妳太嫩了。」竹中夫人說。「不是要在親友面前發誓嗎？在那時候說出來是最萬無一失的。在親朋好友面前大聲說——」

我才不發誓！我絕對不要跟這個人結婚！

「但是這樣一來，就很難脫身了。」我說。「即使可以毀掉婚禮，但如果無法離開，只會讓狀況更糟。我認爲在婚禮前一刻落跑是對的。」

松子聞言似乎也同意了。不只是落跑新娘，加奈和我也都鬆了一口氣。

「其實應該可以更順利地逃走的。」

卻遇上意外狀況……菅野小姐輕嘆了一口氣。

「妳跑出新娘休息室以後，都在做什麼？」

「我先躲起來，到處找地方想要換衣服。」

但今天每間宴會廳好像都滿了，她不停地在走廊和廳堂與飯店員工、前往自各的休息室準備的新郎新娘擦身而過。女廁也都擠滿了人，引來注目，她無法久待。

「梳裝打扮完畢的新娘隻身一個人跑去廁所，這確實很奇怪。」

我說，竹中夫人笑了：

「妳也太老實了。只要裝作沒事人的樣子，才沒人會管那麼多。」

菅野小姐走下二十二樓，那裡有討論婚禮方案時來過（被帶來過）幾次的小房間，因爲沒人，她便躲在那裡。

「但周圍是玻璃隔板，所以我鑽進桌子底下。」

但內線電話不時響起，周圍有人匆忙地走來走去，讓她很害怕。

「接下來我就在倉庫或員工休息處等感覺可以躲藏的地方進進出出。」

但沒有地方可以安頓，最後回到不斷在走廊和樓梯間移動的狀態，她疲累之下扭傷腳。

「我以爲上去客房樓層就可以喘一口氣，但沒有房卡，進不去走廊。」

她蹲在樓梯角落，結果被加奈和我發現了。

「在員工休息處的時候，怎麼不脫掉婚紗？」

「那裡太窄了，沒辦法。」

「那廁所也不可能脫了。妳從一開始就打算一個人落跑？」

加奈搶先問了我想到的問題：「難道本來有人要幫妳，卻因爲某些差錯，連絡不上？」青少女的想像遠遠超越我：「難道是妳的男朋友？」

不過很遺憾，她似乎猜錯了。菅野小姐搖了搖頭。

「沒有。我身邊沒有半個人會幫我。」

這句喃喃細語充滿了沉痛。雖然我不認爲她會百分之百坦誠相告，但也不認爲她告訴我們的內容是騙人的。菅野小姐當成救命繩似地緊抱在懷裡的尼龍波士頓包，現在放在腳邊。是黑底小星點花紋，整體形狀就像個汽球，像這樣一看，感覺很有個性。

我指著包包問：「裡面裝著要換的衣物和鞋子嗎？」

她有些驚訝地眨了眨眼：「咦？對。」

「有帶現金嗎？」

「有足夠生活一陣子的一筆錢。」

「如果沒有人可以幫妳，那妳不是也無處可去嗎？」

「呃，我想要去投靠在地方工作的朋友。那裡是觀光區，她從以前就一直邀我去玩，一定願意收留我的。」

但觀光旅行和逃離情非所願的婚姻而去投靠，相差太遠了。

我回頭看竹中夫人：「現在怎麼辦？」

夫人看了看香菸包裝，發現空掉了，一把將它捏扁，說：

「希望她換了衣服趕快走。」

加奈又跳了起來：「怎麼這樣！松子，人家腳受傷了耶，她會跑不掉，被抓回去的！」

「在這裡消磨時間，等到妳們家和對方親友放棄離開就行了吧？」

菅野小姐和加奈的臉一下變得明朗，就好像點亮了燈光。

「可以嗎！」

「對耶！」

唔，也是吧。既然都把人撿回來了，也只能這樣做了。

「妳那髮型不適合平常的衣著，妝也全部卸乾淨吧。」

「謝謝！」

菅野小姐雙手合掌，一再行禮。突然的動作讓脫落了一半的一邊假睫毛垂了下來。

「我們不認識妳，也跟妳無關，所以妳的婚紗不能留在這裡。好了，去『總統廳』看看吧。」

竹中夫人撫平禮服裙襬，「嘿咻」一聲站了起來。

「總統廳」已呈現酒闌人散的情景。

應該坐著新郎新娘的主位不用說，賓客的圓桌絕大多數都空空如也。桌上的鮮花蠟燭和杯盤等也都收走了。但只有距離主位最遠的三張圓桌，原本應該是家屬桌的位置，情緒異常地高漲熱鬧。那裡坐了十幾個二十五到三十出頭的男女，問了一下，全是新娘新郎的朋友。

結果品田家和宮前家的婚宴「由於臨時因素」取消了。新郎的父母出面說明，並退還紅包。

——對撥冗前來的各位真是非常抱歉，請各位享用餐點和飲料再離開吧。

因此三十分鐘前，餐點陸續上桌了。

「親戚和新郎新娘的公司同事大部分都走了。」

「我們或許也離開比較好，但是新郎的父母要我們留下來吃飯……」

「我們覺得拒絕也不好意思……」

開心吃喝的只有男賓，女賓全顯得無精打采。而男賓不停地勸女賓喝香檳紅酒，想安慰她們。

竹中夫人扮演豪邁大方的大嬸，說：

「我和這位（我）是宮前家的賓客。我們是同鄉。方便一起坐嗎？」

請請請——年輕人開始挪座位。夫人制止他們，吩咐送來麵包籃的服務生說：

「把那邊的桌子挪過來，追加三人份的餐點。」

「好的。」

就這樣，座位增加，我們也在桌旁坐下。女賓們看到提心吊膽地坐下來的加奈，一陣騷動。竹中夫人立刻說：「聽說她跟新娘長得很像。她是新娘的表妹，靜香小姐的阿姨的女兒。」

「啊，那是清榮中學部的……」

「對。」

「我們也是清榮的校友。」

「我們是新郎的大學社團朋友。」

「我是同期同事。」

眾人開始自我介紹，竹中夫人主導場子，逐一吩咐服務生追加紅酒、換盤子等等，場子逐漸活絡起來。飯店應該也想快點結束，以媲美速食的上餐速度不斷地將法國料理送上桌，男賓們也將餐點逐一送入胃袋。料理很豪華，但場面宛如五味雜陳、自暴自棄的吃到飽大餐。

「我們完全不知道到底出了什麼事，你們知道嗎？」

聽到夫人的問題，男女賓客互相推諉似地彼此對看。自稱新郎同期同事的波士頓框眼鏡男回應：「我們男生不方便打聽——」

然後他向自稱清榮校友的女賓投以催促的目光。那名女子沒碰餐點也沒喝酒，一直垮著肩膀。她款式簡單的黑色禮服與金色眞珠項鍊相得益彰，表情卻很消沉，眼眶泛紅。

「妳見過新娘了？」竹中夫人問，女子遲疑地點了點頭。

「我們是婚宴後的飯局幹事。」波士頓鏡框男說。「因爲婚禮前還有一些事要確定，所以她有進去新娘休息室，對吧？」

被再次催促，幹事小姐垂下頭去。

「婚禮臨時取消，想想新娘的心情，難怪妳不願多談。這樣沒神經地問妳，不好意思啊。」

硬的不行，那就來軟的。

「靜香實在太可憐了……」

幹事小姐喃喃說，用餐巾按住眼睛。坐在旁邊的清榮女校友之一抱住她的肩膀，表情欲泣。

「這麼說的話，是新郎那邊有什麼問題囉？」

軟完之後，再試著戳一戳。

「是前女友跑來鬧場了。」

新郎的社團朋友說。這個年輕人染褐髮，戴一邊耳環，長得像混血兒。

「然後新郎拒絕不了，在那裡不知道磨蹭什麼，新娘這邊就生氣了。」

磨蹭？家屬休息室傳來的新郎那邊的婦人（八成是母親）說的那句「眞的是一時鬼迷心竅」，讓我耿耿於懷。

「拒絕不了，意思是新郎還喜歡前女友，想要跟人家私奔嗎？」

在場的這些賓客似乎並沒有被知會如此具體的內容，但幹部小姐例外。她低下頭去，就像要逃避我的問題。

「當下風波很快就平息了，前女友好像乖乖回去了。」

波士頓眼鏡男說。褐髮男咬住話尾似地接著說：

「說是前女友，其實也沒有完全分手，簡而言之就是劈腿啦。」

「不要這樣說！」

一名清榮女校友尖聲說，褐髮男揚起眉毛反駁：

「明明是事實，要不然要怎麼說？那個前任是新郎大學研究室的同學，我們也都認識。大家都知道他劈腿，其實都覺得這次的婚事不太妙，感覺是不出所料啊。」

波士頓眼鏡男皺起眉頭：「別說了啦。」

然後他辯解似地說：「新郎已經跟前任完全分了。今天的婚禮新郎也好好拜託過我們，叫大家小心不要讓他的前任知道，眞不知道消息是怎麼走漏出去的……」

另一個清榮女校友點點頭：「而且她是毫不猶豫，直衝休息室。明明就是可疑分子，飯店的人居然就這樣放她進去，太糟糕了。」

「有人在幫前任吧。」

褐髮男表情扭曲，不屑地說。

「覺得前任是被新郎始亂終棄，很可憐，所以暗中替她帶路吧。搞不好那個內奸現在正一臉若無其事地坐在這裡呢。」

眾人的臉都僵住了。波士頓男厲聲說：「你夠了沒！」

「煩死了，你才是少在那裡說漂亮話了！」

「禮金桌的人呢？」銀鈴般的少女聲音突然插了進來。是加奈。「他們不是你們朋友嗎？」

清榮女校友態度僵硬地回答：「他、他們兩個是新郎新娘的朋友，但不同學校，我們不認識。女生好像打擊很大，人不舒服，那個男生送她回去了。」

原來那個埋怨想快點喝啤酒的吊兒郎當男意外地好心嗎？

「要是能因此促成一對佳偶，這次婚禮或許還沒那麼糟。」

「女的恐龍，男的吊兒郎當，算佳偶嗎？」

褐髮男眞的很沒口德。是喝太快了。我平靜地插口說：

「那接下來的飯局應該也取消了，那邊已經處理好了嗎？」

波士頓眼鏡男看我：「已經連絡餐廳了。因爲得支付一大筆取消費，所以新娘的父親直接去餐廳處理了。」

「那就好。」

「我要走了。」

幹事小姐放下桌上的銀製餐具，站了起來。她臉色蒼白。跟她一起的兩個清榮女校友也跟著起身。場子一片尷尬，波士頓眼鏡男也急忙站起來。

「我送妳們。」

他和三個女生一起離開「總統廳」了。趁這個機會，我也催促加奈說：

「這裡只有酒，妳沒有飲料可以喝呢。我們去咖啡廳吧。各位請慢用。」

竹中夫人依然坐著，手在臉旁揮了揮：

「那待會兒見。這裡沒有菸灰缸嗎？酒都喝完了。主餐的肉要上桌了，叫紅酒吧。」

我和加奈離開宴會廳後，發現剛才沒注意到，但「總統廳」旁邊的小房間留下一大堆裝婚禮小禮物的大紙袋。那景象實在說不出的淒涼。

「『行政廳』那邊不知道怎麼樣了。」

加奈腳步放得很輕，走得提心吊膽。那裡的入口對開門關著。她把耳朵貼上門板：

「——什麼都聽不到。」

我苦笑拉開門。好重。只需要拉開十公分偷看就夠了。裡面沒有人。餐具、裝飾品、鮮花都收掉了，地上到處是垃圾。

「看來這邊氣氛也很糟呢。」

「不管提供的酒再怎麼高級，也不可能喝得痛快。」

我們往新郎新娘及家屬休息室的方向走去。鋪地毯的通道沒有人影。「總統廳」還算熱鬧地繼續吃喝，這裡卻是一片空蕩、寂靜。

門上的標示還沒有拿掉。品田家家屬休息室，無人。新郎休息室，無人。宮前家家屬休息室，空的。新娘休息室，無人，不過門邊的長椅上放著東西。一個長方形包袱（裡面應該是和服）、皮革波士頓包和一個大紙袋。

「還有人。」

加奈站在休息室中央，就像在藍天單人房那樣，整個身體邊旋轉邊張望。三面鏡與全身鏡倒映出她的身影。化妝用品也全部收掉了，只剩下面紙盒和化妝棉的盒子。

「我去菅野家那邊看看。」

我留下這句話，先走出通道。盡頭處有逃生梯，以日文和英文標示。

裡面的休息室也是空的。這邊連標示牌都拿掉了，留下隱約的芳香劑氣味。

這處通道旁的空間，有許多地方不是牆面，而是以可動式隔板區隔。是爲了方便根據兩處宴會廳的宴會規模和種類進行調整吧。隔板有些有門，只要有那個意圖，可以輕易闖入。

品田家和宮前家的風波沒有影響到菅野家嗎？今天這一樓舉行的兩場婚禮和婚宴，時程上有一個小時的差距，菅野小姐那邊先，靜香小姐那邊後。但因爲要準備，新郎新娘會提前到會場（我也從經驗上知道這件事）。新娘要提前三到四小時，新郎大概提前兩小時。如果要先拍照，就會更早。「總統廳」和「行政廳」的新郎新娘應該彼此很接近。

原來如此。「總統廳」的準新人在後台發生的意外風波，或許以結果來說，協助了「行政廳」的新娘落跑戲碼。或許最好趁著菅野小姐還在藍天單人房的時候問清楚細節——不，什麼「最好」？有什麼好？今天我是來擔任護花使者的，對於這兩起風波，只不過是旁觀者。

不過對飯店而言，這眞是屋漏偏逢連夜雨。同一樓兩個會場的兩場婚宴，一邊新娘落跑，一邊新郎出包，兩邊都臨時取消。等於是飯店剛開業就蒙上陰影。是不幸的巧合帶來的災難——

我輕嘆了一口氣轉身，這時一道近乎尖叫的女人怒吼聲刺進我的耳朵裡：

「妳在這裡做什麼！」

我跑回前面的休息室，發現加奈怔立在全身鏡旁，前面堵著兩個女人。一個是穿炭黑色套裝的中年婦人，另一個是穿白洋裝搭黑色漆皮高跟鞋的年輕小姐。

「不好意思。」

我加重語氣出聲，兩名女子嚇了一跳回頭。年輕的一個一看就知道是誰了，是靜香小姐。眞的很像她的表妹。不同的只有身高，以及染成栗色的中長髮。

那麼，旁邊的中年女子是母親佐江子女士吧。原來留在休息室的東西是宮前母女的。婚禮和婚宴都取消了，新娘脫下婚紗，新娘的母親換下和服，此外無事可做，正準備回去。

我急忙頷首，對宮前夫人說：「抱歉任意跑進來。加奈說很擔心表姊，所以過來看看是不是還在這裡。」

靜香小姐聞言望向加奈，伸出雙手靠近她：「嚇到妳了，謝謝妳來。」

加奈也握住她的手。靜香小姐想要順勢擁抱，但加奈沒有讓她抱，只是握住表姊的手。

宮前夫人變了臉色，橫眉豎目，嘴唇顫抖。她就像加奈說的，是個美女，但或許是跟女兒站在一起、又或許是因爲今天精神上過於疲憊，看起來不怎麼年輕。

「你是……？」

「敝姓杉村，我受小崎夫妻委託，陪加奈來參加婚宴。」

「陪加奈？」

夫人的聲音沙啞。是因爲先前直到風波平息前，都一直大聲說話的緣故吧。

「你們來做什麼？回去！」

靜香小姐握著加奈的手，小聲說：「媽，不要這樣。」

「妳不要說話！」

聲音慘烈地破了嗓。靜香小姐被那聲音擊垮似地垂下頭，但加奈原本就大的眼睛睜得更大了。

「出去，給我出去！」

宮前夫人扭動著全身，擠出聲音說。她呼吸急促，臉色愈來愈蒼白。

「——你們一定覺得很爽吧？」

休息室空洞的空氣凝結了。

「靜香遇到這種事，你們一定覺得是因果報應，活該對吧？」

「媽，妳在說什麼？」靜香小姐低喃。

「叫妳不要說話！」

夫人應該是想要怒吼，聽起來卻像慘叫。布滿血絲的眼睛射出利光，狠瞪著加奈。

「妳快點回去跟妳媽打小報告吧。妳很想拿我跟靜香當笑柄對吧？好啊，去啊，妳們就母女倆一起捧腹大笑吧。」

加奈連眼睛都沒眨，甚至屏住了呼吸，看起來就像個等身大的少女人偶。

「要笑就去笑吧，我不會認輸的。好了，快滾吧，叫你們滾！」

宮前夫人手中拿著晚宴包。是只比長皮夾大上一點的黑色鱷魚皮包。她不知道在想什麼，冷不防把那個包包朝加奈扔過去。包包沒擲中，砸在全身鏡上，發出巨大的聲響，鏡面一陣晃動。

「媽！」

靜香小姐尖叫，放開加奈逼近母親。宮前夫人踉蹌後退，衝出通道。肩膀撞到我的手臂。

靜香小姐沒有繼續追。她在母親剛才的位置停步，全身虛脫。肩上的肩包滑落腳邊。黑底小星點的圓包包敲在地毯上，發出輕微的聲響。

今天來到飯店以後的一連串風波似乎耗盡了她全部的表情。她沒有哭，也沒有生氣。宮前靜香只是整個人磨耗殆盡了。她的眼睛對著母親跑掉的方向，卻彷彿什麼都看不進去。

靜香小姐杵在原地，她身後的加奈慢慢地蹲下來，撿起宮前夫人的晚宴包，猶豫了一下，把它放在附近桌上。

我走近加奈，摟住她的肩膀。

「我們走吧。」

加奈默默點頭，腳步踏實地走了出去。「再見。」經過靜香小姐旁邊時，她小聲說道。來到大廳時回頭一看，靜香小姐還站在原地，雙手掩面，頭垂了下來。

「行政廳」的落跑新娘從二十八樓的藍天單人房消失了。波士頓包也不見了，茶器銀盤旁邊夾著撕下來的飯店便條紙，和折起來的一萬圓鈔票。打開對折的便條紙，上面是渾圓的潦草字跡：「謝謝」。洗臉台是濕的，洗髮精和吹風機有用過的痕跡。垃圾桶裡有一些剪掉的布標和價格標籤。上面有23.5的數字，似乎不光是衣物，還有鞋子。

加奈回來後就一直沒有說話，只見她坐到床上，結果竟直接仰躺上去看著天花板。

我用客房的電熱水壺煮了水，用迷你酒吧區的茶包泡了焙茶。

「要不要喝點熱茶？」

加奈沒有反應。

「——我想應該很難，但妳阿姨說的話，不可以放在心上。」

就像褐髮年輕人指責的那樣，這些都只是漂亮話，但我認爲還是有必要說出來。

「杉村叔叔。」

「嗯？」

「你結婚了嗎？」

「以前結過婚。是過去式了。」

「爲什麼離婚了？」

加奈左右攤開兩手，下巴對著天花板。

「發生過許多事。」

「你有小孩嗎？」

「有一個女兒，今年就要讀小五了。跟我前妻住在娘家。」

加奈斜著眼珠子看我：「有時候會見面嗎？」

「我們有訂探視日。也常傳訊息或視訊。」

「你是個好爸爸嗎？」

「我努力想要當個好爸爸，但到底算不算得上也很難說。」

加奈應了一聲，沉默了。我喝起焙茶。

「──我媽……」

她盯著天花板說了起來。

「說她二十五歲的時候在婚禮上被新郎放了鴿子，從此以後就再也不相信男人，也沒辦法跟任何人交往。所以一直到三十五歲，才跟我爸結了婚。」

花了十年才總算撫平了心傷。

「是朋友介紹的，雖然不算正式，但就類似相親。我爸離過一次婚，但其他條件都很好。我媽不是很漂亮，但人很踏實。我爸的前妻很浮誇，不愛做家事，因爲這樣才會離婚，所以我爸希望如果再婚，對象是可以勤儉持家的人，所以兩人等於是利害一致。」

「即使相親，也不是能夠因爲利害一致就結婚的。必須彼此投緣、相互欣賞才行。」

加奈的側臉浮現我從來沒看過的頑固線條：

「我媽就是想跟有錢人結婚。她想要讓阿姨好看。」

我刻意沒有反駁。

「她說她到現在都還是不甘心得要命。因爲阿姨對她做出那種事，害她很晚才結婚，也很晚才生小孩，生我的時候，還有養我的時候，體力都快負荷不了了，所以才放棄生第二個。她還說等我長大結婚生小孩的時候，她都已經變成老太婆了，搞不好等不到抱孫子就死了，讓她光是想到就不甘心得要命。」

——我只想叫她把我的十年青春還給我！

「她說，她絕對無法原諒外公外婆那時候一直說小孩很可憐、要以小孩爲重，只會替阿姨說話，完全不責備阿姨。雖然他們都已經去世了啦。我媽沒去參加喪禮，也從來沒去墳前上香。」

聲音單調，語氣沉靜。

「我外公在我媽結婚的前一年死掉了，但外婆在過世以前，躺了好幾年。所以阿姨一知道她姊夫很有錢，就好幾次跑來要錢，說照顧父母很辛苦，叫我媽應該也要出錢。」

我純粹好奇地問：「妳媽出錢了嗎？」

「我爸出錢了。」

——畢竟還是岳母，不能不理。

「今天的婚禮如果順利，一定非常盛大對吧？」

「我想是。從桌數來看，好像也請了很多賓客。」

「阿姨應該沒那麼多錢，是男方很有錢嗎？那阿姨一定更不甘心了。」

「婚禮雖然取消了，但婚事是不是告吹，還不知道啊。」

加奈輕笑：「怎麼可能？姨丈不是在吼說不結了嗎？」

我要把靜香帶回去！——唔，說的也是呢。

「這次阿姨他們有資格向男方要求賠償，幸好對方是有錢人。」

雖然我看不見，但天花板上有什麼東西嗎？某種令人作嘔的東西。骯髒的東西。忌諱的東西。

加奈是在注視著它嗎？門鈴響了。開門一看，竹中夫人站在門外，一手拎著脫下來的鞋子，腋下夾著拐杖，滿臉開懷。

「喝太多，腳都浮腫了。好了，我們打道回府吧！」

5

順利護送竹中夫人和加奈回家以後，我的任務結束了。領到了一筆不小的酬金。因此我沒有主動打探，後來過了一個月以上，才得知宮前靜香的婚事會告吹的原因。

星期天下午，我正在寫從蠣殼辦公室承包的案子的報告書，接到竹中夫人的電話。

「靜香小姐特地來打招呼，杉村先生也過來露個臉吧。」

我從玄關進去竹中家，媳婦二號將我領到會客室去。

穿過飯廳時，我又聞到令人垂涎三尺的香味。可能是饞相寫在臉上了，媳婦二號抿嘴一笑：

「在煮關東煮，晚飯過來一起吃吧。」

我臉紅了：「簡直像非洲飢童，讓妳見笑了。」

今天竹中夫人穿和服。是風格沉穩的大島紬和服。夫人吐出的煙霧另一頭是宮前靜香的臉。她變瘦了，下巴變尖，髮型整個剪短了。身上的套裝就像求職生一樣樸素，如果換成制服，可能會讓人誤認爲是加奈。

她從沙發站起來，深深地向我行了個禮。我連忙制止：
「沒必要向我行禮啊。」
「不，前些日子讓你看笑話了。」
整體算不上有精神，但聲音還算穩定。
「也害加奈難過了，我眞的很想當面跟她道歉，但上門打擾，對佐貴子阿姨過意不去。」
我正疑惑她們在學校不是可以見面嗎？竹中夫人插口：「靜香後來辭掉清榮學園的工作了。」
「我原本打算即使結婚，在有小孩以前也要一直工作。」
但周圍的人出於關心，不敢刺激她半點，讓她覺得如坐針氈，決定離職。
「……眞是難爲妳了。」
雖然是陳腔濫調的安慰，但我也只能這樣說。
「不過撈到一大筆賠償金，可以好好休息一陣吧。」夫人說。
原來金錢方面的賠償順利解決了嗎？太好了。
「恕我訂正，這種情況不能用『撈到』形容，這是宮前小姐正當的權利。」
「幹麼這麼斤斤計較？」
聽到竹中夫人和我鬥嘴，靜香小姐微笑了。是沒有什麼色彩的黑白微笑。
「乾脆去環遊世界，轉換心情如何？」
「是啊，這種錢或許最好花掉，才能去霉氣呢。」
淡淡地這麼說的她顯得異樣寒冷，雖然櫻花盛開的季節都已經過去了。
我也曾經遭到發誓攜手共度一生、付出愛情與信任的伴侶背叛。這種創傷恐怕一輩子都不會平復。止血了、不再劇痛、變得不那麼顯眼，但依舊不會痊癒。創傷不會變得更深，卻無法忘懷。

讓自己逐漸習慣，還是切割開來？應對方法因人而異。我因爲有女兒，不可能完全切割，選擇了一半習慣，一半假裝忘記。但宮前靜香還很年輕，眞正的人生才剛要開始——我正這麼想，不知不覺竟脫口說道：「我知道一個案例，有位和在外有小三的丈夫熟年離婚的女士，用分到的三百萬圓財產爲本金，開始投資股票，大賺一筆。她成了非常成功的炒股達人，過世的時候，爲兒子留下了令人瞠目結舌的財產。」

被兩個女人直盯著看，我尷尬起來。

「就是呃，人生是禍福相倚啊。」

「老生常談呢。」竹中夫人吐出煙來。

靜香小姐說她幾乎是一個人到處向那天主要賓客道歉。我很吃驚。居然只有當事人一個人？

「不過我爸那邊的親戚都交給我爸處理，好朋友都是爲了我來的，他們還反過來打氣。」

「佐江子在做什麼？」竹中夫人語氣有此責怪。「妳媽就這樣丟下最難受的寶貝女兒不管嗎？」

靜香小姐難以回答地支吾其詞，竹中夫人更進一步逼問：

「我從以前就聽佐貴子提過，知道妳媽的事。今天妳遇到跟妳阿姨一樣的事，佐江子更應該要好好關心妳才對，然而她在做什麼？居然讓妳一個人到處去賠罪？」

我以前在大企業集團總帥的岳父底下擔任社內宣傳雜誌的編輯，頭銜雖然是公關，但沒有受過正式公關訓練，所以不知道這種時候該如何打圓場，只好僵在原地。

但靜香小姐並沒有沉下臉來，只是眼神深處有了一絲動搖。

「我媽這個人很脆弱。」

她語調平靜地說。

「她的心情勉強是平靜下來了，但身體撐不住，很容易就會病倒，勉強出來走動讓人擔心，所以我一個人反倒好。」

她說。

「這次的事讓我媽也想起了從前，整個人鬱鬱寡歡。她一直哭，說事情會演變成這樣，都是因果報應，是她害到我了。」

我想起激動地扔出晚宴包，咒罵加奈的宮前女士。因果報應。那時候她也這樣大叫。

「不對！」竹中夫人更加怒氣沖沖。「妳媽是妳媽，妳是妳。」

「是的。」

靜香小姐點點頭，眼神稍微明亮了些。

「阿姨說的沒錯。可是，我媽似乎怎麼樣就是擺脫不了這種念頭，所以我對她說——」

——好吧，那就當做因果報應吧。所以這樣就結束了吧？

「媽過去做的事情，報應在我身上了，這樣就扯平了——我叫她要這樣想。」

——媽，不要再被過去綁住了。

「我媽惡狠狠地傷了自己的姊姊得到的婚姻，也沒能維持多久。對於和我父親的第二段婚姻，其實她也很不滿。我父親沒辦法給她想要的富裕生活，也沒有小崎姨丈那樣的社經地位。但是，選擇了我父親再婚的是我媽自己，不是誰逼她的，因爲她沒有自信一個人把我養大，不想當單親媽媽，才決定再婚的。」

她說得很果決，近乎刻薄。

「我媽的人生，是一連串的不滿。但這些都是她自己的選擇。」

想要跟姊姊較勁，卻也私下滿懷罪惡感，擔心報應總有一天會到來，但又拉不下臉去道歉。後悔如影隨形，同時每當拿姊姊和自己的人生相比，就嫉妒煩躁得撕心裂肺。

那是誰說的話去了？我想了起來。每個人都是獨自一人在時間的長河中划舟前進，因此未來總是在背後，放眼所見的全是過去。沿岸的景色一旦遠去，自然便會從視野中消失。即使遠離了仍不會消失的景色，那不是眼中所見，而是烙印在心田。

「我媽真的很不幸，但這些不幸都是她自找的。如果能夠讓我媽醒悟，洗心革面，那麼這次我的婚事告吹，或許未嘗不是件好事。」

因為接受了因果報應，而得以清算過往。

靜香小姐沒有激動，平靜地繼續說著：「但就算是這樣，也不能逼迫佐貴子阿姨說事情扯平了、別再計較了。這是兩碼子事，我希望我媽總有一天可以真誠地向阿姨道歉。即使不知道對方願不願意原諒，我認為我媽還是應該要道歉，做個了結。」

竹中夫人的嘴角撇了下來。夾在指頭的菸變短了。

「這……是啊，妳說的完全沒錯。」

靜香小姐望向我，我也用力向她點點頭。

「謝謝。我們談了很多次，我媽似乎也總算瞭解了——」

「所以才病倒了嗎？」夫人急忙點掉菸灰，苦笑道：「就像小孩子用腦過度就會發燒嗎？」

「啊，說的也是呢。」

來到這裡之後，宮前靜香第一次露出笑容。

「我也決定趁這個機會搬出家裡，獨立生活。我要一邊找工作，順便找住的地方。」

「那筆賠償金可以派上用場呢。」

這是比其他揮霍方式都更有意義的用法。

「公寓要找保全完善的地方喔。如果遇上什麼困難，隨時都可以來找這個杉村先生。別看他這樣，他可是個私家偵探。」

夫人把私家偵探跟排除障礙的雜工混爲一談了。

「如果眞的遇上什麼困難，我再麻煩你，但我要離開東京……」

靜香小姐說堂兄在神戶成家，她和堂嫂感情很好，打算去那裡生活。

「好主意。神戶是個很棒的地方。」

「等我安頓下來，再寫信給加奈。前些日子我先打電話給小崎姨丈道歉，她說把信寄到店裡，他可以替我轉交給加奈。」

——老實說，我自己也搞不清楚我到底喜不喜歡靜香。

加奈之前這麼說。這對表姊妹的關係是否會繼續維持下去，還在未定之天，但也不是必須現在就釐清的事。時間會決定一切。

「讓大家擔心，造成困擾，眞的很抱歉。我會趁這個機會轉換心情，開創新的人生。」

不到宣誓這麼鄭重其事，宮前靜香如行雲流水般自然地說道。

戀情破局的時候，只要收拾好心情，女人比男人振作得更快，不會哭哭啼啼地放不下過去。我自認爲瞭解這樣的差異，但即使除掉這一點，我的心中仍留下了一絲疑問。這是我的天性，還是初出茅廬的菜鳥偵探會有的習性？

因此靜香小姐告辭時，我順帶一問：

「東京海灣榮耀塔的結婚方案裡面，有新娘美體保養那些，宮前小姐也有利用嗎？」

靜香小姐的動作頓時停止了。
「有的，因爲飯店很推薦。」
這句回答不似先前的平淡，感覺接近僵硬的讀稿。
「那麼，也有機會認識同一天辦婚禮的其他新娘子呢。」
我注視著她，她也回視著我。那張表情沒有任何表示。聽到這種莫名其妙的問題，卻沒有任何驚訝或困惑的反應，我覺得這本身就已經回答了一切。
「這樣啊。哦，抱歉，我想到以前自己結婚那時候。我妻子和當天不同時段辦婚禮的新人變成好朋友，還彼此打賀電呢。我們跟那對夫妻到現在都還是好朋友。」
「是前妻。」竹中夫人立刻訂正。「杉村先生離過一次婚。他的人生也是驚濤駭浪，很可觀。」
宮前靜香微微張大眼睛。與加奈一模一樣的眼睛微微發亮，就像在打量我這個人。
「我現在過著平靜的生活。」我說。「工作很有意義，也很期待女兒的成長。宮前小姐，希望妳也能幸福。祝妳順利。」
她的眼神變得柔和，從我身上移開，接著優雅地行了個禮，轉身離去。
竹中夫人送她到玄關，我留在客廳。不出所料，夫人一個人折返時，把拖鞋踩得啪噠啪噠響。
「你剛才爲什麼那樣問？」
她激動地催促。
「你說其他的新娘怎麼樣，是想到什麼嗎？」
「噯，請先坐下來吧。」
其他的新娘不可能還有別人，就是「行政廳」的菅野美月。

「同一天在同一家飯店的同一個樓層，幾乎在同一個時間舉行婚禮的兩名新娘，一個在婚禮前一刻落跑，另一個因爲新郎的醜事而告吹，這實在太巧了。應該只是巧合吧。但其實我一直耿耿於懷，懷疑眞的只是巧合嗎？」

總覺得其實另有隱情。

「我會這麼懷疑，其實也沒有什麼大不了的根據。都是些瑣事。」

第一點，菅野美月穿著婚紗躲在二十八樓通往客房樓層的樓梯間。

「她連換穿的衣服都準備好，要落跑了，卻無頭蒼蠅似地跑了許多地方。」

她漫無計畫地躲在員工休息區，或是在通道、樓梯跑來跑去。

「她說一個人沒辦法在狹窄處脫掉婚紗，那麼一開始在廁所換衣服的計畫就說不過去了。」

事實上是不是另有計畫？

「那個時候加奈問是不是有人幫她，但因爲計畫生變，連絡不上幫手。雖然菅野小姐否認，但我想其實是被說中了。」

「你是說，原本預定有人暗中牽線，讓那個新娘偷偷換衣服逃走？」

「對。但計畫並不順利，所以她才會四處亂跑。」

竹中夫人苦著一張臉沉思，然後抓著沙發扶手站起來，走近紫檀酒櫃。

「已經三點多了，又是星期天，小酌一杯也沒關係吧。」

她說，取出白蘭地和兩只酒杯。

「然後呢？快點繼續。」

琥珀色液體倒入杯中，飄散出一縷芳香。

「第二點是宮前靜香小姐那邊的問題。她們這邊的關鍵也是『牽線』。那天在那場氣氛嗨得莫名的餐會上，新郎新娘的朋友不是說了嗎？」

大部分的朋友都知道新郎跟前任沒有斷，因此大家都很小心別讓前女友得知婚禮的日期和場地，消息卻不知怎地全走漏光了。

「而且前女友不是到處找人，被職員發現，而是直搗黃龍地直闖新郎休息室。眾人猜測，應該是有前女友的朋友在暗中牽線。」

夫人將酒杯遞給我。高級酒杯的重量握起來很舒適。

「我也認爲有這個可能。因此後來我和加奈一起去了休息室，遇到靜香小姐和宮前夫人——」

「咦，我怎麼沒聽說？」

「松子妹妹」的表情像在嗔怪「眞不夠意思」。

「抱歉，因爲當時鬧得有些不愉快，就沒告訴房東太太了。而且重點不是見到她們兩個，而是當時靜香小姐揹的肩包。」

花色和落跑新娘菅野小姐緊抱在懷裡的尼龍波士頓包一樣。

「是黑底小星點花紋，造型就像顆汽球，非常特別。是同一個牌子的肩包和波士頓包。這也不是巧合，我認爲應該是成組的。」

旅行包常會有這類組合。

「然後，我們回到二十八樓的藍天單人房時，菅野小姐已經離開，波士頓包也不見了，但垃圾桶裡丟著一些標籤。是衣物和鞋子的標籤。」

「意思是全是新買的？」

「對。如果是菅野小姐自己準備的東西，會全買新衣嗎？把平常穿的衣物塞進包包就夠了。」

竹中夫人在臉前搖晃著白蘭地酒杯，歪著頭說：

「會不會是想要變裝？」

「也是有這種可能性——」

因爲逃走的時候，如果做出和平常的她迥然不同的打扮風格，應該更不容易被追兵發現。

「不過我敢打賭，當天菅野小姐沒辦法帶進多餘的行李。」

因爲貪婪無情的她的父母，應該也會緊盯著她，防範她跑掉。

「她身上有現金呢。」夫人說。

房間桌上除了道謝的紙條外，還有一張萬圓鈔票。

「啊，錢也裝在那個波士頓包裡。然後那個包包的花色跟靜香的一樣——」

一加一總算變成二了嗎？夫人哽住了：「——這是說，是靜香準備了那個波士頓包？」

沒錯。她把自己的東西給了菅野小姐。

「順理成章地推論，就是這樣。」

「爲什麼？爲了讓那個新娘逃離想要梅開三度的老色胚？」

「事實上我們也因爲同情而把她藏起來了，靜香小姐應該也是吧？」

「所以你剛才才會問什麼去飯店美體保養，有機會認識其他新娘。」

「她沒有正面回答，但也沒有否認。」

竹中夫人露出讚嘆的表情，我開心起來。

「不過，我想靜香小姐不是因爲同情才幫忙菅野小姐的。」

她也有好處。因此波士頓包裡面裝的東西，正確地說應該是「報酬」。

「什麼報酬？靜香拜託那個女生什麼事嗎？」

「妳想不到嗎？」

竹中夫人鼓起臉頰，舌頭在裡面鑽來鑽去，接著張大了嘴巴：「難道——」

「沒錯。」

「可是——這再怎麼想都太離奇了吧？」

夫人拿著酒杯，上半身用力朝我探過來，白蘭地劇烈地搖晃。

「靜香透過那個女生，把消息洩漏給未婚夫的前女友嗎？為了讓前女友來破壞婚禮？」

我耐心地訂正：「爲了中止和未婚夫的婚事，她拜託菅野小姐，把婚禮的事洩漏給前女友。並且很有可能煽風點火，教唆前女友說只要豁出一切挽留，一切都還來得及。」

竹中夫人瞪圓了眼睛：「這太荒唐了！幹麼花心思這樣精心布置？不想結婚的話，直接跟對方說不就行了——不過，她本來就不想結婚嗎？」

「男方身邊的朋友都知道新郎有個還沒分手的前女友，對這場婚事提心吊膽呢。就算靜香小姐早就知道男友劈腿，立下決心不結婚了，也是很合理的事。」

我得辯解一下，雖然我本身是個木頭人，直到前妻向我攤牌前都沒有發現婚姻瀕臨危機，但女人對這種事情應該更敏感。

竹中夫人眼睛依然瞪圓地生氣說：「既然這樣，何必等到結婚當天，早點取消就行了啊！」

接著她忽然住了口：

「啊，可是這樣的話，就變成靜香要賠償男方了嗎？」

「不不不，婚事告吹，原因是男方和前女友，所以靜香小姐還是有權利要求賠償的。」

「那不就沒有顧忌了嗎？」

我也是對此感到疑問，才認爲這個假說不成立——直到剛才聽到宮前靜香的話爲止。

「靜香小姐是想要取消婚禮，同時藉此解開母親身上的詛咒。」

她刻意製造出讓宮前佐江子認爲是自己過去的惡行報應在女兒身上的狀況。

——這樣就扯平了。

「她想讓佐江子女士放下過去。剛才她不是親口明白地這麼說了嗎？」

竹中夫人陷入啞然。我有些自鳴得意。也是這種時候，讓我覺得做這一行很有成就感。不，這件事並不是工作。

「就像菅野小姐必須在當天變成落跑新娘，靜香小姐也想要在當天變成悔婚新娘。對她們兩個來說，都絕對有必要在那個時間點讓婚事告吹。」

爲了達成目的，兩個不幸的新娘私下聯手。

「搞不好辦婚禮的樓層和時間一樣也不是巧合，是因爲她們巧妙的操控。」

竹中夫人拿著酒杯，整個人靠到皮革沙發上。我拿起桌上的酒瓶。

「要幫妳倒酒嗎？」

「給我滿滿一整杯。」

片刻之間，兩人默默地品嚐白蘭地。

這間客廳沒有裝飾東尼的畫作。據說是竹中先生氣呼呼地反對：「你畫的東西莫名奇妙又恐怖，不許掛在這裡。」點綴牆面的是畫著荒川沿岸景色的水彩畫。夫人出神地望著那幅畫作，開口：「我說啊……」

「什麼？」

「後來過了兩天，我接到小崎那邊的電話。不是佐貴子打來的，是她先生。」

——抱歉這麼晚才來道謝，加奈謝謝妳照顧了。

「然後雖然是第三手傳聞，但我大概知道是怎麼一回事了。靜香男友捨不得跑到現場的前女友，你知道他做了什麼嗎？」

不是想要和前女友私奔，前女友也沒有當場哭喊吼叫、抓住新娘大罵，或是攻擊新娘。

「──他們在新郎休息室裡搞起來了。」

這次換我睜圓了眼睛：「什麼？」

「我是不知道他們怎麼會沖昏了腦袋，反正就是搞起來了。然後宮前先生剛好來探望自己的東床快婿，撞見了這一幕。」

我一陣天旋地轉，是白蘭地的醉意上來了嗎？

──眞的是一時鬼迷心竅。

這能用這種話開脫嗎？

「太蠢了吧。」我說。

「眞的很蠢。」

說完，竹中夫人噗嗤一聲笑出來。

「我好像懂了。因爲前女友不是一哭二鬧三上吊，而是搞出那種蠢事，所以才沒有演變成靜香期待的雞飛狗跳，菅野小姐的落跑計畫也才無法順利執行吧，是嗎？」

原來如此，我也漸漸懂了。

如果靜香的男友和前女友上演「我還是無法離開你」、「我們要一起走」、「不要拋棄我！」「我最愛的還是妳」這類灑狗血戲碼，親朋好友都會驚訝地聚集過來，休息室就在旁邊的菅野家也會關心出了什麼事。如此一來，菅野小姐就可以趁著這場混亂脫下婚紗，換上當天靜香小姐事前交給她（或偷偷放在新娘休息室）的波士頓包裡的衣物，從走廊盡頭的緊急逃生梯逃走──

原本是這樣的計畫，然而現實上靜香小姐的男友和前女友卻做出發現的人都不願張揚的醜事來，目擊現場的人，反應也和預期中的不同，因此菅野小姐只好穿著婚紗就這樣跑掉。

「不過有我們伸手搭救，算那個女生好運。」

「房東太太眞的很慷慨。」

也多虧了無法原諒老色胚的加奈幫忙說項。

「這兩個新娘，往後沒問題嗎？」

菅野小姐那邊後續如何，已經無從得知了。只能祈禱她一切順利。

「雖然也有可能菅野小姐對我們說的全是謊言。」

「拜託，不要對我的感動澆冷水。」

竹中夫人已經醉了。她埋怨說被靜香小姐擺了一道，大大地打了個嗝。

「不過等一下，把消息洩漏給前女友時，是用電郵吧？會保留下來吧？不會事後被發現？」

只要使用免費信箱，用完就丟就行了。

「但爲了預防對方進一步調查，靜香小姐還是拜託菅野小姐這個毫無關係的人代勞，而不是自己假冒身分寄信吧。」

畢竟不僅要支付婚禮和婚宴費用，還有一大筆賠償金，難保傻新郎的家屬不會進行調查。再怎麼小心都不爲過。

「我倒是很好奇菅野小姐的婚紗和高跟鞋放到哪裡去了。」

「唯獨這一點，也無從得知呢。就算問飯店，他們也不會說吧。」

是湮滅證據——竹中夫人又笑了。

「杉村先生，再多喝點吧。今天請你吃晚飯，開飯前你可以躺在這裡休息。」

「那麼我就不客氣了。」

這天晚上圍著竹中家的大餐桌享用的關東煮，美味滲透五臟六腑。

後來過了幾天，事務所接到電話。是之前莫名其妙討厭準女婿的委託人打來的。雖然他與之前不幸的兩名新娘無關，不過都牽扯到婚事，這倒是共通之處。

他直截了當地告訴我說謎團解開了。

「問題不在我女兒男友身上，而是我。」

他說準女婿和某人雖然完全沒有親戚關係，卻長得非常像。

「他長得跟超過三十年以上、我剛進公司的時候惡狠狠地欺凌過我的直屬上司一模一樣。」

他說當時受到的欺凌非常惡質，如果在今天，都可以向公司法務部門提出控訴了。

「我拚命忍耐了三年，終於等到調動，後來就把這件事忘得一乾二淨了。因爲實在太難受了，我把它從記憶切割開來，封印起來了呢。我和內子話當年，翻著相簿，看到當時的員工旅遊照片，一下子全想起來了。」

有趣的是，他把這件事告訴太太，太太很訝異：

——哪有你說的那麼像？

「所以我決定釋懷了。我要相信女兒眞的遇上了她的眞命天子。」

繼續划著小舟吧！划著小舟，向明天前進吧！

「恭喜。」

「謝謝你幫忙。」

令嬡接下來應該要挑婚宴會場，不過東京海灣榮耀塔似乎有些不太吉利——我沒有多嘴這些，掛了電話。

沒有昨日，就沒有明天

1

我賃屋而居的竹中家是三代同堂的大家庭。至於爲什麼，我沒有問過理由或經緯。主動打聽很冒昧，也一直沒有機會聽他們提起。

竹中夫妻有五個孩子，依序是長女、長男、次男、次女、三男。夫妻倆都即將步入古稀之年，但即使是他們這年代，生五個孩子也是相當少見的吧。

五名兄弟姊妹當中，上面三個結了婚，也有了孩子。他們依序搬進這個家，然後房屋便跟著增建或改建，因此現在的竹中家結構變得宛如迷宮。竹中夫人說，約三年前完成現在的結構與外觀時，甚至有家次文化雜誌前來採訪。

「說要做『東京奇景百選』特輯，有夠沒有禮貌的。」

儘管嘴上這麼說，夫人卻也頗感受用，但丈夫竹中先生勃然大怒，最後沒有登上雜誌。我覺得很可惜。

當家夫妻底下，長女夫妻年約四十五，有兩個孩子，長男夫妻跟我一樣四十歲前後，有三個孩子，次男夫妻三十多歲，有一個孩子。除了這些成員以外，還有已經不知道在美大留級多少年的三男，和兩名定時來上班的女傭。次女和三男關係很好，但與此外的家人，似乎因爲種種理由發生衝突，目前離家出走，我也只跟她打過一次招呼。

三男冬馬——綽號東尼，在廣闊複雜的竹中家與我較近的地點起居，有時也會幫忙我的工作，我們相當親近。身爲家中一員的他，把父親竹中先生稱爲「初號」，大哥叫「一號」、二哥叫「二號」，嫂嫂們則叫「媳婦一號」、「媳婦二號」，因爲簡單明瞭，我也忍不住採用這種叫法（當然，對本人不會這麼叫）。不過這樣的稱呼畢竟還是不太禮貌，近來我都留意改口。附帶一提，竹中夫人則是比喻爲漫畫《海賊王》的角色，稱爲「BIG MOM」。我不知道那是什麼樣的角色，也只有這個稱呼，即使是在心裡，也沒有用過。

三一一大地震以後，社會上出現重新反省家庭價值的聲浪，並宣傳比起核心家庭，與爺爺奶奶一起同住，對小孩的情操品德教育更有幫助。但即使沒有這些潮流，竹中家很早就開始三代同堂，並延續至今，雖然偶爾好像也會吵吵架，但大致上都處得很好（除了次女以外）。由於竹中家是大資產家，家境富裕，不過這麼多人生活在同一個屋簷下，普通應該會有更多的衝突與磨擦，因此這一大家子算是相當投緣的吧。看在第三者的我眼中，覺得這是個難得的幸福家庭，也深感羨慕，不過也因爲如此，一想像離家出走的次女是什麼心情，更感到難過，不過這應該是多管閒事吧。

大地震之後過了一年，畢業與開學的季節到來了。核電廠事故一觸即發的時候，竹中家所在的都內北部這一帶，也完全無法想像一年後能恍若無事地舉行畢業典禮或入學典禮。我和東尼一起擔任竹中家孫輩的攝影師，內心再次感謝不顧生命進行善後處理的救災人員。一號夫妻的長女小學畢業，二號夫妻的獨子則是要上小學，東尼負責拍照，我負責錄影。

一開始是因爲一號夫妻長女的畢業典禮當天，竹中一號要出差，一號夫人一個人沒空錄影，所以呼叫我幫忙，不過我們在討論的過程中，二號夫妻也來邀請我們蒞臨了（東尼的說法）。

「我們很不會拍照跟錄影。」

一號長女畢業的小學，和二號獨子要就讀的小學是同一家公立學校。一號長女是私校落榜才進去公立學校，但實際進去一讀，發現是一所很不錯的學校，因此二號獨子從一開始就決定要進那所公立學校就讀。不過，兩個小孩從幼稚園起便就讀私校的竹中長女事事干預，而且語氣刻薄，有段時期東尼為此相當憤慨：

「我大姊就是個惡魔。對於不聽話的人，她只有滿滿的敵意。」

幸好二號夫人為人爽快明朗，不管大姑說什麼，都「好好好」地帶過，才免於橫生風波。二號獨子滿臉笑容地結束入學典禮，順利成為小學一年級生了。

我有個女兒，和前妻住在一起，除了固定的探視日以外，偶爾傳訊息和視訊連絡總是讓我期待萬分。她叫桃子，今年春天升小五了。

桃子就讀的私校，是竹中一號長女落榜的學校。所以為一號長女擔任攝影師時，我也特別留意千萬避免提起自己的女兒。不過為二號獨子錄影時，就不必顧慮這些，面對一群新鮮得發亮的小一生，桃子的回憶不斷地湧上心頭，我拿著攝影機，好幾次眼眶噙滿了淚水。

二號獨子名叫小翼，剪得圓圓的短髮有著天使光環，眼睛渾圓，長得非常可愛，而且不怕生。他跟叔叔東尼很要好，這次的機會，似乎讓他也喜歡上我這個叔叔了。可能是因為竹中二號夫人是個推理小說迷，小翼知道我從事「私家偵探」這個可疑的行業，而且懷有正面觀感。

「私家偵探帥斃了！」

不不不，不可以在學校跟新交到的朋友說這種話喔……我擔心地守護著他的小一生活，結果在四月底的時候，我站在竹中家玄關和竹中夫人說話時，小翼帶朋友回家了。是一群朋友，三個男生，兩個女生。現在的書包款式豐富，顏色和細節設計都不相同。不過從以前就不變的是，揹起來對小一生實在太大了。看著戴黃色帽子、被書包壓著的小朋友們，我的淚腺又快鬆了。

小翼好像在聊遊戲的事，熱切地說什麼東西怎麼做就會進化成什麼，所以如何如何。

竹中夫人招呼：「小翼，你回來了。」

「奶奶，我回來了。」

朋友們和小翼道別時，揮著手說：「拜拜，迷宮。」

「迷宮，明天見。」

小翼也揮手：「拜拜！」

竹中夫人說：「路上小心喔。」

朋友們說：「好！再見！」

好像只有我一個人吃了一驚。

「小翼，你朋友叫你迷宮嗎？」

小翼點點頭，頭髮上的天使光環閃閃發亮：「嗯！」

「爲什麼？」

「因爲我們家就像迷宮！」

原來比起寄住家中的私家偵探，這個話題更讓小朋友感興趣。

「那些小朋友來我們家玩的時候，被這棟房子嚇到，開心極了。一夥人吵吵鬧鬧地四處探險。」竹中夫人也笑道。「幸好沒有把這裡說成鬼屋。」

我也一起笑了，但回到自己的住處後，卻再也克制不住淚水。我的桃子，朋友們都用什麼綽號叫她？我好想親耳聽見女兒被朋友叫綽號。

二〇一二年的黃金週連假因爲日期的關係，一般上班族只要在五月一日和二日請假，就可以湊成九連假。竹中長女的丈夫和竹中一號二號雖然往後可能會有人來繼承父親的資產管理公司，但現在三個人都是上班族，因此很久以前就在與家人討論連假要如何安排。竹中夫妻也計畫一起出國旅行，東尼預定和美大的朋友去集訓。

至於我怎麼會知道這些事，因爲竹中家沒人的時候，租賃房屋一隅的我就是保全。每天要打掃一次建築物周圍和庭院，收郵件報紙並保管，如果有宅配就要簽名代收，若是社區傳閱板送來，就要再傳給鄰居。報酬是食材。生活拮据的我，這樣的實物酬勞非常寶貴。

竹中家的女人廚藝都很好，因此冰箱隨時都有冷凍咖哩、濃湯、做好冰存的副菜等等，所以我可以當起一人美食家。去年九月的三連假第一次負責這項保全業務時，他們說著「請用」交給我的冷藏包裡居然有好幾種配菜和霜降牛排肉，我眞是既開心又不好意思，對著當時竹中全家一起去玩的北海道度假勝地的方向行了個最敬禮。

雖然租借的是獨立空間，但這等於是讓一個陌生人搬進同一個屋簷下，因此搬進來時，我向竹中夫妻說明了自己的來歷。我大學畢業後做的是兒童書編輯，戀愛結婚的對象是今多財團這個超大型企業的會長的獨生女（不過是在外面生的），因此我也進入岳父的公司工作。離婚的責任在妻子身上，我本身並沒有大過（雖然夫妻之間的溝通確實不夠）。我認爲女兒桃子應該跟母親一起生活，因此放棄了親權。

竹中先生默默地聆聽，但竹中夫人大剌剌地問：

「你沒有要賠償金嗎？」

對方開了個大數字，但我將那筆錢全數拿去當做桃子的教育費了。

「因爲我沒有自信往後能夠支付每個月的教育費。」

「你也太傻了。」竹中夫人笑了出來。「有今多財團做後盾，就算天塌下來，桃子也絕對不可能缺錢，你根本沒必要付教育費啊。」

結果竹中先生說：

「這不是有沒有必要的問題，是做父親的責任問題。」

對於這話，竹中夫人完全沒有反駁，這讓我看見他們的夫妻關係，以及竹中先生的爲人。我忘不了當時的這段對話。

四月二十八日起的黃金週開始後，竹中家的成員便一個個出發度假，然而只有一號一家人，因爲三個孩子沒有人想要學校請假，放棄了九連假。他們把假期分開，二十九日和三十日去東京迪士尼度假區住了一晚，後半的四天去箱根溫泉旅行。所以我這個保全完全一個人看家的時間，就只有二十九日晚上和五月三日到六日下午而已，不過五月二日中午過後，竹中一號夫人來按門鈴了。

「杉村先生，不好意思，今天傍晚大概五點左右，可以請你撥點時間給我嗎？」

對我來說，竹中家的長女和媳婦們等於是客戶太太，因此我總是畢恭畢敬。也許是我的努力有了回報，感覺她們並不排斥我。不過我沒想到她會跳過竹中夫人，直接跑來找我。

雖然不知道是什麼事，但也不能拒絕。不知幸或不幸，這場連假當中，我自己的事務所沒案子，也沒有接到「蠣殼辦公室」外包的案子，因此二話不說答應了。

一號夫人以沙啞的嗓音說：

「謝謝。那等有紗回來，我再來按門鈴。」

有紗是我在小學畢業典禮擔任攝影師的一號長女。她國中考上第一志願的私校。

一號家有三個孩子，除了有紗以外，底下還有讀小五的弟弟和讀小三的妹妹。弟弟妹妹考上有紗落榜的私校，就讀那裡。竹中夫人說，有紗好像因此感到相當挫敗。

有紗讀的公立小學是一所不錯的學校，校園生活本身很快樂。畢業典禮上，她淚流滿面，捨不得與老師和同學分開。但是只要回到家，就會和弟妹互相比較，動輒想起私校落榜的事。雪上加霜的是，（東尼口中的）「惡魔」竹中長女——有紗的姑姑又會對她酸言酸語，因此這六年似乎讓她壓力很大。

國中考上理想的私校，有紗總算可以擺脫這種壓力了。連第三者的我都爲她慶幸。

但既然會說「等有紗回來」，看來一號夫人要談的事，和有紗及她的學校有關。感覺就好像連假的藍天一隅冒出一小塊烏雲，我坐立難安地等待門鈴響起。

五點十分有了連絡，一號夫人說會帶有紗過來這裡。我還以爲我會被叫去，因此急忙收拾狹小的事務所兼住家。幸好我每天都有吸地板。

一號夫人竹中順子女士是個身材苗條的美女，完全看不出來有個讀國中的女兒。皮膚黝黑，是打網球曬的吧。這也是來自竹中夫人的消息，或者說埋怨：

「順子也眞是的，打網球打到手肘都壞掉了，眞不曉得在想什麼。」

有紗目前就像是母親的迷你版。稍長的鮑伯頭和母親也很像，顯示她們母女感情應該很好。小學畢業典禮時，她說她上國中以後要參加網球隊，所以母女喜歡的運動也一樣。

順子女士穿著款式簡單的棉料洋裝，有紗則是學校制服。底下是百褶裙，上衣的圓領很可愛。兩人一起在事務所的會客區沙發坐下。

「不好意思突然打擾。」

一號夫人做出拜託的手勢。

「其實我應該先跟婆婆商量，再找杉村先生……」

「如果行程順利，她今天應該在倫敦市觀光呢。」

竹中夫妻去參觀大英博物館，還有英格蘭・蘇格蘭名勝之旅。

「奶奶在巨石陣拍了好幾張照片傳給我們。」有紗笑著說。「結果全部失焦了。我傳訊息跟奶奶說，奶奶說會失焦，是因爲那裡充滿了神祕力量。」

我還以爲竹中夫人是個現實主義者，原來也有著這樣的一面。

我將裝了冰茶的杯子端到兩人面前。幸好杯子才剛買新的。

「我就開門見山了，杉村先生，最近你有沒有接到奇怪的女人的委託？」

順子女士開口。那語氣與其說是小心，更接近困惑。

也沒什麼奇怪的女人，其實從四月初開始，我的事務所就一直是門可羅雀。

「應該是沒有，不過要看妳說的是怎樣奇怪的人。」

順子女士看向有紗，國一新生的女兒露出果斷的眼神：

「太拐彎抹角了，媽妳先不要講話。」

「咦？可是……」

有紗把身體往桌上探過來：「不好意思，杉村叔叔，我來說吧。」

她的表情和動作把我嚇了一跳。畢業典禮的時候，她看起來還是個帶有小學生稚氣的兒童，然而上國中才短短一個月，就已經成長爲不折不扣的青少女了。

「我六年級的時候，我們班上有個問題學生，那個女生叫朽田漣。」

我急忙打開便條本，拿起原子筆：「字怎麼寫？」

「朽木的朽，田地的田。名字是漣漪的漣，發音是SAZANAMI，因爲是漢字單字漣，她想要人家叫她REN，不過沒人理她。」

朽田漣。是第一堂課可能會讓老師不知道該如何發音的罕見名字。

「妳說她是問題兒童？」

聽到我的問題，有紗就像讀稿似地回答：

「她會偷教室的東西，偷同學的東西，會撒謊，謊稱有人霸凌她，然後大哭。如果老師糾正她，她媽就會殺到學校大吵大鬧。她會糾纏她喜歡的男生，在推特寫討厭的女生的壞話，而且全是誣賴，像是指控別人偷店裡的東西之類的。」

有紗板著臉，喘了一口氣又說：

「還有，她一直沒有繳營養午餐費。她很驕傲地到處炫耀這件事，所以這是眞的。」

我純粹感到好奇：「沒繳營養午餐費有什麼好炫耀的？」

「我也不知道，她說笨蛋才會繳那種錢。」

原來如此，確實是個問題兒童，感覺家庭教育也有問題。

「她經常沒有正當理由就請假不來學校，那樣班上比較和平，所以無所謂，但她有來參加畢業典禮。」

原來當時這個女生也在？我回想起人山人海的小學體育館。

「典禮開始前，在教室裡面等的時候，她跑過來說『有有居然一個人跑去讀私立國中，太奸詐了』，『那裡的制服很可愛，借我』，眞的煩死了。」

「有有」應該是有紗在學校的綽號。

「朽田國中讀哪一所？」

「當地的公立國中。」

「那就算借妳的制服也沒用啊。」

「她說要拍紀念照。」

我不懂。

「她就是這種女生。」順子女士插口。「她媽也半斤八兩，搞不好更嚴重。」

「這種人很麻煩呢。」

「對，眞的。」順子女士嘆氣。「在親師會和家長會的活動裡，也鬧出過各種誇張的事。」

「媽，那個後面再說。」

「好、好。」

有紗說，就算朽田漣死纏爛打，她也忍耐著不加理會，結果朽田漣居然說：

──有有，妳家開偵探社對不對？

「我說才沒有，結果她說在城市情報誌上看到廣告，上面的住址分明是我們家。」

我惶恐起來：「眞抱歉，我確實有在城市情報誌上刊登廣告。」

登廣告時用竹中家的地址。事實上事務所就在竹中家，沒辦法，但名稱是「杉村偵探事務所」，而且刊登廣告前，我就在租借的這一隅門口處掛上招牌，一般應該不會誤會是竹中家開的。

「請不要在意。朽田只要能引人注意，什麼事情都會利用。而且——」

有紗摩擦著自己的手臂，表情極不舒服。

「我跟她又沒有多好，誰准她叫我什麼有有了。」

她是眞的很生氣，全身散發出厭惡感。

「總之我都回說我不知道，然後畢業典禮結束了。好了，輪到媽了。」

一號夫人接到棒子，放下手中的冰茶。

「畢業典禮後的老師和家長的謝師宴上，這次是朽田的媽媽叫住了我。」

說的內容一樣。竹中太太家在開偵探社呀？我看到廣告了。

「我好好跟她解釋了。『妳看到的城市情報誌的廣告，是我夫家出租的物件房客開的事務所，房客的生意與我們無關。』

可是她根本不聽人說話——一號夫人埋怨。

「不過她本來就是這種人。」

「她女兒也是。」

竹中母女露出相同的厭惡表情。

「她們還說如果有什麼問題，有偵探很方便，如果是竹中太太介紹的，應該會算她們便宜。」

一號夫人爲我嚴正否定了。

「朽田太太過去在學校……怎麼說，也因爲那種強勢的言行，鬧出過問題是嗎？」我問。

「對，這是她們第一次直接找上我和有紗，但我們聽說過一些傳聞。」

順子女士皺起眉頭。
「朽田是五年級的時候轉進來的，所以她在我們學校只讀了兩年。」
卻鬧出這麼多問題嗎？
「不只是對老師意見很多，好像也在金錢和男女關係方面有不少問題。」
我很吃驚。「與其他家長的相處呢？」
有紗說：「杉村叔叔，你知道公車路上那家叫『桃里』的中華餐館嗎？」
我去吃過幾次午餐，那裡的招牌菜是擔擔麵。午餐時間價格公道，但晚餐時間的全餐，光看菜單，現在的我實在負擔不起。
「那家餐館的小孩跟我同年級，一樣是落榜沒考上私校的。」
是個男生，在五年級的時候和有紗及朽田漣同班。
「他踢足球，又很帥，很受女生歡迎。朽田對他糾纏不清，沒人邀她，她卻跑去人家家裡，搞得人家超困擾的。」
因爲不管再怎麼拒絕，朽田漣就是不肯停止這種行爲，男生家長跑去向校方求助，結果朽田太太說是「霸凌」，告上教育委員會。然後就在調解的期間——
「朽田一家跑去桃里，點了一大堆菜，剩下一堆，然後不付錢就走了。」
——付什麼錢？這是霸凌的精神賠償！
我在便條本上筆記下來，嘴巴都合不攏了。
「那件事解決了嗎？」
順子女士點點頭：「校長居間協調，好像搞得焦頭爛額。」

「那根本是吃霸王餐。」有紗不屑地說。「應該報警的。」
我勸她喝些冰茶：「家裡沒有檸檬，不過有牛奶。」
「都不用。」她道了聲謝，拿起杯子喝起來。
「我說的男女問題，」順子女士看著女兒喝茶的側臉，放低聲音。「是和來實習的年輕男老師。」
「那一定是朽田她媽倒貼的嘛。」
母女倆都是同一副德行。腦袋有問題。是跟蹤狂——有紗用力放下杯子說。
「六年級的時候大家都在說，朽田她媽會參加親師會，根本就是爲了挑新老公。」
挑新老公？
「知道她媽媽的名字嗎？朽田——」
「美姬。漂亮的公主，美姬。」
有紗用指頭在桌上寫下漢字。
「朽田在班上炫耀過，說其實本來的字是『三紀』，可是她媽自己改了名字。」
——我媽那麼漂亮，叫美姬才適合。
「但我們都說那『美姬』一定是酒家的花名。」
順子女士和我都同時爲了同一件事吃驚。
「花名？」我問。
「妳怎麼知道這種字眼？」順子女士說。
有紗完全不以爲意：「奶奶告訴我的，是酒家陪酒的小姐在店裡用的名字對吧？」

大約十秒之間，順子女士的表情從母親變成了媳婦，靜靜地憤慨著「婆婆怎麼這樣亂教小孩」，我裝作沒看見。

「這麼說的話，朽田美姬女士是單親媽媽囉？」我問。

「對，她自己跟漣都毫不避諱，到處宣傳。」順子女士說。

「那跑去桃里吃霸王餐的『一家』是指？」

「聽說是美姬太太、包括漣在內的三個小孩，還有兩個男人，不過不清楚他們是什麼關係。」

順子女士應道。

「除了漣以外，還有別的小孩？」

對於這個問題，有紗先點點頭：「弟弟和妹妹，但不知道現在還是不是。兩個好像都是小學生，但不是我們學校的。朽田眞的超大嘴巴、超愛講她家的事的，可是幾乎沒有提過兩個弟妹。」

「因爲是對方的小孩。」順子女士說，又急忙補充：「桃里的霸王餐事件，是超過一年以前的事了。跟她們一起去的兩個男人，一個可能是美姬太太當時的男朋友，還有那個男人的小孩。不過這只是我們在猜而已。」

我在便條本記下重點，竹中一號母女直盯著看。

「看來這個朽田美姬是個……超級無敵麻煩女呢。」

「杉村叔叔眞幽默。」

「二十九歲。」

這對母女連笑起來都很像。

「什麼？」

「美姬太太的年紀。」

「說是十六歲的時候生下朽田的。」

這也是她們自己自傲地四處宣傳，朽田美姬好像還拿自己的駕照給一些老師看過。

「抱歉，愈說愈離題了。」

順子女士將鮑伯頭的頭髮撩到耳後，看向我說。

「總之，謝師宴上沒再說什麼，不過今天上午，我在超市巧遇美姬太太，她又把我叫住。」

——我眞的有些問題得拜託竹中太太妳們家的偵探事務所，可以幫我預約一下嗎？

「我再次設下防線說，事務所跟我們家無關，請直接連絡那裡，而且人家生意很好，不確定會不會接。」

「謝謝。」

「可是，她還是完全不聽人說話，根本沒聽進去。」

朽田美姬還說了令人在意的話：

——事關我家孩子的性命，只要是正常的事務所，都一定會答應的。

「事關孩子的性命？」

「對。聽到這話我實在嚇了一跳，但又不想多問，就跟她說如果事情這麼嚴重，與其找偵探，應該找公家機關還是警察求助才對吧？」

結果朽田美姬嘲笑順子女士：

——找警察有什麼用？竹中太太眞沒見過世面。當家庭主婦太輕鬆，腦袋都空了是吧？

順子女士說朽田美姬眞的就是這樣說的，一字不差。

「眞讓人不舒服呢。」

順子女士微微噘起嘴唇：「我眞想拿雞蛋砸她。」

「妳沒有吧？」

「只差一點。」

幸好。

「如果我也在，就反駁說腦袋空空的是妳了。」

幸好有紗不在場。

「我只說『喔，是喔』，馬上就回家了，可是漸漸擔心起來，怕她已經打電話給你、或是找上門來了。」

「目前還沒有，看樣子是接下來嗎？」

「因爲有可能在我們出門的期間過來，所以想說先通知你一聲。」

這幫了我大忙。如果朽田美姬沒來就好了，但萬一眞的找上門，有個心理準備比較好。

「杉村叔叔，就算她眞的委託你，你也千萬不要答應喔。一定要找理由推掉。」

有紗非常嚴肅。

「朽田跟她媽的思考方式和我們完全不一樣，簡直就像外星人。偷班上同學的東西時，她的藉口也很誇張，說什麼東西丟在地上，她只是撿起來而已、東西又沒寫名字，誰都可以用、這點小事有什麼好計較的，神經病。」

「眞的很離譜呢。我會小心。我在這一行還算是菜鳥，但當上班族的時候，跟類似的人周旋過，沒問題的。我不會小看這種人。」

其實是「跟那種人周旋但最後搞砸了」，但沒必要透露這麼多。一號一家人最好可以放心去享受溫泉旅行。一號母女回去以後，我原本打算去「侘助」吃晚飯，但打消了念頭，守在電話旁邊。直到午夜就寢前，電話連一聲都沒有響起。

隔天五月三日上午十一點多，不是電話，而是門口的鈴聲刺耳地響了起來。

2

實際年齡的年輕，與外表的年輕是兩回事。

眼前的杇田美姬看起來不像二十九歲。比較像是四十歲的女人打扮成二十歲女生的樣子。而且不是普通女生，而是在內衣酒吧打工的女生。爲什麼會說是內衣酒吧？因爲她的穿著就我的感覺來看，實在是無限地接近內衣。有紗會用「花名」這個詞來形容，眞的完全無可厚非。

有時候人們會用「劣化」來形容女人年老色衰。我厭惡這種說法，覺得很不厚道，因此從來沒有用過，然而對於眼前的杇田美姬，我不小心覺得這個形容恰如其分。一個才二十九歲的女子，到底要經歷什麼樣的人生，才能疲憊成這樣？不光是外貌的問題，那衰頹的樣貌，讓人忍不住擔心她的健康狀態。

妝化得很仔細，看起來技術頗爲高超。但即使如此，還是遮掩不了底下的黑眼圈和粗糙的皮膚。下巴周圍冒出數不清的痘子，染成將近金色的褐髮挽得高高的，額頭和耳旁垂落著幾綹髮絲。服裝是鑲珠的細肩帶上衣，搭配膝上超過二十公分的開衩迷你裙。外面再罩了件半透明長袖襯衫。腳上踩著有大裝飾品的高跟涼鞋，鞋跟足足有七公分高，但鞋底似乎磨損不均，涼鞋整體往外翻，也因此她的站姿顯得歪斜。

「這裡是杉村偵探事務所吧？」

是所謂的「卡通嗓」。不過不能過於負面地看待。二十九歲女子的話，有這種嗲嗓也不算奇怪。不過配上這副容貌，實在是說不出的不相稱。

「竹中太太介紹我來的。我叫朽田美姬。」

她從普拉達的肩包掏出金屬名片夾，抽出一張名片遞給我。

上面以優雅的裝飾字體印刷著姓名住址電話和電郵信箱。是和其他家長交換用的名片吧。

「我想要委託工作，現在方便嗎？」

我聞到刺鼻的香水味。搽得太多了，而且這麼濃重的香味不適合白天。

有紗忠告我絕對不可以答應，我也不是沒辦法穩妥地在門口把她給打發回去，但我還是讓她進了事務所，第一個理由是因爲她不是一個人。

朽田漣躲在整體身材相當豐滿的母親身後。一頭中長髮亂糟糟的，因爲沒化妝，女兒的臉色之差是一目瞭然。她穿著和母親不同色的細肩帶上衣，牛仔外套沒有穿在身上，而是拿在手裡，因此可以清楚地看出她的手臂肉鬆垮，駝背而軀體單薄。然而短褲底下的兩腿卻不知爲何相當有肉，黑色的內搭褲繃得緊緊的。我也是有女兒的父親，猜想她本人應該對自己的粗腿十分自卑。

如果只是母女一起來，我還是可以狠下心來，請她們回去。壓垮我的最後一根稻草、把她們領到會客區沙發的主要原因，是因爲朽田漣的臉看起來才剛哭過。眼皮浮腫，眼睛都紅了。

朽田美姬一坐下來，便高高地蹺起二郎腿。右腳踝有細緻的花朵圖案，我以爲是絲襪的圖案，結果是刺青。左肩也有刺青，是類似的花朵圖案和女人側臉的組合。

我拿著平常的便條本和原子筆，正準備坐下，但她掏出香菸打火機，我便先去廚房拿來小碟子放到桌上，充當菸灰缸。

「謝謝。」她說，抬起眼睛對我笑。「最近到處都禁菸，真討厭。」

長長的指甲精心做了美甲，但可能很久了，有部分脫落了。她眯眼看著自己吐出來的煙，眼皮上的眼影亮粉反射光芒。

「不穿外套，不會冷嗎？」我問漣。臉色極差的國一生身子一抖，縮了起來，就好像我朝她扔了什麼東西。牛仔外套在膝上皺巴巴地捲成一團。

「剛才在那邊的家庭餐廳——」

應話的不是女兒，而是母親。她伸出拇指往肩後指去的方向，確實有一家家庭餐廳。

「我們在那裡吃午飯，打翻了水。」

「外套濕掉了嗎？」

我再問，但漣淌別開目光，不肯回話。

「要不要用衣架掛起來？」

漣不肯看我，我改問美姬：「要不要拿什麼給妳女兒披一下？」

「可以嗎？謝謝喔。」

我之前買了條大浴巾，打算今年夏天和桃子一起去游泳池（如果能夠的話）的時候可以用。雖然是特價品，但定價滿貴的。我拿出浴巾交給美姬，她粗魯地往女兒一塞：「喏。」

漣慢吞吞地打開浴巾，披到肩上。我鬆了一口氣。老實說，我也希望母親能穿上什麼遮掩一下。朽田美姬身材豐滿，尤其胸前相當偉大。而且又穿著那身服裝，讓人不曉得該往哪裡看才好。

「不好意思啊，這孩子又遲鈍又怕生。」

她毫不掩飾不悅地說。

「因爲是她寶貝弟弟的問題，她堅持要一起來，所以我才帶她來，可是連打招呼都不會，眞是。她叫漣（REN）。」

朽田美姬交疊著雙腿，探出上半身，揉掉香菸，揚起嘴角，又對我露出笑容：

「才剛升國中。這年齡很難搞。」

母親好像也不叫女兒SAZANAMI。不過她說的寶貝弟弟是……？

「妳要委託的，是和妳的小孩有關的問題嗎？」

她點了點下巴做爲同意。眼睛在掃視我的事務所兼住家。

「杉村先生是竹中家的親戚還是什麼嗎？」

「不，我只是租借這個空間而已。」

「是喔。還以爲是豪宅，裡面意外地寒酸呢。房間形狀也好怪，感覺風水很不好。」

我望向漣。她攏著浴巾前襟，低頭不語。

「是因爲我帶來的家具物品都是些便宜貨的關係吧。」

「聽說漣假全家都去旅行了，有錢人眞好。」

她新點了一支菸。

「我們家去年也去了關島。到處都是人，而且全是日本人，有夠受不了。下次去夏威夷還是普吉島好了。」

她邊吐菸邊問：「杉村先生有小孩嗎？」

我不想回答，說：「老實說，學校方面的問題，我完全沒有經驗。」

這是事實。約半年前，我曾協助一個遭到學長集團勒索的國二男生隨身帶著ＩＣ錄音機，錄音做爲證據，爲了順利操作，幫他練習過，但這是「蠣殼辦公室」轉包的案子。因爲是被勒索超過兩百萬圓以上的惡質案件，我聽說後來警方介入調查了。

「我這邊的問題跟學校沒有關係。」

朽田美姬說，把才剛點燃的菸又撳熄了。撳得太大力，菸折成兩半。

「我的孩子快被人殺了，我得快點想辦法才行。」

她突然厲聲說道，眼神變得尖銳。

「妳說的孩子，是剛才提到的妳這個女兒的弟弟嗎？」

「對，這還用說嗎？」

「弟弟是小學生嗎？他沒有一起來呢。」

第二個問題我對著漣問，但她依舊不吭聲。

「龍聖不在家，而且他現在住院了！如果他在我身邊，就不會遇上那種事了。」

朽田美姬交抱起雙臂，靠在沙發背上。

「他才剛上小學不到一個星期，有一天跟著路隊上學時，突然有個痴呆老太婆開車衝過來，好幾個小孩受傷，新聞都上電視了。」

我告罪一聲，拿來筆電。「什麼時候發生的事？」

「上個月十三號星期五。」

美姬抬起貼了厚厚假睫毛的眼睛，瞪眼說：「我嚇到了，十三號星期五眞的會發生壞事呢。」

我搜尋新聞網站，找到疑似的新聞：「小學生上學路隊遭車撞　二人重傷　駕駛七十二歲老婦依業務過失傷害罪被捕」。

事故發生在靜岡市內的住宅區。駕駛的婦人在前往醫院的路上，不慎將油門誤當成煞車踩下。我先是為無人死亡鬆了一口氣。重傷的是小一男生和小三女生，腰椎骨折、全身挫傷、大腿骨折等等。第一個點開的新聞沒有名字，但其他報導寫出是「鵜野龍聖六歲」、「川田明里八歲」。

「是這起意外吧？」

我將筆電螢幕轉過去，朽田美姬點了點頭。她不耐煩地匆匆說：

「這不是意外，是故意的。憲章也說絕對是殺人未遂。」

「憲章是哪位？」

她用「你怎麼會不知道？」的眼神看我。

「我男朋友啊。」

這時漣總算抬頭開口了：「現在跟我們住在一起的男人。」

死氣沉沉。與昨天傍晚一樣和母親坐在這裡的竹中有紗相比，眼睛的神采、聲音和全身散發出來的氛圍，都是天差地遠。這個女生應該確實是個問題兒童，在學校和朋友處不好，原因應該也在她自己身上（而且多到數不清）。不過她才國一，還是個孩子。一想到她的家庭環境讓一個孩子露出這種表情，我忍不住心生憐憫。

朽田美姬瞪向旁邊的女兒。赤裸裸的怒意讓眼角都吊起來了。

「什麼話？憲章是妳爸！」

我安撫她，接下來花了快一個小時，問出朽田家現在的狀況。這倒是問一得十。朽田美姬似乎非常渴望向別人訴說她自己，以結果來說，我幾乎是問出了她的大半輩子。

朽田美姬在現今的埼玉縣埼玉市出生長大，除了父母以外，還有一個妹妹。就如同竹中母女提供的資訊，她在十六歲時生下長女漣，對方是朋友之一，當時十七歲，高中退學、待業中的少年。這對小爸媽無力扶養嬰兒，漣暫時交給朽田美姬的父母養育。美姬因爲懷孕生產而從就讀的私立高中退學，住在老家，開始在超商或服飾店打工，存錢讀美容學校。

本人沒有明說出，但漣似乎完全丟給父母扶養。

「我那時候太年輕了，沒有奶。」

她只稍微提到這麼一句，幾乎沒有任何具體的育兒細節。

她和漣的父親很快就分手了。說到這對小情侶爲嬰兒所做的事，就只有爲她取了「漣」這個特別的名字而已。

「我打工的地方，客人都稱讚說我這麼漂亮，不敢相信我有小孩，鼓勵我去試試看呢。」

美姬參加了幾次藝人和模特兒的試鏡，但更爲實際的美容學校，最後好像也沒有去讀。之所以說好像，是因爲即使我問，她也不肯直接回答，所以只能用猜的。

好像不是不想說，所以含糊其詞。她沒有這種技巧。朽田美姬述說的內容不斷地脫線、擴散。她缺乏專注力，也無法靜下心。說話期間，她抽了好幾支菸又捻熄，有時會蹺起二郎腿抖起腳。

感情起伏也相當劇烈，上一秒還開心地大笑，下一秒就冷嘲熱諷。以爲她生氣了，又鬧脾氣地露出撒嬌的眼神。朽田美姬似乎是個還沒有完全長大的小孩，許多很基本的、一般人應該要在小學就學會的禮節教養，她都沒有學到。

不過，這種類型的女人有種獨特的魅力，或是引力。我不喜歡這種引力，但可以瞭解有些男人會受到吸引。事實上，美姬的敘述不斷地出現她的男友以及交往對象的名字。

對於才剛認識的我這個陌生人，她就像在談論彼此都很熟的人似地說「健二怎麼樣」、「喏，我跟光夫是○○」、「井崎跟○○不是認識嗎？所以囉」。如果我打斷她，反問那是誰，她又會露出那種「你怎麼會不知道？」的表情。我沒辦法，只好把和她一起住過、做過孩子們的父親的男人全寫下來——即使期間很短也一樣。

據稱每次都稱讚美姬很漂亮的A（好像是她打工的服飾店業者）追求她，美姬與他交往，在他調到東京的公司時，帶著漣一起到東京與他同居。當時朽田美姬十八歲，漣兩歲。

這段生活不到兩年就結束了，不過——

「東京眞的超好玩的。」

美姬不想離開東京，因此母女倆後來繼續住在與A同居的足立區公寓。也就是A離開了，但當時因爲某些原因，他留下一大筆錢給美姬。這「某些原因」一樣很微妙（因爲她說得不清不楚），好像是流產還是墮胎其中之一。會與A分手，似乎也是爲了要不要把小孩生下來、要不要結婚而爭吵。A付的「一大筆錢」，應該是分手費或賠償金吧。

後來美姬與和A同居時工作的餐飲店（從內容推測，應該是「女孩酒吧」）老闆B開始交往，但他比美姬大了二十歲，而且已婚，經濟上相當富裕，因此美姬和漣搬到中央區的公寓，B有空過來，維持這樣的關係。

美姬二十一歲，漣五歲的時候，美姬在漣就讀的幼稚園運動會上認識一個叫鵜野一哉的男子。他是漣的同學的舅舅，就跟前些日子的東尼一樣，是來參觀外甥的運動會的。

「他個子高，服裝又很有品味，非常顯眼。」

因此美姬主動搭訕。

「我以爲他是幼稚園小朋友的家長，結果是舅舅，而且單身，我覺得自己好幸運喔。」

鶇野一哉當時二十五歲，理組研究所畢業的上班族，任職於化學藥品貿易公司，在三鷹市內的老家和父母同住。外甥是姊姊的小孩。

兩人開始交往了。鶇野一哉個性溫柔，就算美姬帶著漣來約會，他也沒有不悅，反而積極扮演父親角色，對漣疼愛有加。他從一開始就嚴肅看待與美姬的交往，很快就提到結婚的計畫。

但美姬同時與B交往，而且是B的外遇對象。這岌岌可危的玩火行爲，在三人一起慶祝完美姬的二十二歲生日（所以記得特別清楚）沒多久就敗露了。原因是鶇野一哉帶美姬回家以後，他的父母委託了類似「蠣殼辦公室」和我這種地方，調查美姬的身家，結果發現她謊報經歷和年紀（她說她二十四歲，縣立高中畢業，漣的父親過世了），還有和B的不倫關係，大力反對兩人結婚。這場風波意外導致B的太太發現丈夫外遇，火愈燒愈大，B太太找律師處理，發現美姬已經懷孕三個月。肚子裡的孩子不知道是B的還是鶇野一哉的。B夫人不打算和B離婚，只想拿到賠償金，趕走美姬就算了，然而事情卻沒那麼容易。

美姬以前曾經放棄過一個孩子（與A的孩子，墮胎或是流產了），因此堅持一定要把小孩生下來。令人驚訝的是，儘管父母反對，甚至威脅要斷絕關係，鶇野一哉居然也支持美姬把孩子生下來，並與她結婚。

最後生下來的就是龍聖。這特別的名字也是美姬取的。從血型來看，不可能是B的孩子，但鶇野一哉不顧母親說「那也不一定就是你的孩子」，和美姬結婚了。他們搬到鶇野一哉老家附近的公寓，已經就讀中央區內公立小學的漣轉學到這裡來。

至於B，東窗事發後便拋下美姬跑了，似乎沒有後顧之憂。B太太要求的賠償金最後怎麼樣了，並不清楚，但至少美姬說她沒有付。

鵜野的父母依然強烈反對，兩人沒有（沒法）舉行婚禮。美姬要求，一哉也有意願，但由於父母大力反對，一哉無法在法律上與漣成爲父女關係。鵜野的父母會讓如此厭惡的美姬和拖油瓶住在附近，是爲了監視他們的生活，準備一逮到任何把柄，就要兩人離婚。

「每次見面，就只會講這件事。」

美姬笑著對我說。

「居然想破壞兒子的幸福，一哉的媽也太可悲了。」

意外的是（這樣說或許很沒禮貌），兩人的婚姻很順利。美姬說一家四口過著儉樸的生活。美姬在說起這段婚姻生活的插曲時，一直面無表情的漣微點了幾次頭，所以我問：

「漣，妳和鵜野先生感情不錯，也很疼弟弟龍聖嗎？」

她點了點頭，說：「那時候很快樂。」毫無生氣的眼睛，只有這時候似乎亮起了一點微光。

然而龍聖三歲時，這個家出現了崩壞的徵兆。這次是經濟問題。婚後美姬成爲家庭主婦，無法靠一哉的薪水持家，瞞著他預借現金，欠了許多卡債，不久後甚至借起高利貸來了。一哉發現的時候，債務已經高達數百萬圓。

鵜野的父母願意扛起這份債務，條件是要一哉離婚。

「你不覺得欺人太甚嗎？」杇田美姬口沫橫飛，擠出哭臉向我傾訴。「爲了錢，居然要拆散我們一家人。他們怎麼做得出這麼殘忍的事？我到現在都還不敢相信。」

她似乎完全不認爲這樣的指控才叫「欺人太甚」。

一哉似乎極不願意，但光憑他的收入，實在無法同時扶養兩個孩子，並還清這麼一大筆錢。而且他的公司相當保守，如果知道他揹了這麼一大筆債，甚至有可能將他開除。

他屈服於父母的要求，答應離婚。

朽田美姬從一開始就說不會帶走龍聖。

「因為一哉是他爸爸啊，男生絕對不能沒有爸爸。就算分開了，我們四個人也永遠是一家人，就讓爺爺奶奶好好照顧他吧。」

——我也不想離開龍聖。

一哉也這麼說。夫妻各自帶著一個孩子，回到彼此的原生家庭。

「妳和漣也沒有繼續留在東京，回娘家去了嗎？」

我問，美姬聳了聳豐滿的肩膀：

「我爸媽一直囉嗦，叫我回去。說如果讓我一個人在東京，一定又會亂借錢。」

我覺得這樣的擔憂天經地義。她雖然沒有說，但我認為或許以前她也曾因為揮霍無度而欠債。

漣再次轉學了。美姬住在娘家，開始當計時人員。

「我常跟一哉連絡。我常常傳照片過去，免得龍聖忘了媽媽的臉，也讓他聽我的聲音，讓他知道媽媽是愛著他的。」

但是住在娘家期間，美姬又有了新的戀情。那就是「憲章」——串本憲章，三十一歲。美姬與「國中同學的學長的朋友」串本憲章開始交往，在漣五年級的時候，搬到他住的這裡的學區。這是漣第三次轉學，成了竹中有紗的同學。

串本是物流公司的司機。「薪水比一哉好太多了」，但他也離過一次婚，和前妻有兩個小孩，必須付那邊的贍養費，因此手頭並不寬裕。所以這次兩人沒有結婚，暫時也不打算結婚。在法律上，朽田美姬是單親媽媽。

「憲章很愛我，我也很愛他。雖然我們沒辦法住在一起，可是我很幸福。」

串本住在員工宿舍，替美姬和漣住的公寓支付房租，有空就來坐坐。生活費靠美姬的收入。

「我在幫忙朋友的美甲沙龍。我要存錢，以後也要去讀專門學校，考美甲師資格。」

她說地方政府提供單親家庭的支援和各種補助，她都有去申請領取。因此雖然「不能」和串本住在一起，但其實這樣在經濟面上更爲有利。

我費了好大一番工夫才問出這些內容。我狹小的事務所兼住家彌漫著美姬吐出來的煙霧，小碟子上菸蒂堆積如山。

「龍聖的交通意外是發生在靜岡市內對吧？鵜野一哉先生從三鷹的老家搬去那裡了嗎？是調職還是換工作、或是他也再婚——」

和朽田美姬說話，經常會不小心誤觸她暴怒、飆淚或大笑的開關。這次是誤觸暴怒開關了。她齜牙咧嘴地咬住我的話尾大叫：

「一哉不可能有我以外的女人！」

我嚇了一跳，把下文吞了回去。結果她擠出討好的笑，扭動上半身說：

「不好意思啦，我聽到有人說我另一半的壞話，就會火冒三丈。」

調職換工作或再婚，應該都不是「壞話」吧？

「一哉非常純情，到現在都還是只愛我一個人。工作也沒有換。」

不過龍聖寄養在親戚家。

「離婚的時候，因爲一哉一個人沒辦法照顧龍聖，所以說好要讓他媽和他姊照顧他。他姊姊跟姊夫也住在娘家附近。」

但姊姊一家因爲丈夫調動搬離東京，一哉的母親一個人也沒有餘力帶龍聖，因此決定寄養在親戚那裡。

「說是親戚，也不是堂或表兄弟姊妹，那關係只聽一次實在記不住。」

是遠親嗎？

「那是什麼時候的事？」

「我剛和憲章交往的時候。離婚——不到一年吧。」

剛才我問時，美姬沒明確地說她是何時認識串本。應該是嘴上雖然說即使和鵜野一哉離婚，依然是一家人，自己卻立刻有了新歡，覺得尷尬吧。但她現在早就忘了尷尬，不打自招。

「那個時候啊，他們那親戚說想要收養龍聖呢。我說開什麼玩笑，拒絕了。」

「因爲妳們才是一家人嘛。」

我委婉地語帶譏諷說，但美姬用力點頭：「往後還會繼承遺產什麼的嘛。一哉的爸爸在大公司工作，他們家也很大。要是龍聖去當別人家的小孩吃了虧，那不是太可憐了嗎？」

美姬不會持家，還欠了一屁股債，原來也能如此精打細算。我完全沒料想到會聽到「繼承遺產」這種字眼，不過看來「錢」和「財產」是關鍵字。

「一哉他爸和他媽，想要把龍聖從他們家趕出去。」

「他們家」指的是「鵜野家的家系」吧。

「所以才想要把龍聖送給別人家養，但因爲我反對，沒有讓他們得逞——」

美姬兩眼發直，射出光來。

「結果他們覺得棘手，想要乾脆把龍聖殺掉。那場交通意外也是，才不是哪來的痴呆老太婆不會開車呢。」

我望向漣，想知道她對這番離譜的言論有何看法。這個國一女生又恢復面無表情，縮回自己的小天地裡了。

「妳沒有考慮過把龍聖接回身邊嗎？或是鵜野家有沒有這樣提議？」

「一哉也這樣拜託過我，可是憲章不願意。他說就算不是自己的小孩，女生很乖無所謂，但男生很麻煩。」

「那個時候妳已經會跟憲章先生談到小孩的事了？」

「我們兩邊都有孩子嘛，不能只想到自己。我們對小孩有責任。沒有小孩的人可能不懂吧。」

我沒有反駁。我絕對不會告訴她我有女兒。如果她對桃子有半句批評，我可能會無法忍耐。

「我大概瞭解了。」

我嘆了一口氣，好鎮定心神。

「除了上個月的車禍以外，龍聖曾經遭遇過其他生命危險嗎？」

朽田美姬怔愣地開口：

「你在說什麼啦？我怎麼可能會知道？所以才要叫你調查不是嗎？」

我才想愣住呢。

「關於這起車禍，我可以更進一步調查詳情，但此外的事——」

「事關龍聖的性命耶！」美姬以責怪的眼神看我。

「妳認爲鵜野家的前公婆想要把龍聖從他們家族除名，對嗎？」
「除名？」
「讓他沒有權利繼承遺產。」
「啊，對對對，」
「妳跟鵜野一哉先生討論過這件事嗎？」
「龍聖車禍以後，我們經常通電話。因爲我很擔心。」
「但沒有見面？」
「對。」
也就是說，她並沒有去探望龍聖。
「離婚以後，妳也一直和一哉先生保持連絡嗎？」
「這陣子沒那麼常連絡吧，直到車禍以前。」
她的心思都放在新男友和新生活上，沒空去管前夫吧。還說什麼「永遠都是一家人」。
朽田美姬口中的「家人」和「愛」輕薄如紙，只是浮面的虛詞。至少我這麼覺得。
「對於妳的擔憂，一哉先生怎麼說？」
「他一點都不可靠，說他媽說才不可能做這種事。」
很正常的反應，我鬆了一口氣。
「朽田女士，從妳的描述聽來，我也認爲是妳杞人憂天了。」
她似乎不懂這個成語，歪起頭來：「什麼意思？」
「我是說，懷疑有人想要危害龍聖小朋友，是妳想太多了。」

朽田美姬濃妝底下的臉漲紅了：「才不是想太多！離婚的時候，一哉他媽不停地說他們家不要龍聖、不想要他當鵜野家的小孩。」

「那是妳在身體還很健朗的前公婆面前提繼承財產的事吧？只是氣頭上的情緒性發言。」

「可是那明明是龍聖的權利啊！憲章也這樣說！」

美姬尖叫，一拳砸在桌上。漣嚇得全身一震。

「請冷靜下來。要喝水嗎？」

「不要！」

朽田美姬啐道，一把抓起普拉達皮包，站了起來。

「洗手間在哪？」

我說明位置，她蹬著高跟涼鞋，大步穿過狹窄的室內，「砰」地打開洗手間的門，又「砰」地關上。只剩下我們兩個，我對漣說：「妳來這裡之前哭過對吧？」

朽田漣睜圓了眼睛。污黑的臉上浮現女孩子氣的害羞。

「看到媽媽情緒那麼暴躁，讓人很難受呢。妳一定也很擔心妳弟弟。」

漣沒有說話。我掏出自己的名片。

「如果妳想聊聊，打電話還是傳訊息給我都可以。」

我遞出名片，她用指頭捏起來似地接過去，急忙揣進短褲口袋裡。

朽田美姬打開洗手間門出來了。好像補了口紅。

「我接受委託。」

我先聲奪人地說。美姬高傲地揚起下巴，說了聲：「是喔。」

「不過在現階段，我能答應的調查內容只有三點。一，龍聖小朋友車禍的詳細情形。二，他目前的健康狀況。三，包括鵜野一哉先生在內，與龍聖小朋友一起生活的人是什麼情況。我想要連絡一哉先生，如果可以，我想和他見面談談，請告訴我他的手機或電子信箱。」

朽田美姬面露賊笑：「五千圓就夠了，對吧？」

我在城市情報誌的廣告上標榜「定金五千圓」。

「這叫聘用金，是委託費。調查結束後，我會向妳收取實際費用和手續費。」

賊笑消失無蹤：「上面又沒寫！」

「如果連絡上鵜野一哉先生，就能得知第一到第三點的內容，五千圓就夠了。」

不聽別人說話的人常會這樣，對於對自己有利的事，倒是一句也不會錯過。朽田美姬似乎解讀為「果然只要五千圓」，乾脆地打開錢包付了錢。

「沒小孩的人不會懂，做母親的只要是為了自己的孩子，什麼事都願意犧牲。」

我當場用電腦製作列出三點調查事項的調查委託書，期間，朽田美姬兀自滔滔不絕地演說。

「我想讓龍聖接受最好的治療，也想好好照顧他，免得他留下心理創傷。」

所以她要和肇事者以及「沒有保護好龍聖、不負責任」的鵜野家和照顧他的遠親周旋，為龍聖爭取到盡可能多的賠償金。

「我也擔心得快死了，不拿到賠償金，教人怎麼能甘心？」

我唸出調查委託書的內容，請朽田美姬簽名後，將其中一份和五千圓的收據交給她。

「很正式嘛。」她很開心。

我送朽田母女到門口，臨別之際我說：「竹中家與我的事務所的業務完全無關，所以不論再怎麼小的事，都請不要拿這次的委託去打擾他們。」

朽田美姬嗤之以鼻：「可是漣跟有紗是好朋友，做父母的不能干涉小孩子跟朋友的相處。」

漣依然沒有說話。

朽田母女離開後，我整個人累癱了。我想傳訊息給桃子，但不能在心情這麼糟的時候連絡她。

離婚後，我回去故鄉山梨住了一段時間。不是住在老家，而是寄住在姊姊和姊夫家，和他們養的柴犬健太郎變成好朋友。當時我每天拍攝尾巴捲捲的柴犬影片給桃子，這也是當時唯一的樂趣。

一個人獨居以後，姊姊和姊夫偶爾也會傳健太郎的影片給我。我現在的樂趣是將這些影片剪接在一起，配上音樂和字幕，傳給桃子。

好，就來弄那些影片吧。

我正在剪輯健太郎散步和快樂玩水的影片時，想起桃子今年的黃金週連休在輕井澤的飯店過。

——今年爺爺身體不太好。

我也想起前妻家每年這時候都出國度假，今年卻因此改爲去輕井澤。

結果手停住了。桃子的外公，我的前岳父今多嘉親今年八十六歲了，隨時都有可能發生不測。

3

我花了三日下午和四日早上搜尋新聞，仔細重讀，並到附近的圖書館查閱報紙。

讓鵜野龍聖和川田明里受了重傷的車禍事故有兩個重點：「高齡駕駛過失」、「受傷的是組路隊上學途中的小學生」，報導得很詳盡。當地報紙不只追蹤後續，甚至做了專題報導，可以看出做了一番深入的採訪。

龍聖就讀當地市立小學，這十年左右，學童數目愈來愈少，預定將與附近的其他學校合併。龍聖當時的路隊也是，從剛進小學的小一生到六年級生，總共只有五人。陪同的家長是川田明里的母親，那天剛好輪到她帶隊。

組路隊上學，可以保護兒童，避免遇到可疑人物。但缺點是一旦發生像這次這樣的交通意外，會一次波及許多兒童。事實上，這所小學也取消了全年的路隊，只在開學到四月底的期間實施，讓一年級新生熟悉學校。

報導中沒有提到龍聖的養父母，但有幾則川田明里的父親的訪談。他說母親眼睜睜目擊女兒在眼前被車撞，受到極大的驚嚇。川田明里全身挫傷，送醫時陷入昏迷。

龍聖則是腰椎龜裂骨折和右大腿骨折。他意識清楚，車禍剛發生時哭喊著川田的名字。兩人家住得近，三年級的川田很照顧龍聖，上學時經常牽著他的手。報導說車子撞過來時，川田情急之下推開龍聖，保護了他。如果她沒有這麼做，龍聖可能已經當場身亡了。

最近的我，特別容易被小孩的話題觸動淚腺。八歲小女孩的英勇行爲讓我眼頭一熱。另一個僥倖是，事發地點是大馬路，小孩子們才沒有被暴衝的車子夾在建築物牆面或圍牆之間。

肇事的女駕駛名叫下坂敏江，七十二歲。她患有輕度糖尿病，正在服藥治療，會定期前往龍聖學校附近的綜合醫院看診（這天也是看診日）。她沒有失智症狀，視力和聽力也沒有問題，平常都在開車，從來沒吃過罰單。與家人之間也從來沒有討論過因爲年事已高，應該主動歸還駕照。她的住址離鶇野家和川田家都很遠。肇事原因純粹是「不小心」踩錯油門和煞車，本人如此供稱，警方勘驗現場後，也確認這就是原因。

這些事實從事發當時就不斷地陸續由媒體揭露，找不到任何不是過失，而是故意的可能性。要如此誤會、曲解，需要特技式的思考。

朽田美姬自己是不是其實也明白這只是一場意外？但她想要利用這起事故找鵜野家的麻煩，藉此勒索金錢。但我認爲她不是能編造這種複雜情節的人。說難聽點，她沒這個腦袋。即使鵜野家的祖父母（尤其是祖母）眞的討厭龍聖，但單憑美姬一個人，思考也不太可能跳躍到「祖父母覺得龍聖礙眼，要殺了他」。

「憲章也這樣說！」

如果這是眞的，感覺很有可能是被現任男友串本教唆的。朽田美姬雖然言行傲慢好強，但應該是那種會依賴男人的女人。如果遇到溫柔的男人，就會厚臉皮耍性子，但如果是控制欲強的男人，她就會任憑擺布。

無中生有編造理由，要是可以撈到一些錢，就算是賺到，不試白不試——如果是這樣，在她委託我之前，可能早就與鵜野家和龍聖的養父母起過爭執了。

我想連絡鵜野一哉，但他可能也在渡假。我不好意思在連假中打擾，打算等到四日正午。然而事務所的時鐘指針才剛過十一點，電話就響了。剛好是昨天朽田母女來訪的時間。而電話上顯示的數字，竟是朽田美姬告訴我的鵜野一哉的手機號碼。

「很抱歉，我實在不想靠近串本和美姬住的地方。」

對方這樣說，因此我前往他指定的地點。我們約在飯田橋車站附近的咖啡廳，是二樓角落的包廂。除了神樂坂，這一帶算是商業區，因此慶幸的是，即使在大型連假期間，人潮也不太多。

鵜野一哉先生一板一眼地穿西裝打領帶。戴著銀框眼鏡，卻沒有精明的印象，是那種路人會找他問路的類型。

「不好意思請您跑一趟。」

從一開始就很低聲下氣，卑微得幾乎令人同情。

「昨天晚上美姬打電話來，說她雇了偵探，會找到是我媽謀殺龍聖的證據，告上警察，叫我要有心理準備。」

他說他好不容易才安撫激動地說個不停的美姬，問出我的連絡方法。

「眞是難爲你了。我應該早點連絡你的，眞抱歉。」

自我介紹後，我說明昨天朽田美姬告訴我的內容，並拿出列出她委託內容的文件。

「光是閱讀新聞報導，也知道朽田美姬女士的主張毫無根據。龍聖的車禍，不可能有她說的那種陰謀。我也是可以拒絕她的委託，但跟她一起來的女兒模樣令人擔心，而且我認爲我這樣的第三者介入，或許有助於安撫美姬女士的心情，因此以調查這三點爲條件，答應了她的委託。」

邊聽邊點頭的一哉先生立刻說：「其實昨天上午——大概就在美姬去拜訪杉村先生之前，我也跟漣通過電話。」

一哉先生不是叫女兒「REN」而是「SAZANAMI」。他說漣在電話說著說著就哭出來。

「她說媽媽要雇偵探，說串本那傢伙也打算要削一筆，又要給爸爸和爺爺奶奶添麻煩了。」

她們母女一起來我的事務所時，漣的表情像是才剛哭過，原來是這個緣故。

「既然會說『又要添麻煩』，表示過去也曾發生過問題吧？」

「好幾次。她有很多說法，但說到底就是要錢。」

要求資助漣的生活費和教育費。

「你和美姬女士離婚了，漣是美姬女士的小孩，名分上和你沒有關係，你沒有這個義務呢。」

一哉先生銀框眼鏡底下的眼睛懦弱地眨了眨：

「這種理由對美姬行不通。她堅持說漣到現在都還把我當爸爸，我要負起做父親的責任。」

竟然拿女兒當藉口。明明昨天才說「憲章是妳爸」。

「她說漣和龍聖是姊弟，我為龍聖做了什麼，漣也有權利得到相同的待遇。」

教人目瞪口呆。

「每次美姬這樣說，我都仔細地向她說明我和我爸媽都沒有義務像龍聖那樣養育漣，但她完全聽不進去。」

——你們都做了那麼多年的父女，親子之情不是夫妻離婚就會斷的。

「沒有找律師嗎？」

「離婚的時候有找律師。我們不是調停或訴訟離婚，而是協議離婚，但因為有債務問題，還是有些不安，所以離婚的條件也寫成書面了。」

但這些對朽田美姬都沒有用。

「光是美姬一個人還好，」

一哉先生摘下眼鏡，用指頭揉著鼻樑。

「但被漣那樣哀求，我真的很難過。昨天她也因為這樣而哭了。」

我想再跟爸爸住在一起。我已經受不了媽媽了。爸爸，來接我嘛。

「我們離婚，美姬帶漣回去朽田那邊的娘家時，漣也這樣說，但後來漸漸疏遠了。不過美姬開始跟串本交往後，漣又開始這樣跟我說。」

我可以理解，正值成長期的女生不願意有個完全陌生的男人只因爲是母親的男友，就闖入自己的生活圈。但向一哉先生求助是找錯對象了。她明知道母親向前夫要求自己的教育費是「添麻煩」，卻又向一哉先生哭求「想要住在一起」。漣的家庭觀念已經扭曲了。

「和美姬結婚那時候，我自認爲很疼漣。我很努力要成爲眞正的一家人。」

就是因爲漣感受到他的愛，才會出現現在這種問題，實在諷刺。

「你們是用手機連絡？」

「對。」

「你沒有考慮過換門號，或是設爲拒接來電嗎？」

「美姬也就罷了，但這樣漣太可憐了……」

啊，眞是個老好人。

「而且，她們知道我家和公司在哪裡。如果電話打不通，漣也就算了，美姬不知道會做出什麼事來。離婚的時候請的律師也建議我至少留個連絡管道，才能掌握對方的動向。」

既然專家如此建議，應該不會錯。

「離婚的時候，當時漣的學校老師也一起輔導支援，所以我在昨天的電話也叫漣向班導或輔導師老師求助。」

但漣只是哭著說她不想找學校老師。我聽了胸口也一陣難受。

「和串本先生還有美姬女士的生活，漣說她討厭哪些地方？」

「她說她被當成礙眼的東西。說他們動不動就吼她打她。但她沒有說過具體的情節，所以我也不清楚是不是眞的有肢體暴力。」

一哉先生嘆氣。「我已經不想再介入她們的事了……」

我說「這是當然的」。如果漣眞的被母親的男友暴力對待或任意責罵，她應該要求助的對象是學校和兒童諮商所，而不是只相處了四年的暫時的繼父。

「漣到現在還是稱你的父母爲爺爺奶奶呢。」

「是的。」

一哉先生的視線飄向遠方。

「我爸媽原本就大力反對我和美姬的婚姻。我希望他們可以和睦相處，經常安排機會讓他們和美姬還有漣見面，然後漣又害怕寂寞，是個很渴望別人注意她的孩子。」

我想也是。

「不過我爸媽很不樂意，所以並不順利。不過龍聖出生時，我爸媽的態度也軟化了一些。但後來又鬧出欠錢的事，我媽哭著罵我……」

——你也差不多該醒了！

很理所當然的忠告。如果我是他的叔叔或哥哥，一定也會想要把他罵醒。

鵜野一哉先生現在「醒」了多少？他修長漂亮的手上沒有戒指。

「爲了理解目前的狀況，我想冒昧深入請教一下，你沒有再婚嗎？」

他也瞄了自己的左手一眼：

「原本我一直沒那個心情，不過九月預定登記結婚，現在正在爲新生活做準備。」

他說再婚的對象是公司晚輩，知道一哉先生離過婚，也知道龍聖。

「龍聖送去你靜岡的親戚那裡扶養，對嗎？」

「是的。離婚以後，大概有十個月的時間，是我媽和住在我家附近的我姊在照顧。」

因爲公司內定一哉先生外派國外，姊姊姊夫也因爲調職而搬家（昨天朽田美姬也說過），而且朽田美姬經常以龍聖在鵜野家爲由來索討金錢，並干涉龍聖的教育方式，讓他們忍無可忍了。

「我母親說她不是討厭龍聖。畢竟龍聖是她兒子的小孩，本來是她可愛的孫子，但遺憾的是，她怎樣就是沒辦法疼他，說只要龍聖在這個家一天，就沒辦法擺脫那個女的，讓她害怕。」

朽田美姬雖然說得好聽，但也自承把龍聖交給前夫，是爲了咬住鵜野家不放。被咬住的這家人一定也心知肚明。

「我心想既然如此，乾脆搬出家裡，一個人養育龍聖，所以拒絕外派國外的機會。我也考慮換工作。」

但職場上司教訓他——這次你可以拒絕，總是有機會可以在工作上挽回失分的。但你應該仔細想想你爸媽的話。你有必要把一輩子賠在一次失敗的婚姻上嗎？

「上司從我還是新人的時候就負責指導我，結婚和離婚的時候，我都找他尋求建議，因此他很瞭解狀況。」

——我老實跟你說，你結婚的那個對象很糟糕，她利用周圍的善意和努力，只會無止境地提出要求，是個怠惰的人。你現在必須堅持住，這是爲了讓你自己振作起來，也是爲了讓龍聖跟他那個糟糕的母親斷絕關係。

「上司說的話跟我爸媽的說教不一樣……怎麼說？沒有親情做包裹，感覺就像赤裸裸地一拳重毆上來。」

不，我覺得上司的話充滿溫情。是個很棒的上司。

「我爸媽好像從以前就在考慮把龍聖送給別人收養。他們到處找人商量，結果住在靜岡的遠親夫妻說他們很想收養龍聖。」

那是一哉先生的父親的堂弟的妻子的妹妹嫁過去的人家，關係遠到不行，完全沒血緣關係。

「他們姓濱本，夫妻倆都四十多歲了，結婚快二十年了，一直想要孩子，卻生不出來。他們說想要收養龍聖，會把他當成獨生子疼愛。」

然而朽田美姬卻無論如何都不肯答應讓濱本夫妻收養龍聖。

「我不知道她到底執著於我們家的什麼，可是她說龍聖是鵜野家的小孩，有權利繼承遺產。」

一哉忽然苦笑：「看到她那副嘴臉，我也真的清醒過來了。對她也再也沒有半點留戀了。」

我點著頭，對他微笑：「終於想開了呢。」

「是的。可是真的很奇怪。美姬吵著說鵜野家的財產、遺產怎樣的，但我父親只是個普通的上班族，財產也只有現在住的房子而已。剩下的就只有退休金和年金。」

相較之下，濱本夫妻是地主，擁有廣大茶園和蜜柑園，擔任農業法人代表，顯然是大富翁。

「美姬說她才不要讓兒子當鄉下農戶的小孩。」

這種成見，很像只看事物表面的膚淺的她。如果善意地解釋，也可以說不是打從骨子裡邪惡、貪婪吧。

「所以龍聖現在還是姓鵜野，沒有改成濱本？」

「是的。不過這也有部分是我的自私。」

不希望龍聖忘了他才是自己的親爸爸。

「但我就要再婚了，如果龍聖跟住在一起的濱本家不同姓氏就太可憐了。我總算可以轉換心態這樣去想了。」

一哉先生和濱本夫妻似乎在研究是否要向家事法院申請調解。不過如果過分刺激朽田美姬，她可能會說要把龍聖帶回去。

「對我來說，這是最不樂見的。美姬也明白這一點，多次這樣要脅我。」

——其實我應該要爭取親權的。親生母親反對，卻把小孩送給別人當養子，你以爲這種事行得通嗎？法院一定也會支持我的。

「說難聽一點，她等於是拿龍聖當籌碼。」

我懂——我說。

「我們決定別急，花時間慢慢留下龍聖在濱本家過得很幸福的成績，結果發生那起車禍。肇事者那邊，完全由濱本夫妻的委任律師處理。

「那個律師姓伊納，本來是濱本先生的農業法人顧問律師。我也去向他打過招呼，他是個很資深、很不錯的律師。」

龍聖恢復得很順利，成了外科住院病房的大紅人。

「他現在可以坐輪椅了，經常去川田小妹妹的病房探望。」

一哉先生一接到車禍的消息，立刻趕往龍聖被送去的靜岡市內的急救醫院。那個時候他刻意沒有告訴朽田美姬。

「我只連絡了我爸媽和美姬的爸媽。因爲對美姬的爸媽而言，龍聖也是他們的外孫。」

一哉先生說完後，忽然想起什麼似地又說：

「抱歉，這是我自作主張，但我認爲今天美姬家裡的人最好也在場，所以請他們來了。」

他說約了晚一個小時的時間，應該差不多快來了。

「我是無所謂，不過有這個必要嗎？」

一哉先生尷尬地聳聳肩：

「美姬也跑回去娘家——特地跑回去大吵大鬧，所以他們也知道出了什麼事，擔心事情會怎麼發展。美姬的爸媽是正常人，我想他們應該會擔心又給我們家和濱本家添麻煩。我說我約了杉村先生見面，他們便說也想見個面。」

我們點的咖啡都沒有人喝，完全涼掉了，不過如果朽田家的人要來，等到齊再重點比較好。

我稍微放低音量：「這又是個冒昧的問題，請問鵜野先生是被朽田美姬女士的什麼地方吸引，才會跟她結婚的？」

這個問題實在無從粉飾，對方會感覺受冒犯也是當然的事，但鵜野一哉先生應該是眞的「清醒」了。他軟弱地微笑，又摘下銀框眼鏡，用手帕擦起鏡片來。

「這個嘛……」

他緩慢地、仔細地擦拭鏡片的每一個角落。

「我一直到高中讀的都是男校，大學唸的又是理組，所以沒有機會認識女生。」

而且又不受女生歡迎——他喃喃道，將銀框眼鏡戴回鼻樑笑了。

「我太純情了吧。跟美姬認識的地點又很特別。」

「聽說是在你外甥的運動會上認識的？」

「是的。那個時候美姬表現得很活潑，與我心目中單親母親的印象截然不同，既漂亮，又魅力十足，對漣似乎也是個好母親，我一下就愛上她了。」

他說因爲是第一次和女人交往，整個人被沖昏了頭，爲她痴迷。

「既然交往，我也考慮和她結婚，也做好心理準備要成爲漣的父親。」

他是個老實人。

「那個時候的漣雖然有點難搞，不過基本上是個好孩子。我剛才也說過，她害怕寂寞，渴望別人的關注。即使後來知道美姬說漣的父親死掉是假的，其他謊言也陸續曝光，我還是想要設法克服，打造出一個能讓漣露出歡笑的家庭，我眞的太天眞了。」

「不，你是太善良了。」

善良有時候會矇蔽人的眼睛。我也沒有資格說別人，這話是說來引以自戒的。

包廂門口傳來敲門聲，服務生探頭進來：

「客人到了。」

入內的是一名年輕小姐，頭髮及肩，沒有染，穿著圓領白上衣和米白色裙子。肩上揹著像是通勤用的黑皮包，臉上化著裸妝，也沒有香水味。

但仍然一眼就可以看出和朽田美姬長得非常像。長相如此，體型也一模一樣。唯一不同的是她腳上的三公分皮鞋款式很樸素，沒有歪斜，因此本人的站姿直挺挺的。

我和一哉先生都站了起來。年輕女子看到一哉先生，鬆了一口氣似地微笑，向我行了個禮。耳上的眞珍耳環散發光澤。她全身上下就只有這樣飾品。

「這是美姬的妹妹朽田三惠小姐。」

一哉先生介紹，我也掏出名片寒暄。三人點了飲料，在飲料送上來前，聊著天氣和連假人潮。

朽田三惠小姐聲音有點小，但舉止和說話態度都很穩重，和姊姊天差地遠。

「妳一個人來嗎？」

我問，她歉疚地再次行禮：

「其實前天家母因爲疝氣住院了。不過只是打止痛點滴休養而已。」

父親在住宅建材工廠上班，連假前半段休息，但後半段還是要上班。

三惠小姐也是上班族，任職於住家附近的成衣批發商。

「我每天都騎自行車上班。」

確實，她的體型和朽田美姬接近，但身材卻十分精實，充滿健康氣息。

服務生送來飲料，關門離去後，柔和的微笑便從三惠小姐臉上消失了。

「我姊一直給你添麻煩，我們眞的覺得很抱歉。」

三惠小姐和美姬只差了一歲，過去的種種風波，她都在當下親身經歷。我也向她說明朽田美姬的委託內容，以及朽田美姬對我的陳述。她表情緊繃地聆聽著。

「她眞的是——到底是在胡說什麼……」

三惠小姐低聲呢喃，一哉先生安慰地苦笑：「眞的很教人頭痛，不過龍聖也順利在康復，請放心吧。有朋友去看他，他連假好像過得很開心。」

聽到這話，三惠小姐一手按胸：「只有這件事教人欣慰……」

她說她和父母都沒有去探望龍聖。

「親權在鵜野先生那裡，而且事情都交給他們處理，我們認爲不要插手比較好。」

三惠小姐微微蹙起眉頭：

「因為如果我還是爸媽隨便插手，給了我姊出面鬧事的藉口，那就不好了。」

一哉先生難以啓齒地支吾起來：「不好意思，我爸媽也很頑固。」

「美姬女士好像也沒有去醫院看龍聖？」我問。

「她說要去，但我和爸媽都制止她。因為我姊的目的根本不是探望。」

她只想要錢——三惠小姐說。

「她說龍聖會遇到車禍，都是鵜野先生的爸媽不負責任，任意把龍聖送去濱本家，還說要告帶路隊的川田小妹妹的媽媽。」

美姬說了很多理由。

「可是說穿了她就是要錢。我爸好好跟她說：妳沒有權利這樣生氣，對於龍聖，妳沒有義務或責任，但也沒有任何權利，結果——」

——我管它道理怎樣，反正龍聖是我生的，該我拿的我沒拿到，我就是不甘心！

——龍聖怎麼不被撞死算了？那樣的話，馬上就可以拿到一大筆錢了！

「我爸打了我姊一記耳光。」

我也很想揍她——三惠小姐說。

「眞的是很丟臉又很不好意思，可是我們還是打電話給鵜野先生，告訴他姊姊像這樣吵鬧。」

一哉先生點點頭：「所以我連絡濱本夫妻，請律師伊納先生居中處理。」

杉田美姬是龍聖的親生母親，因此不能完全不理會她。伊納律師立刻行動，合情合理地擋下她莫名其妙的要求。

「是車禍的事上新聞兩三天後的事吧？」

一哉先生確定地問，三惠小姐點點頭：

「我們一直把車禍的事瞞著我姊，直到新聞播出來。因爲我們知道一定會變成這樣。」

實際上，將近整整兩天，美姬都沒有注意到車禍的新聞。

「她跟那個叫串本的去旅行了。」

連假期間，串本依然要工作，因此提前在四月中旬的時候休假。

「他們丟下漣一個人，自個兒跑出去玩呢。所以才會那麼晚才注意到車禍的新聞。」

「那漣呢？」

「她在電視上看到新聞，立刻打電話給我。」一哉先生說。

「她也打給我了。所以我才知道她一個人被丟在家。」

一哉先生和三惠小姐都吩咐漣「不要把車禍的事告訴媽媽」。

「我們拜託漣說有些事情要預先處理，除非媽媽主動問起，否則要裝作不知道這件事。漣答應了，卻哭著說龍聖太可憐了，萬一他死掉怎麼辦？」

不管怎麼樣，這下總算是阻止了美姬直接去找濱本家、醫院和肇事者。

「伊納律師告訴她，妳是做母親的人，絕不能鬧事，否則本來談得妥的事情也會談不妥。」

靜岡雖然不遠，但也要搭新幹線才能到，這似乎也是幸運之處。

「我姊很貪財，但討厭麻煩。所以我們以爲事情應該會就此落幕，沒想到……」

這回美姬又開始吵說那是殺人陰謀。

「應該是律師談判還需要時間才能有結果，所以她等不及了，把矛頭轉向就在附近的鵜野先生的父母吧。」

三惠小姐咬牙切齒地說。

「什麼那不是意外、是龍聖的祖母想要殺了他，這種妄想簡直蠢到家了。姊姊只要認眞讀過一篇報紙上的報導，應該也很清楚才對。」

——我要蒐集證據，告上警察。這件事傷到龍聖跟我了，這次一定要一哉的媽向我低頭，狠狠刮她一大筆。

原來。「這次一定」、「向我低頭」、「狠狠刮她一大筆」，這些對朽田美姬才最重要。

「她自己也很清楚這是在血口噴人吧。」我說。「感覺幾乎是想到什麼說什麼。」

我忘不了昨天我問「除了上個月的車禍以外，龍聖曾經遭遇過其他生命危險嗎？」時，朽田美姬那傻住的表情。

——我怎麼可能會知道？所以才要叫你調查不是嗎？

她能滿不在乎地這樣說，是因爲她根本沒有細想過。

「是啊……就是說呢。」

三惠小姐垮下肩膀，一哉先生說出我從昨天就一直在想的事：

「這樣推測或許有些惡意，但應該是受到串本的影響吧。美姬很容易受到交往對象的影響。」

三惠小姐聞言露出心痛的笑容：「雖然鵜野先生是被她耍得團團轉。」

「那是因爲我太沒用。」

「這眞的是家醜，不過我姊就是個典型的笨女人。」

三惠小姐的眼神變得堅硬。

「她從小學五、六年紀開始，就變得只知道打扮，開口閉口就只會聊男生。上課時間也都在照鏡子，根本沒在聽老師上課。」

成績當然是超低空飛過。

「國中時，我媽好幾次被生活指導老師叫去。我們只差一歲，我也在同一所學校，小她一年級。我們的姓氏少見，又長得像，每次姊姊鬧出什麼事，大家馬上就想到我，讓我丟臉死了。」

三惠小姐發洩似地一口氣說完，回過神來：「不好意思。」

她的道歉在咖啡廳安靜的包廂裡微弱地迴響。

「總之問題是要如何處理眼前這個問題。」我說。

「就像濱本家的律師說的，美姬女士是龍聖的生母，不可能完全將她隔絕在這件事之外。如果這麼做，萬一美姬申請變更親權，可能會對鵜野先生造成不利。」

一哉先生點點頭，但三惠小姐苦著一張臉：「再怎麼爛的人，母親就是母親呢。」

眞是沒道理……她壓低了聲音。

「所以我想可以利用她對我的委託。」

也就是仔細調查一到三點，製作報告書，讓朽田美姬往後再也無法任意指控相關人士。

「剛才提到，美姬女士甚至吵著要控告帶隊的川田小妹妹的母親，所以不管看起來有多荒謬，查明車禍狀況，絕對不會是白費工夫。」

「雖然覺得那種指控實在太誇張了，但我姊是認眞的。」三惠小姐說。「川田明里小妹妹保護了龍聖，她不僅沒有感謝人家——」

說到這裡，聲音哽住了。

「好的。」一哉先生說。「若是這樣的話，反而應該是我要委託你進行調查。這樣也可以證明家母是清白的。」

「眞是對不起，明明是我姊胡言亂語。」

「所以才必須掌握十足的證據，嚴正否認啊。」

一哉先生鼓勵地對三惠小姐笑道，轉向我說：

「對調查專家杉村先生說這種話或許失禮，不過可以讓我幫忙嗎？」

他說他想替我安排和伊納律師、醫院人員、濱本夫妻和龍聖見面。

「那太好了，不過這會占用你不少時間。」

「沒關係，這都是爲了龍聖。」

連假還有兩天，而且我還有很多有薪假——一哉先生說，搔了搔鼻子。

「其實因爲離婚的問題，我的升遷之路就這樣斷了……我現在被派到子公司。雖然不到清閒，但職務也重要不到哪裡去，就算請假也不會立即有什麼影響。」

他說他還是寄望上司之前說的，還有機會能夠挽回。

「至於龍聖在濱本家那邊的生活，除了直接見面，之前的一切過程都有留下記錄。」

他說龍聖還在鶇野家時就讀的幼稚園、搬到靜岡以後的幼稚園、就讀的小學、兩邊當地的兒童諮詢所、與市公所相關部門的諮詢內容、提議的內容等等，全都留下了書面資料。

「幸好兩邊遇到的公家機關人員都很熱心，建議我們要確實留下我們爲了龍聖諮詢求助的記錄，好預備萬一往後必須上家事法庭調解之需。」

一哉先生說會提供全部的記錄。這更是求之不得。

「那麼，就麻煩你了。」

討論出結果，一哉先生當場打手機連絡他父母、濱本夫妻和伊納律師，大致決定見面時程。

「如果有什麼我幫得上忙的地方，也請隨時告訴我。」三惠小姐說。「其實我很想去看小龍，可是還是不要好了。我想小龍應該不記得我，但我長得很像我姊，還是不要隨便露面比較好吧。」

一哉先生沒有答話，三惠小姐擠出開朗的神情：「不過我想送點東西給他。我知道小龍的生日，不過鵜野先生，你知道川田明里小妹妹的生日嗎？」

一哉先生有些詫異，但似乎立刻就明白三惠小姐的心意：

「啊，那我去問問看，再告訴妳。愈快愈好對吧？」

「拜託你了。」

我問三惠小姐要送什麼？兩人相視微笑。

「三惠小姐的興趣是做雪花水晶球。」

這種飾品是將娃娃、人造花、布景模型等放進玻璃球或樹脂球裡，注滿清水，倒放過來，裡面的雪花或亮片就會滿天飛舞。觀光地紀念品店經常可以看到，每到聖誕節，禮品店就會出現聖誕老人或聖誕樹的雪花水晶球。

「我知道有這種飾品的收藏家，原來妳會自己做？」

「對，也有專賣店賣材料，做起來並不難。」

她說比瓶中船簡單。

「我們結婚的時候，妳也送了一個給我們呢。裡面放了我和美姬的星座象徵，有滿天銀河的星星飄舞。」

這「星座與銀河」，是三惠小姐的獨創設計。

「朽田家的客廳櫥櫃裡擺滿了三惠小姐的作品喔。全部都是手工做的，絕無僅有對吧？」

還好啦——三惠小姐靦腆地笑。

「小龍是山羊座對吧？知道川田小妹妹是什麼星座的話，我立刻就來做。」

「太棒了，他們一定會很開心。」

我喝起咖啡，沒有不識相地追問那個結婚禮物後來怎麼了。

4

五月五日兒童節，我先從拜訪三鷹市的鵜野家開始進行。

鵜野夫妻，尤其是母親，臉色相當難看。我一再強調我很清楚朽田美姬主張的「殺人陰謀」完全是胡言亂語。

「我想美姬女士以某個意義來說，是有些神經衰弱了，請兩位不要當眞。」

鵜野夫妻詳細告訴我一哉先生把龍聖帶回家後，直到濱本夫妻決定收養龍聖的經緯。

「我們經常請濱本夫妻來我們家，讓他們慢慢跟龍聖熟悉。」

他們循序漸進，一起去遊樂園或水族館，或濱本夫妻在鵜野家過夜，接送龍聖去幼稚園，或是濱本太太煮飯請大家一起吃。幼稚園園長熟悉寄養和收養制度，也給了他們許多建議。

鵜野太太寫了龍聖的養育日記，裡面除了龍聖的健康狀況，甚至還有每日三餐點心的菜色。從這份日記，也可以看出朽田美姬的過度干涉。沒完沒了的電話、毫無預警的訪問、隨便跑去幼稚園接人，遭到拒絕又發怒——

鵜野太太是個高雅時髦的「奶奶」，但一談到朽田美姬，那張臉便流露出無法掩飾的嫌惡。

「她一想到就會跑來找龍聖，挑剔太瘦了太胖了、怎麼還不會說話、都是我不會教、嫌幼稚園制服沒洗乾淨等等。」

朽田美姬滿口怨言，也訴苦說離開龍聖很寂寞、想跟一哉破鏡重圓、生活過得很拮据等等。

「再怎麼差勁，畢竟是母親，龍聖一開始也會哭著要媽媽，但她情緒反覆無常而且自私任性，心情一不好就大吼大叫，或不理龍聖說話，龍聖熟悉這裡以後，也開始怕起他媽媽來了。」

龍聖漸漸不再提起「媽媽」，也不會吵著要見她，現在好像已經完全忘了這個人。

「美姬反覆無常，這一點從我跟她在一起的時候就是了。」一哉先生說。「都是因爲我太傻，才害龍聖和媽吃苦了，對不起。」

「你們有讓美姬女士看過這份日記嗎？」

「沒有。」

「那麼這是個好機會，就讓她看看吧。」

我寫了收據，借了日記。

一過中午，我和一哉先生便回到東京車站，搭新幹線前往靜岡。濱本夫妻開車到車站來接我們，載我們去家裡。都說感情好的夫妻，自然會有夫妻臉，濱本夫妻完全就是如此。他們是一對質樸穩重而且溫柔的夫妻。

夫妻先從車禍前後的狀況，以及龍聖平日的生活開始說起，然後我看了龍聖的房間及他們拍的照片和影片。入學典禮照片上的龍聖有些緊張，非常可愛，在小學校門和濱本夫妻一起拍的紀念照，則是揹著嶄新的書包，滿面笑容。

龍聖叫一哉先生「爸爸」，對濱本夫妻則是叫「把拔」、「馬麻」。去年秋天的幼稚園運動會裡，濱本太太和龍聖一起參加「親子推大球」項目。濱本先生幫忙錄影，在一旁加油大喊：「龍龍加油！馬麻加油！」

濱本夫妻將幼稚園及兒童諮詢所的教育諮詢記錄、龍聖的預防接種和健診記錄都井井有條地整理成冊。龍聖經過幾次「試住期」後，在四歲十個月的時候正式搬進濱本家，但有好幾個月都無法適應，幾乎每晚尿床，出現許多退化行爲。當時濱本夫妻找兒童診所諮詢的對話留下了記錄，我讀著讀著，淚腺又快潰堤，不知所措。

我和妻子也是協議離婚，沒有爲親權起爭執。桃子當時七歲，以她七歲兒童的理解方式接受了我們的離別，但內心應該還是感受到糾結與壓力。她出現從來沒有過的過敏性皮膚炎症狀，在專門醫院治療了兩年。探視日前一天我接到連絡時，以及實際看到桃子的脖子和臉頰又紅又癢時，只覺得既愧疚又痛苦。

奇妙的是，朽田美姬從來沒有直接找過濱本夫妻。連確切的住址都不知道，也不曾逼問一哉先生或鵜野夫妻，設法問出來。

「龍聖的車禍上新聞時，我們覺得這下子學校和住家就曝光了，提防美姬女士可能會找上門來，但完全沒有。」

原因之一應是朽田家的人和伊納律師在中間扮演防火牆，但濱本太太說了耐人尋問的話：

「我在想，美姬女士針對的是不是只有一哉先生的媽媽？所以我們不是她的目標。」

她說美姬會特別針對鵜野太太，是因爲無法放下自卑感。

「鵜野太太從一開始就認爲美姬女士配不上一哉先生。這應該讓美姬女士很不甘心，但她本人也明白，這有部分的確是事實。因爲她瞞著家裡揮霍借錢，只能靠公婆替她還債。」

雖然年紀不同，但同樣都是女人和母親，彼此之間的虧欠與羞恥。自己的失敗、後悔和自卑，扭曲的憤怒與依賴。

——你們都做了那麼多年的父女，親子之情不是夫妻離婚就會斷的。

也許在朽田美姬的認知裡，這句話不光是指一哉先生和漣，也是在說前婆婆和她自己。

「我覺得她不願意把龍聖過繼給別人，一定要保留鵜野的姓，追根究柢也是出於這樣的想法，鵜野家的財產、遺產那些，只是順口說出來的罷了。」

如果美姬感謝鵜野太太，尊重她帶孩子的方式，龍聖或許可以一直待在三鷹的鵜野家。但美姬就是身不由己地要干預。因爲她也和女兒漣一樣，想要引人注意，至少在與鵜野太太的關係裡，她因爲得不到認同而痛苦，是嗎？

因爲很近，濱本夫妻帶我去川田家。川田先生是農業機械販賣管理公司的老闆，偌大的土地裡，有公司、住家和停車場。明里小妹妹和父母、祖父母三代同堂，家裡養了三隻貓。

明里的母親是川田家的媳婦，但原本就是當地人，夫妻倆都是明里和龍聖就讀的小學畢業生。川田家和濱本家不一樣，不能向他們吐露太多內情，因此我假冒是一哉先生的堂哥。

川田太太已經從車禍的打擊中恢復過來了。我詢問當天的情況，她的表情仍不由自主地變得僵硬，但說幸好大難化小，小孩子們都保住了性命。

「全多虧明里英勇保護，龍聖才倖免於難。以後我們一輩子都不能把腳對著川田家睡覺了。」

「只要以後他們還是好朋友就夠了。」

川田夫妻這樣說，一哉先生向兩人深深一鞠躬，說：「對了——我請朋友做了一點小禮物，想送給明里慰問，明里是什麼星座的？」

川田先生睜圓眼睛露出不解的表情，但太太笑咪咪地回答：

「明里是巨蟹座。」

一哉先生當場傳訊息給三惠小姐。

聊著聊著，太陽逐漸西下了。到了住院的孩子們吃晚飯的時間，濱本夫妻和川田夫妻說要一起去醫院。我預定用錄影機而不是手機拍攝龍聖的影片，因此今天暫時不一起去了。

「我送杉村先生去車站再過去。」

一哉先生叫了計程車，我們兩個上了車。

「如果是家庭影片，在病房錄影應該不會有太多限制。不過現在是連假，主治醫生和護士長都不在。」

「如果需要事先徵求同意，改天再拍也沒關係。」

「明天已經約了伊納律師。他說不用去他的事務所，一樣在濱田家見面就可以了。」

一哉先生今晚要住在這裡，說他考慮去吃個鰻魚，表情很放鬆。鰻魚嗎？真不錯，我也買個鰻魚火車便當，在車上享用好了。

「杉村先生。」

我正這麼想著，一哉先生忽然放低了聲音看向我。

「雖然我這個父親很沒用，但身邊有許多好人，我覺得龍聖過得很幸福。」

我默默微笑。

「但是相較起來，漣實在很可憐……」

「你不該爲那個孩子煩惱。」

「我知道，只是……」他的眼神陰鬱。「漣在法律上沒有父親。你聽美姬說了嗎？」

生父完全沒有要認這個女兒。

「我聽說漣的父親當時也未成年，當時沒有工作。」

「對，但朽田家的前岳父母人都很好，本來——」

其實並不清楚——一哉先生說。

「不清楚什麼？」

「其實漣的父親是誰，並不清楚。雖然那個人是美姬當時的男友。」

我們之間也落下了帶著陰霾的沉默。不是因爲計程車外已被暮色籠罩。

「前岳母說，美姬從讀國中的時候開始，就和不良少年集團混在一起，過著很糟糕的生活。她經常深夜在外遊蕩、在商店行竊，被警察輔導過好幾次。」

很快地，又加上了不正常的異性關係。

「那個不良少年集團是那裡的大哥——算是半個黑道嗎？是一個流氓般的年輕男人在管事，比他小的人都不敢反抗。結果嗯，怎麼說……」

一哉先生難以啓齒地支吾其詞。

「結果就是美姬懷了漣……但行爲本身，對方到底算不算美姬的男友、美姬到底有沒有同意，都很難說。雖然美姬本人沒有明確地說過。」

我不想再聽到更多了。

「眞是不幸。」

「是啊。」一哉先生說，望向車窗外。「我一直想把美姬和漣從那樣的不幸當中拯救出來。我太輕率、太傲慢了。對我這種不成熟的男人來說，這根本是心有餘而力不足。」

近新幹線車站後，馬路嚴重壅塞起來。我們望著排成車龍的無數車尾燈，默默並坐車上。

隔天一早，我趁著出門前打掃竹中家玄關前面。

「我回來了！」

這時東尼開朗地揹著一個大背包，拎著速食店的袋子回家了。

「吃過早飯了嗎？我買了早餐漢堡。」

東尼說他開了一整晚學弟的車回來，卻頗有精神。

「北上好像會塞得很嚴重，所以我提前回來了。」

我將保全工作交給他，把錄影機和預備的電池放進皮包裡，前往東京車站。

在濱本家見到的伊納律師比我想像中的更要年老，威嚴十足。他有著嘹亮的男中音，咬字也很清晰。我想因為是這樣一號人物，才能不被朽田美姬牽著鼻子走，但也不過度抨擊她，而是壓制住她，拒絕她不當的要求。

我重新說明這次的經緯，伊納律師輕輕撩起灰色的頭髮苦笑。

「朽田女士也實在教人頭痛。」

表情柔和，眼神卻很銳利。

「確實調查之後，亮出報告書給她看，這招對她很管用。因為如果當她是在胡說八道，不予理會，她有可能會失控，不知道做出什麼事來。」

伊納律師說有段時期，朽田美姬也對他說想對川田小妹妹的母親提告。她是認眞的。

「她說川田女士是帶路隊的家長，卻沒有保護好龍聖，所以有責任。」

伊納律師故意瞎掰反駁。

「我說如果妳告川田小妹妹的母親，對方也會反告妳，因爲她女兒明里會重傷甚至昏迷，都是龍聖的緣故。」

結果朽田美姬開始強詞奪理：「那叫小朋友組路隊上學的學校沒有責任嗎？」

「或許有責任吧，但我是不會接這種訴訟的，如果妳想告學校，請找別的律師──我這樣說，她就安靜了。」

這段對話，一哉先生也是第一次聽說，表情羞愧得想要鑽進洞裡。

「奇妙的是，她卻不會吵著要見肇事人的下坂女士，或是要她道歉呢。」

──律師，你要用力削對方一筆。

「她只有這個要求。很乾脆呢。」

「這是因爲什麼都不用做，肇事者也一定會賠錢吧？」我說。「不要求道歉，是因爲其實龍聖受傷，她並不怎麼難過──啊，抱歉。」

不小心脫口失言，我急忙向一哉先生道歉。他垂下頭說：

「請別在意。其實我也這麼覺得。」

下坂敏江當場遭到逮捕，但幾天後就被釋放了。她年事已高，又因爲肇事的驚嚇，健康狀況出問題，住院了一陣子。

「所以警方偵訊不費什麼工夫，但應該不會上刑事法庭吧。雖然明顯是下坂女士的過失，但只是駕駛失誤，並沒有酒駕、分心或超速，而且本人非常誠懇地道歉。」

我們預定三個人一起去車禍現場，在那裡約了另一個人見面。

「我聽一哉提到這件事，立刻找這位記者談了一下，他願意協助。」

是伊納律師認識的當地報記者。

「是很小的地方報，換算成東京，大概只有三個區那麼大的地區而已。不過他們從一開始就一直在報導這起車禍。」

現場是二車線的市道，沒有護欄。路肩畫著白線，行人應該要走在線內。沿線農地與住宅交錯，車禍發生的地點，剛好是有溫室的田地。眞正是不幸中的大幸。

一個穿襯衫長褲，戴棒球帽，揹著背包的五十開外男人站在溫室前等待。

「我是駿河時事報的記者，敝姓鬼頭。」

鬼頭記者在車禍發生當時剛好在附近採訪別的新聞，第一時間趕到現場。

「當時我一眼看去，覺得明里小妹妹可能不行了，幸好她漸漸康復了。」

我們討論後，請鬼頭記者說明車禍狀況，以及後來透過採訪發現的事實，由我錄影。

「如果由我說明，朽田女士應該不會相信。」伊納律師說。「或是硬說她不相信。記者是公正的第三者，她應該也無法挑剔什麼。」

鬼頭記者報導的架勢，完全不輸電視主播。他指出孩子們當時在哪些位置、龍聖和明里倒地的地點、肇事車輛的輪胎痕（現在仍依稀可辨）、車子開過來的方向和軌跡、停下來的位置等等。車輛撞進小學生路隊，衝進田地，在即將撞上溫室的前一刻停下來，下坂敏江整個人傻在駕駛座上，被趕到的附近居民從車子裡拖出來。

拍完現場影片後，我向伊納律師道別，鬼頭記者爲我介紹車禍目擊者和車禍後趕到現場的民眾。總共有三個人，都曾接受過鬼頭記者的採訪。

「抱歉再三打擾，這位是鵜野龍聖小朋友的親戚。」

鬼頭記者介紹我們。

「他說他想親自來現場看看，並向當時幫忙的各位道謝，所以我帶他過來。」

這時我沒有拍攝，也沒有筆記。我扮演被介紹的角色，誠懇地道謝。

「還有一位。」

鬼頭記者帶我前往離現場約一百公尺的咖啡簡餐店。建築很可愛，是白牆與紅屋頂的組合。

「車禍那時候，我剛好來採訪這家餐廳，老闆正在開發當地的特色平民美食。開店前我請他做了幾道試吃，拍了照片。眞的很悠閒。」

我們在那裡用過誤點的午餐，聽老闆說明。這一帶沒有其他餐廳，因此車禍後的幾天，媒體記者和主播等都跑來這裡吃飯借廁所。

「他們——該怎麼形容才好？很興奮？說又是老人的駕車事故，那種態度讓人看了實在不是很舒服。」

這位老闆的說法之所以重要，是因爲下坂敏江也是這裡的客人，與老闆認識。

「她很年輕，看起來才六十五左右，一點都不像已經七十多了。」

下坂敏江都會在看診回家的路上到這裡來喝杯咖啡、吃點輕食，因此老闆也知道她是因爲糖尿病去領藥。

「她會留意飲食，但不到限制這麼嚴格，會叫我三明治不要塗美乃滋，或咖啡不要加糖，如此而已。她人很溫和，看起來人也很好，會車禍肇事，眞的只是一時疏失吧。當然，對那些小朋友來說是無妄之災，但下坂女士也眞的很可憐。我記得她應該也有讀小學的孫子。」

下坂敏江是個善良的老婦人，不是那種會參與朽田美姬的妄想——鵜野太太陰謀殺害孫子——的人，也沒有理由這麼做。這是無懈可擊的狀況證據。

用完午飯後，鬼頭記者說：「你想不想直接聽聽警方的說法？」

我問：「可以見到警方人員嗎？」

「因爲都是當地人嘛，我可以拜託朋友看看，不過如果說出龍聖的母親那種荒謬的指控——」肯定會被笑，同時傻眼吧。

「他們可能會吐嘈『鬼頭你在搞什麼』，那樣我也有點尷尬，所以我提供你當時警方公布的內容，和我採訪筆記的一部分如何？」

很足夠了。「太好了，感謝你。」

「那，晚點我再把文件給你。用傳眞行嗎？」

我和鬼頭記者道別，與一哉先生前往龍聖和川田有里治療的醫院。

濱本夫妻在龍聖的病房裡等我們。

「我們跟院方說，想要讓住在遠方的親戚看看龍聖健康的樣子，院方同意錄影了。」

龍聖住的是雙人房，另一張床空著。這也很幸運。

工作以外的錄影很愉快。我自己只有女兒，但男生的精力比女生旺盛了兩倍，不管是說話還是舉止都很逗趣，我好幾次忍不住笑出來。見到父親，龍聖似乎很開心。我將發問交給濱本夫妻，原本說好「車禍的事不用勉強問也沒關係」，但聊著聊著，自然而然提到了幾件事。

「我很痛，又很怕，一直哭，可是開車的奶奶，還有明里的媽媽也在哭。奶奶一直跟我說對不起。」龍聖腳上的石膏寫滿了來探望的朋友和老師的祝福。班上同學好像叫他「龍龍」。級任導師寫道：「強壯的小飛龍要快點好起來！再一起玩躲避球喔！」

龍聖從小就經歷各種不同的成長環境，應該有許多不安，但現在的他是個活潑開朗的小男孩。他提到過好幾次把拔、馬麻、爺爺奶奶、爸爸、明里，還有導師和同學的名字，卻連一次都沒有提到過「媽媽」。

實際見到龍聖，我漸漸理解到鵜野太太認爲自己無法養育這個孩子的理由，以及朽田美姬反抗、不願讓濱本夫妻收養的理由了——至少理解了其中一個理由。

常說男生長得像媽媽、女生長得像爸爸，而龍聖眞的就像是朽田美姬的迷你版。不管是五官還是輪廓，幾乎都是同一個模子印出來的。即使沒有朽田美姬煩人的干涉與要錢，我也能理解爲什麼鵜野太太會覺得瀕臨極限了。

而對美姬來說，鵜野太太拒絕宛如迷你版的自己的龍聖，就形同她本身遭到否定。

我想起濱本太太的發言：

——我在想，美姬女士針對的是不是只有一哉先生的媽媽？

我覺得她這番洞察一針見血。

昨天回程的計程車上一哉先生說的話，再加上妹妹三惠小姐的發言，可以知道美姬在朽田家，從人生非常早的時期就是個「成天惹事的大女兒」。與生母的關係也不可能融洽。

對女孩而言，母親就是她們的榜樣，但朽田美姬與自己的母親處不好，婚後又受到婆婆厭惡。這讓朽田美姬很不滿，藉由惹出問題，來表達「我很不滿、你們應該要認同我、體恤我」的心情。

笨拙、愚蠢、幼稚。她的內在仍是個多愁善感的青少女。雖然不是所有的小媽媽都會變得如此，但朽田美姬沒有蛻變成母親，時間一直停留在青少女時期。

她往後的人生如果要重新振作，需要莫大的努力，以及外在的支援。這些支援也可以幫助漣。我眞的很想幫幫她們。

我們把龍聖放上輪椅，一起去川田明里的病房探望，最後錄到這對孩子宛如姊弟的笑容。

「這樣就行了。很棒的一次調查。」

我收起攝影機，向孩子們揮手道別，與一哉先生離開醫院。

「下次來的時候，我會帶禮物給你們。」

一哉先生這話就彷彿心電感應般傳給了朽田三惠小姐，他在靜岡站擁擠的新幹線月台接到三惠小姐的來電。

「咦？已經完成了？」

三惠小姐說要送給龍聖和川田明里的雪花水晶球做好了。

「我們正要搭新幹線。是，對——可以嗎？那約在日本橋口的新幹線驗票閘門怎麼樣？」

掛斷電話後，一哉先生對我說：

「我跟三惠小姐約了見面，她要拿雪花水晶球給我，有空我再送去給小朋友。」

朽田三惠小姐今天把頭髮綁起來了。這種髮型讓她不僅是身材，連耳朵到下巴的輪廓都可以看出像極了姊姊。但往後龍聖應該沒什麼機會見到長得跟自己一模一樣的母親還有極相似的阿姨吧。也不會一起爲血統神祕的力量感嘆。

我們三個人在咖啡廳坐下。要送給龍聖和川田明里的雪花水晶球裝在可愛的禮物盒裡。

「我收下了，眞的謝謝妳。」

「調查結束了嗎？」三惠小姐問我。

「結束了。多虧鵜野先生和伊納律師幫忙，兩天就夠了。」

「調查滴水不漏，請放心吧。」

一哉先生大致說明我們做了些什麼，我用攝影機螢幕讓三惠小姐觀看龍聖與川田明里的影片。三惠小姐看著小螢幕，眼框都紅了。

「我已經沒有機會去靜岡了，龍聖和明里開禮物的時候，我不能在場，實在遺憾。」

我這麼說，結果三惠小姐笑咪咪地拿出手機，亮出拍攝製作水晶球過程的照片。

「還有，這是我們家的展示櫃。」

整潔的客廳牆壁被玻璃展示櫃占去一半以上，裡面陳列著大大小小、五彩繽紛的雪花水晶球。

「因爲一哉先生稱讚……不好意思，我這樣有點老王賣瓜呢。」

完全不會，非常賞心悅目。小的只有乒乓球大小，大的有小玉西瓜那麼大，據說現在總共有一百六十七個，相當壯觀。

「我剛好準備了材料要做新作品，所以馬上就可以動手做龍龍和川田小妹妹的了。」

她說上司拜託她做個雪花水晶球，要送給即將結婚的女兒。

「他說想要放在婚宴會場門口，代替歡迎看板。」

「那尺寸應該很大囉？」

三惠小姐用雙手比了個圓。「大概直徑二十五公分吧。新郎新娘是在滑雪場認識的，所以說想要放進滑雪場和小木屋的景。」
因爲很重，她會發揮創意，讓水晶球不必整個倒過來，只需輕輕搖晃就能下雪。
「因爲是結婚紀念品，所以我想用玻璃球，而不是樹脂，感覺會比較高級……」
「很棒的點子。」
一哉先生瞇起眼睛。
「等我結婚的時候，再麻煩妳做一個當紀念好了。」
聽到這話，三惠小姐的笑容凝結了。
「咦？」
我看著兩人。一哉先生忽然尷尬地推了推銀框眼鏡：
「龍聖還在住院，講這種話眞的很心虛，不過其實……」
三惠小姐臉上帶著那凝結的笑容，眼睛微微睜大了：「鵜野先生要再婚了？」
「對。上個月訂婚了。」
隔了一拍，停止的空氣突然流動起來。恭喜！天哪，太好了，我爸媽也一直覺得很對不起鵜野先生呢，這眞是太好了，對方是怎樣的人？啊，不好意思，問這種問題很沒禮貌呢——三惠小姐連珠炮似地說著，笑容愈來愈燦爛。
「是我公司的後輩。」
「難得連假，好像不該爲這種事耽誤鵜野先生的時間……」
一哉先生在臉前搖晃著雙手：「不會，完全沒關係。」
他說連假前半，兩人一起找新居，採買新生活需要的家具，後半——

「她和她爸媽去家族旅行。」

這次調查期間，一哉先生偶爾會開訊息或打訊息，應該是在連絡未婚妻，我沒有主動詢問，但這兩天都無法約會，而且一哉先生處理的又是與前妻的孩子有關的問題，我有點擔心對方會不會不太開心，現在聽到他的話，鬆了一口氣。

「我們快到東京車站的時候，她連絡說到羽田機場了。」

「明天開始就得上班了呢。」三惠小姐說。「剛才你提到的事，如果可以，我眞的想要做一個水晶球當賀禮。要指定什麼樣式都可以。」

三惠小姐有些搞笑地恭敬行禮說，一哉先生一本正經地轉向她說：

「她知道我離過婚，也知道我有龍聖，但還是願意跟我結婚，往後我們不會再爲了龍聖的事麻煩妳們家了。」

「好的。」三惠小姐也笑著回應。「我從來沒有擔心過這個問題。一定要幸福喔。」

回到事務所兼住家一看，丟在桌上的筆電收到桃子的來信。我一回信就接到訊息：「現在可以SKYPE嗎？」我當然說好。

桃子和前妻一起住在世田谷區的前妻父親家。那不是單純的「家」，而是「豪宅」。結婚那時候因爲一些原因，我也在那裡住過一陣子，因此還記得庭院的景觀和房屋格局。

桃子好像不是在自己的房間視訊，而是在屋子西南方的大庭院涼亭。她們和東尼一樣，爲了避免塞車，上午前就從輕井澤回來了，桃子拚命趕工做完「不小心忘記」的作文功課，現在正在涼亭悠哉休息。

「爸爸在工作嗎？昨天跟今天電話都轉到答錄機。」

桃子對我現在的工作有何看法，我並不知道她的真心話。她是個聰慧的十一歲小女生，有時應該也會爲了體貼父親而隱瞞眞心吧。不過桃子理解我這份工作的特殊性，所以不會直接打我的手機。因爲即使是假日，我也有可能在工作。她想跟我說話時，都一定會打事務所的室內電話。

「嗯，我去了一趟靜岡，不過那個案子已經完成了。」

沒有在電話答錄機裡留話，表示桃子想直接跟我說話。

螢幕裡的小臉蛋像這樣一看，長得很像我，也有前妻的影子。耳朵的形狀和她外公、我的前岳父今多嘉親一樣，是招福耳。

「連假好玩嗎？」

「嗯。」

我的小女兒抿起嘴巴，右手食指搔了搔下巴。這是她的習慣。

「……媽媽說還不可以告訴爸爸……」

我心中一凜。

「爺爺住院了。」

她說外公今早在輕井澤的飯店用早餐時，忽然身體不適，休息一下便恢復了，決定回家，但連絡主治醫生後，醫生建議住院。

「爸爸，二月初的時候，外公也發生過一樣的事。」

當時也是一大早，在庭院散步時呼吸困難、胸痛，被救護車緊急送醫了。我完全不知情。即使出了這種事，我現在的身分也無法第一個被通知了。

「那個時候爺爺很快就回來了，可是這次好像要住院動手術。說爺爺的心臟有些地方太虛弱，要裝進什麼東西來補強。」

是要裝心臟支架嗎？還是心律調節器？今多嘉親還是我的岳父時，健康方面幾乎毫無問題。他每年會做一次精密全身健康檢查，聽到他的檢查報告，我都要爲自己的健康狀態感到羞恥。

但世上沒有人是超人，能夠不老不衰，也不生病。

「這樣啊……妳一定很擔心。」

「嗯，爸爸也很擔心吧？」電腦螢幕另一頭，綁著辮子的桃子正咬著嘴唇。

「爸爸很擔心啊。可是爺爺很強壯，只要動手術，一定就會好起來的。」

「對啊。爸爸，我們一起去探望爺爺吧。」

「爸爸很想去。等醫院和手術日期決定後，妳可以問問看媽媽，再跟我說嗎？」

「好。」桃子點點頭，總算露出笑容。「健太郎很喜歡玩水呢。我們大家一起看健太郎的影片，哈哈大笑。」

聊著聊著，桃子的表情漸漸放鬆下來，我鬆了一口氣。

我忽然想到一件事：「桃子，妳是什麼星座？」

「天秤座。問這個做什麼？」

「問一下而已。一直待在院子會感冒喔，進去屋裡吧。」

我關掉SKYPE，正在翻冰箱，結果門鈴響了。是去享受溫泉之旅回來的竹中一號夫人和有紗特地帶禮物來給我。

「朽田的媽媽有來嗎？」

「有。我正式接下她的委託了，請妳們不用再擔心了。」

禮物是箱根的「關所酥餅」。有紗試吃後覺得好吃，所以挑了它送給我。我誠懇地道了謝，完全沒有透露其實我比較喜歡溫泉饅頭。

5

材料都齊全了，我著手製作調查報告書。

朽田美姬先是在七日早上打電話來。因爲我才剛打開電腦，電話就響了，讓我忍不住笑了出來。她果然是個急性子。

「欸，查得怎麼樣了？」我簡短地回答正在進行，她問：「大概可以要到多少錢？」

「我接到的委託內容，不包括賠償金的談判。」

「幹麼那麼一板一眼啦。」

她還想繼續說下去，但我敷衍過去，掛了電話。

八日下午，我將拍到的影片剪輯之後燒成光碟，準備和報告書一起交出去。傍晚她打了第二通電話來，這次是赤裸裸的催促：

「可以快一點嗎？我想快點拿到錢，結束這件事。」

「我昨天也說過了，金錢方面的問題不包括在我的工作裡，請詢問伊納律師。」

瞬間她語塞了。

「——你去找那個律師了？」

「是的。」

「怎麼會？你怎麼會知道那個律師？」

「因爲我做了調查。」

她勃然大怒：「那是他們雇的律師，不管你問他什麼，他都只會說我壞話啊！」

「沒有這回事。」

「你這樣隨便亂查，是侵犯隱私！」

天哪，她眞的知道她在說什麼嗎？

「這樣的話，妳也要告我嗎？」

「什麼跟什麼啦！算了！」她單方面地掛了電話。

我以爲她會殺到事務所來，但當天還有隔天九日都很安靜。朽田母女住的公寓距離這裡只要徒步十分鐘，可以出門買東西順道過來，她卻沒有現身，也沒有電話。是眞的「算了」嗎？或者只是單純的反覆無常？

十日早上，我接到「蠣殼辦公室」的案子。因爲將會有幾天無法分身，離開事務所前，我打了朽田美姬的手機。電話轉入信箱，我留下訊息，說明調查完成，報告書也寫好了，我會有幾天不在事務所，回來後會連絡她。

隔天十一日晚上，回家一看事務所室內電話有朽田美姬的留言。是下午五點十八分打來。

「喂？我是朽田。報告書寄到我娘家。我暫時住在那邊。費用五千圓夠了吧？我付清了。」

聽到這一廂情願的說法，我不禁出聲應道：「是是是。」幸好接下委託時，爲了預防萬一，也問了她娘家的住址。我正在塡宅配寄件單，忽然想起結果漣還是沒有打電話或傳訊息給我。對於那孩子，雞婆的私家偵探幫不上忙。

我將費用明細和請款單也附在報告書及DVD包裹中。如果朽田美姬生氣說不付，我就說我也要請律師聲請支付命令好了——我想著這些，一個人笑了出來。

隔天早上，我參加町內會的清掃活動回來一看，電話正在響。是鵜野一哉先生打來的。

「早安。不好意思一早打電話過去。」

「不會，我才是不好意思，後來都沒有連絡。」

我將這幾天與美姬的對話，以及依她的要求將報告書寄到埼玉市的娘家一事告訴對方。

「我正要寄，應該明天會到。朽田女士讀了報告書不知道會怎麼反應，可能又會連絡你。」

一哉先生知道朽田美姬回娘家的事。

「她說她跟串本大吵一架，要跟他分手。」

「她特地去跟你報告這件事？」

「是的。她從車站打電話來，也就是說，她又來跟我要錢。」

美姬說她需要生活費，一哉先生拒絕，她便歇斯底里地怒罵：「你就不擔心漣嗎！」

「我反駁說漣不是我的孩子，該擔心她的是妳這個母親，結果電話被漣搶走了。」

漣在電話另一頭用蚊子叫般的聲音說：

——我不想去外公外婆家，我可以去爸爸家嗎？

「我也很心痛，但還是明確地告訴她不可以，這樣我很爲難，我已經不是妳的父親了。昨天是我第一次說得這麼決絕。」

漣就像每次講電話那樣，哭了起來。

「我說，以後學校的事、生活上的問題，妳要好好跟妳媽和外公外婆說，自己多保重，然後我先掛了電話。」

總有一天必須做出了結，這樣就行了。甚至還嫌太慢了。

「後來她們就沒有連絡了，但我還是覺得很內疚……」

「我可以理解你的心情，但她帶女兒回娘家的話，美姬父母和妹妹都在，你不必煩惱。」

「就是說呢。」他小聲說。「啊，還有調查費……」

「我把請款單附在報告書上了。」

「如果美姬不付，請交給我。拜託。」

「不行的，委託人是朽田美姬女士，我會請她付清。」

我換了副口吻：

「鵜野先生，你的協助幫了我很大的忙。希望龍聖盡快出院，和朋友快樂地去上學。」

我和他的對話就此結束。我將包裹用宅配寄給朽田美姬，連絡她的手機。電話傳來轉入留言信箱的訊息，我說明已經寄出調查報告書，說「請仔細驗收內容」，掛了電話。

我度過安靜的周末，就彷彿事情告一段落。

新的一週開始，我的工作運來了。一個案子是看到城市情報誌上門的二十多歲上班族，想要調查國中好友現在的消息。

「無法自行從社群網站找到嗎？」

「我不太會用網路，而且他對社群網站應該也沒興趣。他這個人從以前就有些特別，就像匹孤狼，故鄉的同學會只有他沒有出席，甚至也沒有寄賀年卡給任何老同學，我很擔心。」

另一個案子一如往例，是我的生命線「蠣殼辦公室」轉包的工作。是監視與尾隨多名對象的支援任務。由於是輪班，不需要一整天都在那裡，但這個案子本身得花上一個月的時間。

「我做、我做。」

電話另一頭，辦公室職員小鹿小姐笑了：「我好像聽到你心花怒放的聲音。」

「才不是，應該是『援軍來了！』的歡呼。」

在這令人心花怒放的工作空檔，我就像先前那樣請「網路魔法師」小木幫忙，短短兩天就查到老同學的下落了。這個從未出席過同學會的狐狼，居然已經出家得度，成了修行僧。現在人在北陸地方的名剎修行。

「那傢伙的人生到底遇上了什麼事？」

委託人付了定金五千圓加上兩萬八千圓，納悶地歪著頭回去了。

解決這件事的同一時期，我遇上了不是納悶歪頭，而是垂頭喪氣的事。前妻傳訊息給我了。內容是關於她的父親、桃子的外公、我的前岳父今多嘉親的病情和住院的事。果然是預定要動心臟支架手術，目前並沒有生命危險，只是發現腎臟功能變差，可能要洗腎。

「桃子告訴我你想探病的事。你的好意我們心領了，但目前爸的病房有親戚和公司的人進進出出，可能會讓你不太舒服，請你還是別來了吧。」

我和前妻的婚姻，算是我高攀了「金龜妻」，因此妻子那邊的親戚對我的眼光都很苛刻。原本關係良好的大舅子們，也在離婚那時候變得有些彆扭。我們現在已經毫無瓜葛，可想而知，即使去探望，也只會惹來「你來做什麼」的眼光。

「好的。希望他早日康復。」

我簡短地如此回應，消沉了快一個小時。總覺得之前對鵜野一哉說的話，就像迴力鏢一樣射回了自己身上。這已經不是你需要煩惱的事了。

我心思都放在手頭的案子，因此收到朽田三惠小姐寄給我鄭重其事的謝函時，吃一驚。

「我剛才將調查費用匯入指定的帳戶了。多虧了杉村先生的調查報告書，我才能和家父一起說服家姊。我也把龍聖的影片拿給還在住院的家母看了，她非常開心。眞的很謝謝你的幫忙。」

筆跡線條柔和，相當漂亮。

「家姊和串本先生分手，帶著漣回娘家了。我不知道她們會不會就這樣一直住下去，但我希望漣的生活快點穩定下來。」

最後一句是「敬祝身體安康」。

看到朽田三惠小姐的簽名，我想到這對姊妹的名字原本應該是「三紀」與「三惠」。在朽田美姬變回「三紀」以前，朽田一家應該還得經歷許多操心煩惱。但如果這次能夠有個圓滿的結局，對孩子們也是好事一樁。

我查了一下帳戶，看到有一筆以「朽田美姬」的名義在十六日星期三匯進來的款項。我在請款單上註明「請扣除匯款手續費」，但她匯了整數。

我寫了「朽田美姬」台照的收據，放入收件人爲三惠小姐的信封，郵寄出去。

這樣就結案了。我本來想請三惠小姐做個天秤座的雪花水晶球，當做桃子十月的生日禮物，結果沒能開口。雖然與案子完全無關，但三惠小姐應該不希望再被偵探打擾吧。放棄這個念頭好了。

儘管我這麼想——

6

二十一日星期一晚上九點多，我協助辦公室的工作回家後，竹中夫人請我吃飯。

「聽說這陣子你都過著日夜顛倒的生活呢。有好好吃飯嗎？」

似乎是房間在我租借的空間正上方的東尼擔心我，告訴了夫人。我最近的生活確實很不規律，跟東尼有得拚。

「是外包工作，一點都不危險的。」

但三餐不是吃超市便當就是牛丼店，家常菜格外令人開心。

竹中家早就用完晚飯了，卻特地爲了我提供三菜一湯。我正感激地享用，一號夫人順子女士和長女有紗到飯廳來了。

「晚安。」

一號母女顯得坐立難安。一號夫人和竹中夫人對望一眼，彼此輕輕頷首。看來是有事找我。

「杉村先生現在好像很忙，特地跑來跟你說這些，或許是給你添麻煩。」

「請別這樣說，怎麼了嗎？」

「我也勸她說如果很在意，就問個清楚。」竹中夫人說。「畢竟這是杉村先生的工作。」

順子女士略顯遲疑地開口：「上星期六我遇到一件事，讓我有點驚訝。」

她在附近的超市再次巧遇朽田美姬。漣也在，母女倆一起出門購物。

「我先看到美姬太太，她整個人改頭換面了。因爲她的服裝和化妝，全身上下都好正常。」

「我聽說杉村叔叔答應朽田的媽媽的委託。」有紗說。「所以我媽覺得是杉村叔叔幫忙解決了某些問題，讓朽田的媽媽恢復正常了。」

不，不對。

「我想那個人應該是朽田美姬女士的妹妹，漣的阿姨。她跟美姬女士只差一歲，身材長相都非常像，但打扮風格天差地遠。」

朽田美姬和男友串本憲章大吵一架，吵著要分手，回娘家了。但漣還要上學，事發突然，應該沒那麼快就能辦理轉學，就算原本住的公寓要退租，搬家也要時間，所以三惠小姐才來幫忙吧？

我大略說明，一號母女面面相覷。竹中夫人默默地抽菸。

「那樣的話……一定就是這樣吧。可是……」順子女士蹙著眉頭繼續說：「我沒有主動招呼，但因爲很好奇，所以悄悄觀察。結果看到漣的言行非常誇張，把我嚇到了。」

「怎樣誇張？」

順子女士說，簡而言之，漣變得既蠻橫又盛氣凌人。

「我要買這個、我要買那個、這個很難吃不要、小氣什麼——感覺有點像叛逆期的小孩故意在跟母親作對。」

漣的表情很可怕。

「就像恨死了對方，很冰冷。我到現在都沒辦法相信一個國中女生居然能露出那種表情。」

還有更令人不敢置信的對話。

「美姬太太？還是她阿姨？總之如果那個人回嘴說什麼……而且只是果汁的牌子這類根本沒什

麼的小事，漣就——」

——閉嘴啦！妳敢跟我頂嘴？

「那個不曉得是美姬太太還是阿姨的人也完全不生氣、不罵她，只是默默地不敢看她。」

才剛裝滿了美味晚餐的我的胃袋似乎慢慢地絞緊了。

「我覺得好像看到什麼不該看的東西，逃之夭夭地離開超市。我把這件事告訴有紗……」

「我也遇到奇怪的事。」

是十六日星期三，有紗放學回家的路上。

「我在車站前面被朽田——太混淆了，叫漣吧——被漣叫住了。」

——有有！

「她不是穿制服，而是穿便服。迷你牛仔裙配T恤，這是沒什麼啦，可是……」

她戴著很昂貴的腕錶，還有鑽石項鍊（看起來像眞的）。背上揹著普拉達的黑色尼龍背包。

「塗著口紅，頭髮燙鬈了。她說她要跟朋友去KTV，邀我一起去。」

有紗當然拒絕了。結果朽田漣——

「肉麻地抱住我的手臂，臉上怪笑著——」

——我很快就要進妳們學校了，請多指教喔！

「我只覺得：咦？咦？咦？整個莫名其妙。」

我們又可以當同學了——漣一股腦地說個不停。

——有有，妳生日快到了對吧？我送妳禮物。妳是雙子座的對吧？

我說：「她說的禮物，難道是星座的雪花水晶球？」

一號母女同時瞪大了眼睛：「你怎麼知道？」

「那應該是漣的阿姨的興趣。」

有紗用力點著頭：「對對對！以前她跟我說過，生日的時候阿姨送她一個，是純手工的。」

有紗甩掉說個不停的漣回家了。

「我本來想跟我媽說，可是覺得很不舒服，不想再次提起……而且我覺得她的成績根本不可能進我們學校，反正一定又是在瞎扯。」

然而她聽一號夫人提起星期六在超市目擊的事，驚訝之餘，把這件事也告訴了母親。

「朽田她家到底怎麼了？」

竹中夫人和一號夫人的眼神沒有太多的不安，反而浮現好奇。但有紗是真心感到厭惡。

只有這些線索，我還不能說什麼。不過總覺得暗潮洶湧。

「這件事我來處理。如果又發生什麼事，雞毛蒜皮的小事也無妨，請告訴我。」

朽田母女租的公寓「鈴木天地」離竹中家不遠。但之前我沒必要去拜訪，平日生活也不會經過那裡，因此這是第一次去。

我走在夜晚的道路上，打電話到朽田美姬的手機。沒有轉入信箱，而是傳出「手機未開機，或是在收不到訊號的地方」的訊息，我立刻掛掉了。

「鈴木天地」是一棟三樓小公寓，位在商店住宅與小工廠混合的街道中。即使夜色昏暗，也能看出建築物很老舊了。房號是二〇一，信箱沒有掛出名牌。

小夜燈明滅閃爍的走廊深處，有道陡急狹窄的階梯。二〇一號室在二樓最前面。

我按下門鈴。室內傳出的鈴聲很響亮，卻沒有反應。設置在門旁天花板附近的電錶持續走動著。我再次按門鈴，按第三次的時候，門內傳出解門鏈的聲音。

門打開來，一名必須仰望的壯漢慢吞吞地露臉。頭髮理得很短，眉毛粗濃，臉晒得黝黑，T恤的肩膀都被肌肉撐得隆起來了。

「——什麼事？」

對方冷漠地問，瞬間我便知道他是誰了。「串本憲章先生是嗎？」

聽到我的問題，對方眨了眨眼。

「我是，你是誰？」

「抱歉夜裡打擾，敝姓杉村，是偵探。住在這裡的朽田美姬女士委託我調查一些事，我有急事要與她連絡，過來找她。」

他走到脫鞋處，把門推得更開了。是個彪形大漢，類型和一哉先生截然不同。工作褲的腰帶繫著粗大的鑰匙環。

「喔，你就是那個偵探。」

聲音粗啞。呼氣有菸味。他從頭到腳把我打量了一遍，說：

「美姬不在。」搬出去了，他說。

「她妹妹說這裡要退租，我是來拿自己的東西的。」

「妹妹是指三惠小姐對吧？」

「對，你知道？」

「現在女兒漣是和美姬女士在一起嗎？上上個星期五，她們一起回娘家了對吧？」

串本不愉快地瞇起眼睛：「你到底有什麼事？」

室內亮著燈。是附廚房的小套房。可以看見裡面堆滿了尺寸和印刷都不同的紙箱。

「不好意思，方便讓我進去談嗎？事情有點複雜——」

串本憲章打斷我說：「美姬也不在娘家。」

什麼？

「她丟下小孩跑掉了。如果她眞的要跟我分手，我也得跟她要回我借她的錢，上星期下班後我過來這裡，發現她妹妹過來，說要整理東西，把這裡退租。」

是十六日星期三，下午一點的事。同一天有紗放學時在站前遇到漣，特別打扮過，佩戴著不適合國中生的飾品，說要跟朋友去唱ＫＴＶ。

「冰箱和電視是我買的，不能讓她隨便搬走。我問美姬人呢？她妹妹說她也不知道。」

——我姊離家出走了。

「她有說是什麼時候嗎？」

串本不耐煩地搔著後頸：「好像回娘家沒多久就跑了。一早起來就發現人不見了。」

我再次環顧室內。晒黃的牆上，撕下月曆的地方留下白色的方塊。沒有像樣的家具和家電，只堆著幾個空的衣物收納盒。

「因爲也沒辦法，我當場叫了回收業者過來，把能賣的東西都賣了。」

妹妹也在場，他說。

「不是我自作主張。而且變賣的錢，根本不夠我借美姬的錢。」

「這樣啊。那你今天是來拿什麼的？」

「那些衣物收納盒。」串本指著說。「說好裡面的東西清掉以後，盒子我要。」

「你有這裡的鑰匙嗎？」

「備份鑰匙吊在報箱裡面。如果交給小孩，弄丟就麻煩了，美姬都這樣做。」

流暢地回答完後，他總算注意到似地板起臉來：「你是要說我做了什麼壞事嗎？」

「不，我完全沒這個意思。」

我反倒無暇去理會這些。

「串本先生，我想請問，你怎麼會跟美姬女士吵架分手？」

我已經有了會被大吼「干你屁事」的心理準備，但串本回答我的問題了。而且回答非常明快。

「因爲美姬又去借高利貸了。」

還把催繳單藏起來。

「就算藏起來，遲早還是會露餡，她眞的有夠笨的。我從以前就一直叫她不要這樣，她卻想向我同事還是朋友借錢，這也讓我受夠了。」

我又感到胃袋揪了起來。我想起來訪事務所時，站在門口的朽田美姬的高跟涼鞋扭曲、讓她的姿勢也連帶跟著扭曲的事。

「美姬女士明明還不出來，卻到處借錢嗎？」

這個問題讓串本怒目相向：「她想拿小孩的賠償金還。」

不是漣，是龍聖，那個被車撞的小孩的賠償金——

「她眞的腦袋有問題，說要雇偵探向那個肇事的老太婆狠敲一筆。啊，你就是那個偵探嘛。」

「是的，就是我。」

「聽說調查費只要五千圓，眞的嗎？」

「這是誤會，不過美姬女士跟你說，她是爲了拿到賠償金而雇用我的是嗎？」

串本點點頭，這次搔了搔耳後說：

「我是專門跑長途的，每次出去，都要三、四天才能回來。所以小孩車禍的事，我也沒有聽美姬詳細說過什麼。不過我跟她說，該拿的就要拿，這是受傷又受驚的小孩子應有的權利。」

很正當的言論。朽田美姬那句「憲章也這樣說！」完全是有利於她的粉飾。

「可是那個白痴，居然想私吞小孩的賠償金。我罵她做母親的怎麼能做這種事，她就吵著要跟我分手。」

一隻小飛蛾撲打著天花板暗沉的螢光燈。振翅聲異樣地刺耳。

「你最後一次跟美姬女士說話是什麼時候？」

「就她回娘家那天。」

十一日，星期五下午。

「我下班後過來這裡，美姬出門不在。因爲房間實在太亂了，我整理了一下，結果發現高利貸的催繳單。」

然後兩人大吵一架。

「後來你有再見到她，或是和她通電話嗎？」

串本說一次也沒有。

「就算打她的手機，也都關機，居然不理我。」

我覺得應該不是。

「那你有跟漣見面嗎？」

「沒有。我沒事幹麼找她？而且我本來就不喜歡那丫頭。」

陰沉得要命，串本說。

「跟我不親也就算了，可是還撒謊成性，蹺課不去學校，我一罵她就哭。」

我仰望比我高出一顆頭的串本的臉。之前我都誤會他了，真是抱歉。

「串本先生，我接到的委託還沒有完成，我必須見到美姬女士。可以請你連絡每一個你知道的她的朋友或認識的人嗎？美姬女士或許和誰在一起，也有可能向他們借錢。她跟你分手，又離開娘家，只能去投靠朋友了吧？」

我不打算說出口，而且這個想法在我的內心也尚未明確地化成語言。不過我的擔憂應該是顯現在眼中了，原本嫌麻煩地皺眉的串本立刻變得一本正經。

「嗯，之前每次吵架，她都會跑去住朋友那裡。」

「拜託你了。」

我們交換了手機連絡方式。

「只要知道美姬女士人在哪裡，多晚都沒關係，請立刻連絡我。不過請不要告訴美姬女士的妹妹和漣你跟我見面的事。我不希望她們擔心。」

「好。」

我本來想幫他搬出三個空收納盒，但根本不需要。串本輕鬆地扛著那些盒子走下樓梯。

我熄了燈，關上門，用備份鑰匙上了鎖。將繫著塑膠繩的鑰匙丟進報箱時，發出輕脆的聲響。是看似平靜的現實中第一道龜裂的聲響。

幸好這時候的我，必須爲辦公室的外包案子斷斷續續地出門工作。如此一來，在等待串本連絡的期間就不會胡思亂想了。

我的擔憂很容易就可以抹去。只要串本查到美姬的下落、或是又和她在電話裡吵架、或竹中一號夫人還是有紗在哪裡看到美姬、或美姬來催我：「錢要到了沒？」又或是她接了我的電話——

我也多次前往「鈴木天地」公寓。二十三日是早上六點多，二十四日是中午，兩次都只有門鈴作響。二十五日傍晚，辦公室的工作結束後我過去一看，發現電錶已經停止轉動，門把上掛著電力公司和天然氣公司給新房客的指引手冊「啓用電力之前」、「天然氣啓用方式」。報箱裡的備份鑰匙也不見了。完全搬離退租了。

這天晚上，串本連絡我了。背後有汽車的聲音。應該是在休息站之類的地方。

「喂？我在外面，收訊不好，不好意思。」

「不會，聽得很清楚。連絡上美姬女士了嗎？」

「完全找不到她。」串本回答。「這陣子美姬的朋友和我朋友都沒人見過她，也沒接到電話。」

不過十二日星期六早上，朽田美姬打過電話給她開美甲沙龍的朋友（正確地說，是國中學姊）說——

我要暫時回娘家，不去上班了。

「那朋友很生氣，說她還是一樣死性不改，不負責任。」

但美姬這個月還是總共上班了二十個小時，必須付她薪資。朋友問美姬要怎麼處理。

「她說有空再去拿，但後來一直沒有去。」

串本低啞的聲音有些被噪音蓋過了：

「——像她。」

應該是說「很不像她」吧。

「居然丟著可以拿到的錢不管，平常的話，這實在不可能。而且她現在這麼缺錢。」

這麼缺錢。高利貸都寄催繳單來了。原本指望的龍聖的賠償金也沒拿到。

「謝謝。」

「其他還能做什麼嗎？」

「我會去她的娘家看看。」

「喔……這樣的話，嗯，麻煩了。」

掛斷電話後，我好半晌坐在桌前無法動彈。

隔天早上，我一醒來就打朽田美姬的手機。聽著不知道聽過多少次的「手機未開機——」訊息，洗臉整理儀容。

早餐去「侘助」吃吧。這陣子都沒去，而且在展開沉重的一天前，至少先用老闆做的熱三明治爲自己加油打氣吧。我這麼打算著，開門一看，卻發現裡面坐著意外的人物。吧台座最裡面的座位。那裡是我最中意的位置。坐在那裡大口啃著熱三明治的，是警視廳刑事部搜查一課追蹤偵查班的立科吾郎警部補。

「歡迎光臨。」老闆招呼我。「杉村先生，好久不見了。」

我正僵在原地，立科警部補舉起空著的手，咧嘴一笑：「早。眞巧。」

他沒有打領帶，但西裝做工精緻。

我默默地看老闆，老闆微微聳肩：「你們認識？」

不認識。只是今年二月初，立科警部補突然來訪我的事務所罷了。當時他穿著大衣、帽子和圍巾，全副武裝，我卻連外套都沒穿，站在門口跟他說話，差點沒冷死。

那天微微抬起帽簷、裝模作樣地致意的立科警部補頭髮稀疏。今天看到的他，髮線退到很後面。那個時候他「呵呵」地笑，但現在咧嘴的笑容一樣惹人厭。

「立科先生成了我們的常客。」

「他說他在美食評比網站看到的。」

「咦？不是杉村先生介紹的嗎？」

老闆交互看了看我們。立科警部補一點都不心虛。

「我都在值班結束後過來吃早餐。」他說，將牛奶加入咖啡。

原來追蹤偵查班要值夜班？這個人說的話，跟朽田美姬說的話一樣不可信——

但他是刑警。

我按住額頭。會在這時候遇上這個人，或許是上天的安排。

「杉村先生，別杵在那裡，坐吧。」

老闆催促，我在立科警部補旁邊坐了下來。店內大概坐滿了一半。雅座坐著一群去做早晨廣播體操回來的長者。

「立科先生。」

我壓低聲音。

「上次你來的時候，說很好奇我是個怎樣的偵探。」

「對。」

濕毛巾和冷水端上桌來。

「既然如此，今天你要不要實際看看我是怎麼辦案的？」

警部補直瞅著我看。他的面龐光滑細長，眼睛很大，嘴角微微上揚。這種嘴型的人隨時都是一副和善的面孔，事實上警部補也給人這種感覺，卻有種危險的氣息。至於爲什麼，近看就知道了，他的右眼是三白眼。

「牽涉到犯罪嗎？」

「對。」

「什麼犯罪？」

「我想可能有人死了。」

警部補低下頭，用湯匙攪拌咖啡。「在哪裡？」

「埼玉市內。」

「那不是我的轄區呢。」

「你是追蹤偵查班的人，剛出爐的新鮮案子也不歸你管，所以當成觀摩剛剛好，不是嗎？」

湯匙停止攪拌了。

「今天的早餐有蘆筍醃牛肉熱三明治和雞蛋三明治，你要哪個？」

立科警部補說，再次咧嘴一笑：「塡飽肚子才能上戰場嘛。」

能免是最好的，但既然免不了，就需要代步工具，因此我租了車。立科警部補理所當然地坐在後車座。

「我喜歡兜風。內子喜歡開車。天造地設的一對，對吧？」

「太太開車的時候，立科先生也都坐後車座嗎？」

警部補瞪大了眼睛，彷彿打從心底被這話嚇了一跳：

「怎麼可能！當然是坐副駕駛座啊。」

諷刺的是，天氣很適合兜風，晴朗得教人牙癢。大致上的狀況，我已經在「佗助」裡交代過了，因此一路上沉默不語。立科警部補滑著手機，似乎在看地圖。

「埼玉那一帶，昭和四十年代好像很盛行開發住宅區。」

以前是洋蔥田，他說。

「啊，不是說百分之百全部都是種洋蔥，而是盛行種洋蔥那類近郊農業。」

車子依照汽車導航指示前進，進入的道路就像警部補說的，兩旁全是老舊的透天厝。其中也摻雜著較新的低矮公寓、排屋公寓和精緻的設計公寓。

朽田家位在巷弄盡頭，是兩層的獨立透天厝，輕量屋瓦、砂漿外牆。外牆髒污得很厲害，但屋瓦似乎換過不久，綠松色十分搶眼。雖是巷弄，但完全可以容納車輛進出。屋子對面右邊是綠地，左邊是蓋著塑膠布的三層樓房，不知道是在興建還是拉皮。總之無法從這邊進出。

朽田家庭院很大，沒有圍牆或柵欄。屋子正面的大室外機旁邊，放著捲起來的銀色防塵套。

「好像開車出去了。」立科警部補說。

我沒有將車子迴轉，直接開進前院停下來。走下駕駛座時，我覺得室外機上的窗戶裡面的蕾絲窗簾似乎搖晃了一下。

玄關門是木紋的，有兩個並排的小方窗。對講機樣式簡單，而且很小，似乎沒有視訊功能。

門牌很氣派，是人造大理石，用明朝體刻著「朽田」二字。

不管按門鈴多少次，都沒有任何反應。我握起拳頭，準備敲門的時候——

「……喂？」對講機傳出微弱的女聲。

「我是杉村，前些日子和鵜野一哉先生一起見過面。不好意思突然拜訪。」

對講機沉默著。

「我寄出調查報告書後，就連絡不上美姬女士了。公寓那邊好像也退租了。」

立科警部補站在我身後，雙手插在外套口袋，悠哉地東張西望。

「一、二、一、二」，吆喝聲從遠方乘著五月的風傳來。附近應該有學校。

「我想找美姬女士，請問她在嗎？」

玄關門打開，三惠小姐就站在裡面。距離第一次見面已經過了二十幾天。她憔悴的程度是一目瞭然。沒有化妝，頭髮隨便紮在脖子後面，穿著圓領T恤和牛仔褲。

我看著她的眼睛，在其中看見黑暗。

「美姬女士在哪裡？」我問。

朽田三惠眼中深處的黑暗動搖了。

「怎麼會連絡不上她？漣怎麼會用那麼粗暴蠻橫的態度對妳？她是妳外甥女，怎麼會說什麼妳不敢對她頂嘴？漣身上那些以國中生而言過於昂貴的飾品和包包是美姬女士的嗎？或者是三惠小姐妳的東西？」

我努力慢慢地說，免得聽起來像逼問。三惠小姐垮著肩膀，抓著玄關門把站著。她的目光游向立科警部補，我說：

「我認爲可能發生了棘手的狀況，所以請他一起來。他是警方人員。」

立科警部補浮現不是「呵呵」也不是咧嘴的笑容，從外套口袋掏出警徽亮出來。她應該無心去分辨那是警視廳的警徽，而不是埼玉縣警的。

「我再問一次。」

我心痛極了。這是即使擁有上帝之手的心臟外科神醫也無法去除的痛。

「美姬女士在哪裡？」

朽田三惠當場蹲坐下去，就宛如懸絲被剪斷的傀儡人偶。

「對不起……」

聲音在發抖。抱住頭的雙手也在發抖。

「我早就知道的，我知道不可能瞞得住的。」

我早就知道我早就知道我早就知道——

「很抱歉，妳不能再回去屋子裡面。」

立科警部補說，我讓三惠小姐坐進租車的後車座，將車子從巷弄開到馬路上。

立科警部補坐在她旁邊。我打開她那一側的門，扶著車緣站著。

「我爸和漣去我媽住院的醫院。我媽今天出院，他們去接她。」

朽田三惠面無血色，緊握著顫抖的手，細聲囁嚅。

「住院的令堂完全不知情對吧？」

「對。」

「但令尊和漣知道。」

她閉上眼睛點了點頭。一次、兩次、三次，就好像要甩開什麼。

「那麼，令尊和漣也跟妳一起去轄區警署比較好。等他們回來吧。」

立科警部補不知爲何沒有看她，而是望著窗外。

「這種情況算是自首。」

他看著不相干的方向，閒話家常地說。

「因爲警方甚至還不知道出事了。但妳主動跑去坦承事實，警方對妳的觀感會很好。」

淚水湧上三惠小姐的眼眶。我開口了：

「妳沒有必要現在詳細說明出了什麼事。不過……如果妳願意，請告訴我吧。妳能說嗎？」

「嗯。」她抹去滾下臉頰的淚水。

「是什麼時候、出了什麼事？」

三惠小姐張口，卻發不出聲音，痛苦地喘著氣。

「姊姊說想看杉村先生的報告書附的光碟，到我房間來。」

那是十三日星期天，下午三點的事。

「我們家沒有ＤＶＤ播放器，電腦也只有我一個人有。」

朽田美姬讀完報告書後，火冒三丈。

——這種事調查得再多又有屁用！

但她還是想看龍聖的影片。

「姊姊也說了串本先生的壞話，說他小氣。明明都是她自己又亂借錢，才會鬧到吵架分手，全是她咎由自取。」

開始播龍聖的影片後，美姬罵得更是口不擇言了。她咒罵鵜野夫妻、濱本夫妻，還有說明現場狀況的鬼頭記者。

——說得那麼誇張，有夠會酸人的，白痴啊？

當時三惠小姐正在自己的房間桌上擺滿了材料製作雪花水晶球。是上司請她做的結婚賀禮。

「姊姊說，早知道這樣就把龍聖留在身邊了，說這樣才能拿到錢。」

然後美姬拍了一下手，就彷彿想到了什麼絕妙點子，說：

——乾脆跟一哉復合好了，這樣最方便了。

「我急了起來。」

又會給鵜野一哉造成麻煩，害他困擾了。

「所以我忍不住說了。」

——姊，妳少自私了，人家一哉先生要再婚了。

結果美姬暴跳如雷。

「姊姊歇斯底里的時候總是這樣，會瞬間暴怒，大吼大叫，完全失去理智。」

再婚？開什麼玩笑！他有什麼權利再婚！

「我爲了要讓姊姊冷靜下來、打消這個念頭，說婚事已經定下來了，兩人都已經訂婚了，可是她完全聽不進去。」

最後美姬大叫：

——我要搞死他！居然敢丟下我和漣，一個人得到幸福，我絕對不會放過他！

「她拿出手機要打電話。應該是要打給一哉先生。」
朽田三惠說著說著，身體愈縮愈小。
「我覺得這下不得了了。都怪我大嘴巴——」
必須阻止才行。非要她罷手不可。
「眼前一片空白——」
爲什麼？爲什麼？爲什麼她就是要這樣折磨我？
「回過神時，我已經抓起桌上的玻璃球往姊姊砸過去。」
那是直徑二十五公分的玻璃球，完全足以成爲殺人凶器。
「姊姊直挺挺地倒了下去。頭破掉了，血噴得到處都是，她的手腳抽動了一陣子，但一下子就軟下來了。」
朽田三惠也當場癱軟。她手足無措，失魂落魄，這時父親和漣回來了。
「是令尊幫忙收拾善後的呢。」
——這不是妳的錯。對不起。這是沒辦法的事。
「我爸說，追根究柢，一切都是父母的錯。」
父親在當晚將屍體放進自用車裡，不知道載去哪裡，在黎明前回來了。
「所以我不知道姊姊在哪裡，對不起。」
我無言以對，茫茫然地思量著。三惠對鵜野一哉應該懷有某些情愫——姑且不論這份感情能有什麼發展，或是她想要什麼樣的結果，但這份情愫引爆了她，讓她在那一瞬間犯下了凶行。
「我搶走了漣的母親，但……」

漣撲倒在美姬的遺體上放聲痛哭。但是哭完之後，她說：

——媽媽已經不在了，我想怎樣都可以了，對吧？

她說她討厭現在讀的公立中學，想要讀制服比較可愛的私校。想要更多零用錢。想買漂亮的衣服。阿姨，妳的飾品借我戴。媽媽的衣服跟包包，我可以接收吧？

可以吧？如果不可以，我要說出去喔？

「一開始她說她要回去東京的公寓，一個人住。」

——給我錢就好了。

「因爲千萬不能讓她這樣做，我急忙把那邊的公寓退租了。學校那裡，我打電話給級任導師，說她跟同學之間好像有些問題，想要暫時請假在家一陣子。」

朽田三惠聲音顫抖，有時有些語無倫次，立科警部補看似心不在焉地聽著她這番「供述」。然而當她說到一個段落時，立科警部補開口說：

「妳很堅強。在偵訊室也要照這樣好好加油。」

警部補的聲音有些尖銳，語調也有著獨特的抑揚頓挫，聽起來就像在調侃人，但他的眼神嚴厲，瞳孔銳利地縮緊。

這是一年當中最舒爽的季節，我卻不舒服極了。渾身冒冷汗，就像得了流感似地發冷。

我覺得是我的工作、我的調查報告書招致了這樣的悲劇。

吆喝聲又乘風而來。是運動社團在練習嗎？

「附近好像有學校？」

警部補問。三惠抬頭，從擋風玻璃望向遠方。

「──是我姊和我以前讀的國中。」

她的臉上失去了一切的表情。

「我和我姊長得很像──」

所以吃盡了苦頭。

「也差點被我姊的那群壞朋友做一些下流的事。他們把我圍住，說『妳衣服脫掉，身材應該跟妳姊一樣好』，我嚇壞了──」

嘴角開始微微顫抖，牙關不停地打顫。

「姊姊過去所做的一切壞事，全都籠罩在我的頭頂。我在學校永遠都被人議論紛紛，老師也都用有色眼鏡看我。」

欸，她是那個朽田美姬的妹妹耶。跟她長得一模一樣。

「我媽一直因爲腰痛問題求醫，全家靠我爸一個人賺錢支撐，家裡的房貸還沒有還清，日子一點都不好過。」

這時卻冒出一個必須扶養的外孫女漣。

「所以我不得不放棄升學。高中畢業以後，第一志願的公司也是，一定是對我做了身家調查，明明都進到社長面試那一關了，最後卻沒有被錄取。」

她用力嚥下一口氣，手按住喉嚨。

「我跟以前的男友都論及婚嫁了，然而兩家人見面以後，他卻馬上把我給甩了。因爲對方的母親被我姊的言行嚇到了。」說到這裡，朽田三惠又淒慘地笑了：「只要是正常人，都會被嚇到的。」

明明自己什麼也沒做，惡評卻如影隨形。她是妹妹，一定跟她姊同一副德行。別看她一副乖乖牌的樣子，絕對不能相信她。

朽田三惠以平坦、呢喃般的聲音，不斷地傾吐著。

「我好難過、好生氣，但又不能怎麼樣，曾經去找過一個據說很準的算命師。」

我的未來到底會怎麼樣？難道我這輩子就要被我姊這樣破壞殆盡嗎？

「結果算命師訓了我一頓。」

——不管過去有多苦，那都是妳的歷史。因爲有昨天的妳，才有今天的妳、明天的妳。如果妳無法接受過去，繼續往前走，就不可能有幸福的未來。

「但我怎麼可能做得到？」

她雙手摀住了臉。

「我不行了！我已經完了！」

已經夠了。我受夠了。我精疲力盡了。

「明明那些把我逼到走投無路的『昨天』，全都是我姊幹的好事啊！我從來就沒辦法選擇自己的昨天！」

說到最後，聲音變成了壓抑的慘叫。

立科警部補揚起下巴：「車子來了。」

他打開車門下車了。我也循著警部補的視線望去。一輛白色小汽車穿過寂靜的住宅區駛來。

朽田三惠在後車座啜泣起來。

立科警部補隔著租車屋頂望向我：「你也要好好加油啊，偵探。」

五月藍天下，我只能凝然佇立，化成了一尊私家偵探外形的岩石。

解說——路那

在隱藏的過去，與未至的明日之間

※本文涉及故事情節，未讀正文者請慎入

在《聖彼得的送葬隊伍》中，與妻子離婚的杉村三郎，迎來人生另一個階段。他回到老家，邂逅了開設偵探事務所的富少蠣殼昂，最後回到東京，向資產家的竹中家族租借老舊的別館。

這棟別館在震撼日本的三一一地震中變成危樓。於是在《希望莊》的最後，杉村搬進房東離家出走的二女兒原先住的半連棟小宅，繼續經營他有些慘澹但也還過得去的偵探事業，迎來本作《沒有昨日，就沒有明天》中〈絕對零度〉、〈華燭〉和〈沒有昨日，就沒有明天〉的三個故事。

離開岳父的豪宅與父母的老家，搬進三代同堂「由於不斷地增建，屋子內部幾乎化成了迷宮」的竹中家的杉村，在本作中，隨著故事的進展，不得不更進一步地介入他人家庭關係的情況屢屢出現。於是，在《沒有昨日，就沒有明天》中，那個讓偵探杉村不得不直面以對的「黑暗之心」，即是社會構成的最基本單位：家庭。

在傳統的領域劃分中，家庭一向被視為女性的主場。在本作中亦不例外。這些進入杉村事務所的女性，多半是為了「稍微有點困擾呢」的人際關係而來——〈絕對零度〉中被女婿拒絕前往探視女兒的母親、〈華燭〉中得找偵探與鄰居陪伴女兒出席斷絕關係的甥女婚禮、〈沒有昨日，就沒有明天〉中因為女兒同學家庭可能會前來委託偵探奇怪案子因而搶先設下「防線」的竹中家一號媳婦。他們帶來的委託看似尋常簡易，然而等到偵探介入後，才發現幕後竟然上演著一齣齣從鄉土劇到刑偵劇的驚人大戲。

這正是家庭令人感到棘手困惑，且時常成為許多人一輩子創傷來源的面貌：要到很久很久以後，我們才會愕然驚覺，許多社會案件起源的地點，正是源於家庭，與人力難以控制的關係。

一、親子

在〈絕對零度〉中，揭開故事序幕的，是其實和女兒感情很好，卻被女婿指控為「毒親」，因而無法和女兒見面的笘崎夫人。所謂的「毒親」概念，源起自一九八九年蘇珊・福沃以「毒性」比喻以身體或精神方面自覺與不自覺的虐待影響家中子女的父母。這個概念在一九九九年時隨著譯本的出現進入日本，但要到了二〇〇八年，在信田左夜子《太過沉重的母親——守墓女的哀嘆》（信田さよ子，『母が重くてたまらない——墓守娘の嘆き』）一書出版後，才引起了社會的關注。二〇一三年，此概念席捲日本的出版市場，許多講述己身被「毒親」撫養長大經驗的書籍出版，形成「毒親本」、「毒親故事」的風潮，更衍生出毒家族、毒家等說法。

「毒親」涵蓋的範圍相當廣泛。從肉體虐待、精神虐待到日常生活中的言語霸凌等，不一而足。也因為它並非一個實際上的學術定義，而毋寧是身為子女的受害者與身為父母的加害者回過頭去反省自己生活經驗後的思考，因此在二〇一七年的《Dual》教養誌中，針對讀者所做的問卷，不僅有百分之五十六的父母認為自己常不小心對孩子口出惡言或強行套用價值觀，做出了「毒親」之舉；更有百分之七十二的受訪者自認其父母正是所謂的「毒親」。比例之高，與其說反應出了毒親的普遍現象，倒不如說顯示了一整個世代的集體受創經驗。上野千鶴子便認為，這是因為日本在二

○○八年時，迎來了晚婚、非婚與少子等社會現象的轉捩點，導致針對親子〈特別是母女〉關係的討論大爲增加。這個集體受創的經驗，背後反應的是傳統與現代兩套價値觀的衝撞。對此，在晚婚與少子化等方面「後發先至」的台灣人，其實也並不陌生。

一切的社會問題，似乎都和「毒親」有著淵遠流長的關連。但，難道一切都是「毒親」的問題嗎？難道只要家庭和樂，就什麼問題都不會發生嗎？在宮部筆下的笘崎家，顯然並非如此。笘崎家的父母把優美當成公主，優美也相當有「自覺」地要努力地當個公主。然而即使是如此親密的母女，笘崎靜子卻也無法從與優美的相處之中，發掘她與知貴之間的問題。而在優美與知貴鑄下大錯之後，靜子也無力做出任何改變。

另一對可供參照的關係，是〈沒有昨日，就沒有明天〉中的杤田家父母與美姬、美姬與漣，乃至於美姬與鵜野太太這三代的親子關係。養出了三惠的杤田家父母，也無法理解爲何「三紀」會變成「美姬」。娘家如此，婆家亦復如是。宮部藉由濱本太太之口，指出美姬對形似自己的龍聖的搶奪戰，實際上不過是尋求婆婆鵜野太太認可的手段。又藉由杉村之口，點出了美姬在成長過程中追求典範時的失敗。這樣的失敗延續到龍聖的身上，於是儘管龍聖只是形似美姬，但親祖母鵜野太太卻因難以忍受而決意送養。

宮部在〈華燭〉中，安排一個相當有趣的小案子：委託人要求杉村清查他完美得不得了的準女婿是否眞如表面上是正人君子，因爲委託人「自己也說不出個所以然，卻怎麼樣就是不中意女兒的男友。」杉村接下這個案子，卻發現這個未婚夫確實是個人人稱讚的好青年。最後謎底由委託人自己解開了，原來，他覺得準女婿「長得跟超過三十年以上、我剛進公司的時候惡狠狠地欺凌過我的直屬上司一模一樣。」然而儘管委託人信誓旦旦，他的妻子卻說「哪有你說的那麼像？」

人的意識與記憶，比我們所能想像的要更爲捉摸不定。於是，糾結複雜而難解的親子關係要從何開解？「毒親」是這場討論的一個開端，但不會也不能作爲討論的結尾。

二、手足

在親子關係之外，〈華燭〉與〈沒有昨日，就沒有明天〉兩篇中，更引人注目的是姊妹關係。〈華燭〉中的佐貴子與佐江子姊妹，與〈沒有昨日，就沒有明天〉中的三紀與三惠姊妹，一者是被妹妹背叛的姊姊，另一是被姊姊的陰影所籠罩的妹妹。佐貴子報復妹妹，刻意挑選有錢人結婚。三惠因爲姊姊的陰影又將重現，因此殺害了姊姊。「姊姊過去所做的一切壞事，全都籠罩在我的頭頂。」、「明明自己什麼也沒做，惡評卻如影隨形。」與美姬長相相似的三惠，因爲這個相似性而吃足苦頭。而被橫刀奪愛的佐貴子，儘管後來嫁了一個有錢的老公，生了個乖巧的女兒，卻仍在姪女都長大成人要成婚之際，「到現在還是不甘心得要命」。這些生命中難以承受的創痛，又該怎麼緩解呢？

透過小說，宮部給了我們一些或可視爲解答的思考方向。她讓佐貴子的丈夫小崎先生提出一個重點，即是只有受害者可以選擇原諒與否。就算佐江子道歉，佐貴子的生活又比佐江子優越，佐貴子是否原諒佐江子，仍然是個選擇而非義務。受害者可以長長久久地生氣，那是他們的權利。

然而，怒氣或許可以幫助我們達成一些事情，卻無法幫助我們達成所有事。它可以讓我們在最痛苦的時刻堅持活著，卻難以帶領我們得到幸福。宮部透過教訓三惠的算命師之口，指出了「不管過去有多苦，那都是妳的歷史。因爲有昨天的妳，才有今天的妳、明天的妳。如果妳無法接受過去，繼續往前走，就不可能有幸福的未來。」於是儘管那些「把我逼到走投無路的『昨天』」都不是受害者的選擇，但在憤怒過後，傷心過後，我們依舊得面對現實，接受那些被傷害的過往，然後繼續向前。

離婚不久的杉村對此亦深有同感。他說，「我也曾經遭到發誓攜手共度一生、付出愛情與信任的伴侶背叛過。這種創傷恐怕一輩子都不會平復。即使止了血、不再劇痛、變得不那麼顯眼，但還是不會痊癒。創傷不會變得更深，卻也無法忘懷。」不管你願不願意，喜不喜歡，創傷就在那裏。至於要怎麼辦呢？杉村說，「應對方法因人而異」。儘管如此，他還是提供了自己「一半習慣，一半假裝忘記」的方式。

摀住了臉，說自己做不到的三惠，最終採取了最激烈的、抹殺了美姬存在的方式處理她的痛苦——儘管這樣的抹殺，終將導致她自身的滅亡。

三、朋友與婚姻

家庭關係無法選擇，那麼其他關係總可以選擇了吧？比如婚姻，又比如朋友。這些選擇固然和家庭有著千絲萬縷的關聯（什麼沒有呢？）但相較於完全沒得選，這仍屬於自主抉擇的範疇中。

在《沒有昨日，就沒有明天》中，這類的選擇也多不勝數。在開頭的〈絕對零度〉中，優美選擇了佐佐知貴，因此與密友笠井疏遠。被優美選擇了的佐佐知貴，帶著她一起選擇了高根澤輝征。大男人主義——其實，所謂的大男人主義，其實說穿了就是不尊重人的主義吧？——的高根澤輝征與其黨羽，最終不僅毀壞了田卷家的幸福，也讓一心追隨的佐佐家一併塌陷。在這個故事裡，笠井轉述她奶奶所說的「只要不喝酒、不賭博、不花心就很完美的男人，就是會喝酒、會賭博、會花心的爛貨。」一句，或許就是本作的最佳註腳。

〈華燭〉中的菅野美月和宮前靜香兩個「落跑新娘」所選擇的，則是割捨了這些關係的另一條道路。宮前靜香發現未婚夫與前女友藕斷絲連，痛定思痛之餘，決意放下自尊與顏面，也才有了其後設計幫助菅野美月逃離她並不樂意的繼室婚姻，同時讓母親能從過往的男人爭奪戰陰影中走出。同樣地，迫於家庭壓力要嫁給年長富老頭作爲繼室的菅野美月，也下定了決心，不僅毀壞婚約，也毀壞了與逼迫她嫁給這種老公的家人的關係。美月與靜香的未來，不見得會因此一帆風順，但無論如何，她們都已經透過選擇，毀壞原本社會認可的關係，從而試著去掌握自己的命運——這樣的過去，會帶來什麼樣的明天呢？儘管難以預知，但擁有這樣的精神力，她們至少不會像優美一樣，在丈夫的愛情陷阱下成爲強姦共犯吧。

四、逼近真實的同時，不得不逼近自己

陳栢青在杉村三郎系列的上一部《希望莊》的解說中，指出該作爲此系列「一個重要的轉折」，因爲「各方面而言，小說都在『逼近』。」此一「逼近」既是面對社會的，也是面對角色自身的。《沒有昨日，就沒有明天》同樣地延續了此種「逼近」的視角，只是在本作中，這些「逼近」可說前所未有地貼近了日常——誰沒有聽過親戚朋友家發生了哪些令人瞠目結舌、不得不相信花系列與鄉土劇乃有所本的荒唐故事？而誰又不會從中汲取教訓，暗暗地想著「如果是我的話……」該如何反應？搬離妻子與豪門，也離開了父母與兄姊的杉村，在本作中接連遭遇到家庭問

題的情況下，開始逐步地對照起自己過往的經驗，不得不出現更多的反思。先前，作為一個娶了豪門女兒，因而抬不起頭的前上班族，杉村儘管不慕榮利，但在如岳父般的有力者面前，難免仍流露出侷促的姿態。然而，在現實與人生的大地震過後，面對前來「抗議」的立科警部補，杉村的姿態開始起了微妙的變化——「如果警方十三年前就逮捕高根澤的話，田卷夫妻應該就可以繼續過著美滿的日子。」杉村這樣說著。在〈沒有昨日，就沒有明天〉中，他更毫不猶豫地帶著立科前往朽田家，說服三惠自首投案。

儘管他依然是個無法將美姬變回三紀，到最後甚至連三惠都無法拯救，只能「化成了一尊私家偵探外形的岩石」的、「只有這點能耐」的私探，但確實有些微小的什麼不一樣了。

杉村在探索委託人過往的同時，其實也在探索自我的昨日。讀著這些故事的我們亦然。於是，當我們好奇著這些探索又將會帶領杉村往什麼樣的明日去的同時，其實也正在向自己叩問：你想要走向什麼樣的未來？

作者簡介

路那

臺大臺文所博士候選人、「疑案辦」副主編、臺灣推理作家協會成員。熱愛謎團但拙於推理，最大的幸福是躲在故事裡，希望終生不會失去閱讀的熱情。合著有《圖解台灣史》、《現代日本的形成：空間與時間穿越的旅程》。

宮部美幸

作品集／64
Miyabe Miyuki

沒有昨日，就沒有明天

國家圖書館出版品預行編目資料

沒有昨日，就沒有明天／宮部美幸著；王華懋譯. - 初版.- 臺北市：獨步文化：家庭傳媒城邦分公司發行，民 108.9
面；　公分. --（宮部美幸作品集：64）
譯自：昨日がなければ明日もない
ISBN 978-957-9447-45-4（平裝）

861.57　　107018058

KINO GA NAKEREBA ASHITA MO NAI
by MIYABE Miyuki

Originally published in Japan by Bungeishunju Ltd., Tokyo.
Chinese (in complex character only) translation rights arranged with RACCOON AGENCY INC., Japan through THE SAKAI AGENCY.

原著書名／昨日がなければ明日もない・原出版者／文藝春秋・作者／宮部美幸・翻譯／王華懋・責任編輯／詹凱婷・行銷業務部／徐慧芬、陳紫晴・編輯總監／劉麗真・總經理／陳逸瑛・榮譽社長／詹宏志・發行人／涂玉雲・出版／獨步文化 城邦文化事業股份有限公司 台北市中山區104民生東路二段141號5樓 電話／(02) 2500-7696 傳真／(02) 2500-1966; 2500-1967・發行／英屬蓋曼群島商家庭傳媒股份有限公司城邦分公司 台北市中山區民生東路二段141號11樓・讀者服務專線／(02)2500-7718; 2500-7719・服務時間／週一至週五：09：30-12：00、13：30-17：00・24小時傳真服務／(02)2500-1990; 2500-1991・讀者服務信箱 e-mail／service@readingclub.com.tw・劃撥帳號／19863813 書虫股份有限公司・香港發行所／城邦（香港）出版集團有限公司 香港灣仔駱克道193號東超商業中心1樓／(852) 25086231 傳真／(852) 25789337 E-mail／hkcite@biznetvigator.com 馬新發行所／城邦（馬新）出版集團 Cite (M) Sdn. Bhd. 41, Jalan Radin Anum, Bandar Baru Sri Petaling,57000 Kuala Lumpur, Malaysia. 電話／(603) 90578822 傳真／(603) 90576622・封面設計／蕭旭芳・排版／游淑萍・印刷／中原造像股份有限公司・2019年9月初版・2022年12月14日初版7刷・定價／399元
Printed in Taiwan　ISBN 978-957-9447-45-4

宮部みゆき